CYSGODION
• • • CAM • • •

Ioan Kidd

CYSGODION
• • • CAM • • •

Gomer

Cyhoeddwyd gyntaf yn 2018 gan
Wasg Gomer, Llandysul, Ceredigion SA44 4JL
www.gomer.co.uk

ISBN 978 1 78562 225 0

Cyhoeddwyd gyda chymorth ariannol
Cyngor Llyfrau Cymru.

Argraffwyd a rhwymwyd yng Nghymru gan
Wasg Gomer, Llandysul, Ceredigion.

I
Carol

CYDNABYDDIAETHAU

Diolch i Carol, Lowri, Dafydd a Danielle am eu cyngor a'u cefnogaeth ddiysgog ac am leddfu'r amheuon. Diolch i Aled, Rhian a Steve am eu hawgrymiadau a'u sylwadau gwerthfawr. Hoffwn ddiolch hefyd i Wasanaeth Archifau Gorllewin Morgannwg am eu croeso a'u cymorth parod. Yn olaf, mawr yw fy niolch i Gary am gynllunio'r clawr ac i Mari, fy ngolygydd brwdfrydig a chraff, am sicrhau bod y nofel yn cyrraedd pen ei thaith.

Hoffwn gydnabod cefnogaeth ariannol Cyngor Llyfrau Cymru a'm galluogodd i dreulio cyfnod heb ei debyg yn ysgrifennu'r nofel hon.

Er bod lle o'r enw Cwmgwina'n bodoli, go brin y gwelwch gyfeiriad ato ar fap am ei fod mor fach. Mae Cwm Gwina'r nofel hon yn wahanol iawn iddo a ffrwyth fy nychymyg yw'r hyn sy'n digwydd yno.

Ioan Kidd
Gorffennaf 2018

RHAN 1
Y PRESENNOL

'Carys… Mrs Bowen, dewch mla'n, dyna ferch dda. Trïwch aros ar ddi-hun nawr.'

Agorodd yr hen fenyw ei llygaid glaslwyd yn araf a rhythu'n ddi-weld ar y nyrs ifanc a blygai uwch ei phen.

'Bydd Dr Philips 'ma yn y funud. Ma fe'n dod yn unswydd i'ch gweld chi. Nage pawb sy'n ca'l ymweliad 'da Dr Philips, cofiwch. Chi bown o fod yn sbesial iawn.'

Rhythu o hyd ar y nyrs a wnâi Carys Bowen heb ddatgelu unrhyw arwydd o adnabyddiaeth.

'Da chi, pidwch â mynd nôl i gysgu nawr nes bod Dr Philips wedi'ch gweld chi, ac ar ôl iddo fe fynd wna i ddishglad fach o de i chi. Shwt ma hwnna'n siwto?'

Gwenodd y nyrs arni'n anogol gan lwyddo i ennyn gwên o fath yn ôl, ond yr eiliad y ceisiodd gydio yn llaw yr hen wraig tynnodd honno ei braich yn rhydd a fflachio'i llygaid arni. Ebychodd y nyrs mewn syndod ac ymbellhau'n reddfol oddi wrth ei chlaf. Ochneidiodd yn ddwfn a mynd ati i dynnu'r llenni blodeuog, cyffredin yr olwg o gwmpas y gwely cyn taro cip sydyn ar ei horiawr. Pur anaml y byddai'n dal dig ond, er gwaethaf ei holl ymdrechion dros y dyddiau diwethaf, ni allai yn ei byw glosio at y ddynes hon.

'Dwa i nôl whap,' cyhoeddodd yn ffug-hwyliog cyn diflannu trwy'r agoriad cul yn y llenni a'u tynnu ynghau o'i hôl. Gadawodd y ward fach drom ei naws a phrysurodd yn ei blaen ar hyd y coridor rhy olau, ei bryd ar chwilio am Dr Philips er mwyn rhybuddio'r seicolegydd hynaws.

Edrychodd Carys Bowen ar ei dwylo esgyrnog a orffwysai'n llipa ar y cwrlid. Craffodd ar y gwythiennau glas, amlwg a redai ar eu hyd ac ar y bysedd hir, cnotiog. Pwy oedd y fenyw honno gynnau a beth oedd ei bwriad? Dat a dim ond Dat a gâi ddala ei llaw. Onid dyna oedd y rheol erioed? Doedd gan y pethau ifanc heddiw ddim ffiniau. Roedd pawb yn rhy barod i wneud fel y mynnon nhw bellach heb dalu'r un iot o sylw i briodoldeb. Crwydrodd ei llygaid at y llenni a dynnwyd o gwmpas y gwely a lledwenodd yn hunanfodlon. Roedd yn well fel hyn. O leiaf ni allai'r dyn hwnnw yn y gwely gyferbyn ei gweld hi mwyach, meddyliodd. Roedd hi wedi ei ddala'n ciledrych arni sawl gwaith pan oedd y lleill yn cysgu. Yr hen gi chwantus shwt ag oedd e.

Torrwyd ar ei myfyrdodau pan agorwyd y llenni fymryn ac ymddangosodd dyn yn ei ganol oed hwyr wrth droed ei gwely. Roedd ei ben yn foel ac roedd gwerth tridiau a mwy o farf ar ei fochau a'i ên. Gwisgai siaced las tywyll a chrys pinc heb dei a daliai ffolder yn erbyn ei frest fel tarian.

'Shwd y'ch chi, Mrs Bowen? Fi yw Gwyn Philips,' meddai'r dyn cyn mynd i eistedd ar y gadair esmwyth gefnuchel wrth erchwyn y gwely. 'Wy'n gwitho yma yn yr ysbyty yn rhan o'r tîm sy'n gofalu amdanoch chi tra boch chi gyda ni, a licsen i ofyn cwpwl o gwestiynau i chi os nag o's ots 'da chi. Odych chi'n teimlo'n ddigon da i ga'l sgwrs fach? Dim mwy na rhyw gwartar awr.'

Nid atebodd Carys Bowen ond, yn hytrach, llithrodd ei llaw dros y cwrlid i gyfeiriad y dieithryn er mwyn cydnabod ei gwestiwn. Nododd hwnnw'r ystum â chwilfrydedd cyn mynd ati i agor y ffolder a orweddai ar ei arffed a thynnu ffurflen ohoni.

'Shwt ma'r hen go's 'na? Fe gwmpoch chi a torri'ch clun, on'd do fe?'

'Felly ma nhw'n gweud.'

'Hen dro, hen dro. Beth yn gwmws ddigwyddodd 'te? Chi'n cofio beth o'ch chi'n neud ar y pryd?'

Siglo ei phen a wnaeth Carys Bowen ac edrych heibio i

Gwyn Philips. Disgwyliodd y seicolegydd yn amyneddgar cyn bwrw yn ei flaen.

'Odych chi'n gwbod pryd digwyddodd e? Ers faint y'ch chi wedi bod fan hyn?'

'Wi ise mynd adre at Dat a Meilyr.'

'Meilyr? Pwy yw hwnnw 'te, Mrs Bowen?'

Craffodd Carys Bowen ar wyneb y dyn o'i blaen fel petai'n grediniol y câi hyd i ateb i'w gwestiwn rywle yng nghanol y blewiach brith ond ni ddaeth dim byd.

'Odyw e'n byw gyda chi a Dat?'

Trodd y seicolegydd at y ffurflen ar ei arffed a chofnododd ddiffyg ymateb yr hen wraig cyn parhau â'r sgwrs fel cynt.

'Ond chi'n well off fan hyn gyda ni am sbel fach er mwyn rhoi cyfle i'r go's 'na wella. Sdim isha becso am ddim byd fan hyn. Gewch chi bob gofal 'da ni.'

'Sa i ise bod 'ma.'

Edrychodd yr hen wraig yn ymbilgar ar y dieithryn yn ei hymyl ond rhywle ymhlyg yn yr edrychiad hwnnw gallai Gwyn Philips ddirnad yr arwydd lleiaf o benderfyniad. Roedd hon yn gyfarwydd â chael ei ffordd, meddyliodd.

'O, pam 'ny?'

'Achos hwnna draw fan'na... y dyn 'na dros y ffordd. Ma fe wedi trio dod mewn i'r gwely ata i sawl gwaith ond sa i'n moyn e,' mynnodd Carys Bowen a chwifio ei breichiau'n ddiamynedd fel petai'n siaso clacwydd.

'Wnes i ddim paso'r un dyn ar y ffordd i'ch gweld chi. Erbyn meddwl, wy'n credu taw fi yw'r unig ddyn sy ar gyfyl y lle. Wy'n eitha siŵr taw ward i fenywod yw hon, ond wna i ffindo mas i chi.'

Edrychodd hi arno'n brysur fel croten fach brin ei hiaith yn ceisio prosesu geiriau anghyfarwydd gan oedolyn. Cymylodd ei hwyneb wrth i sioc ei gyhoeddiad ei tharo. Doedd bosib ei bod hi'n anghywir. Onid oedd hi wedi gorfod galw'r nyrs yn ystod y nos i'w rhybuddio bod dyn diarth yn sefyll wrth erchwyn ei gwely? Doedd arni ddim eisiau dyn arall, diolch yn fawr iawn; roedd un yn fwy na digon a dyn da fu hwnnw erioed. Wrth iddi frwydro i amgyffred y sefyllfa newydd hon codasai ei phen oddi ar y clustogau llawn a phwyso yn ei blaen yn gynnwrf i gyd ond, bellach, gadawodd i'w chorff suddo'n ôl fel cynt, yn orchfygedig, a chaeodd ei llygaid.

'Gadewch i fi fynd i edrych,' meddai Gwyn Philips gan ddala'r llenni ar agor. 'Na, chi'n eitha saff. Sdim un dyn arall 'ma. Pidwch chi â becso nawr.'

Cadw ei llygaid ar gau a wnaeth Carys Bowen heb ymateb i'w eiriau, felly aeth e'n ôl i eistedd yn y gadair gefnuchel. Ysgrifennodd ragor o nodiadau ar y ffurflen wrth wrando ar anadlu trwm y claf yn ei ymyl. Hyd yn oed â'i llygaid ynghau roedd cadernid yn ei hwyneb, fe sylwodd. Er y crebachu, roedd yn amlwg iddo yr arferai hon fod yn gyflawn un tro. Wedi dros chwarter canrif yn y swydd, roedd delio â'r drylliedig yn dal i'w frifo. A Meilyr. Tybed pwy oedd hwnnw? Prif gymeriad mewn drama a oedd yn hanfodol ar un adeg, yn enbyd hyd yn oed. Go brin y byddai neb yn talu arian da i'w gwylio bellach. Fel 'na y byddai Sioned ac yntau ryw ddiwrnod: yn gysgodion ar lwyfan y gorffennol.

Gwelodd trwy gil ei lygad fod y nyrs ifanc wedi dychwelyd. Safai yr ochr draw i'r llenni gan eu dal yn dynn yn erbyn ei phen fel mai ei hwyneb yn unig oedd yn y golwg. Gwenodd hi arno cyn taflu cip sydyn ar ei chlaf.

'Popeth yn iawn?' sibrydodd hi.

Nodio ei gadarnhad a wnaeth Gwyn Philips a chodi o'r gadair gan dybio bod y nyrs yn awyddus i siarad ag e.

'Wy jest yn slipo mas am eiliad, Mrs Bowen. Ma'r nyrs yn moyn ca'l gair bach. Fydda i ddim yn hir.' Aeth allan i'r ward a symudodd y ddau ychydig gamau oddi wrth y cocŵn lle gorweddai Carys Bowen.

'Sori i darfu arnoch chi, ond o'n i am ichi wbod bod ei mab newydd gyrraedd. Chi'n iawn am gwarter awr fach 'to; wy wedi'i hala fe lawr i'r caffi, ond jest bo chi'n gwbod, 'na i gyd. Shwt mae'n mynd?'

'Ma hi wedi drysu'n ofnadw. Wy'n synnu taw dyma'r tro cynta inni ddod ar ei thraws. Odyn ni'n gwbod rhwbeth arall amdani?'

'Dim ond beth sy yn y nodiade. Fel wy newydd weud, ma mab gyda hi. Fe o'dd yr un dda'th miwn 'da hi yn yr ambiwlans ac ma fe wedi bod i gweld hi bob dydd.'

'Beth am ei gŵr? Ody hwnnw'n dal yn fyw?'

'Nag yw, sa i'n credu. Dim ond y mab sy wedi bod yn ymweld ta beth.'

'Mae'n ddiawledig bod hi wedi mynd mor bell â hyn y tu hwnt i afel y gwasanaetha cymdeithasol. Wy'n ca'l gwaith credu taw dyma'r tro cynta inni ddod i gysylltiad â hi.'

'Ma nhw'n 'y nharo i fel teulu go breifat… annibynnol. Y siort 'na. Ma'r mab yn eitha… shwt weda i… dof.'

'Beth yw ei oedran e, chi'n meddwl?'

'Anodd gweud… pumdege hwyr, chwedege walle. Ma fe braidd yn hen ffasiwn. Dyw e ddim yn yr un ca' â chi, Dr Philips. Chi'n eitha pishyn!'

'Wel diolch, Nyrs Richards. Bydda i'n siŵr o'ch cymeradwyo chi am ddyrchafiad buan!'

Chwarddodd y ddau.

'Odyw e'n briod? O's teulu 'da fe?'

'Unweth eto, mae'n anodd gweud ond 'sen i ddim yn meddwl. Wy heb weld e gyda neb arall.'

'Wy'n credu bydde fe'n werth trio trefnu cyfarfod ag e, chi'n gwbod. Deg munud. Walla gallen i ga'l gair bach cyn iddo fe fynd miwn i weld ei fam… neu wedyn. O's modd ichi ofyn iddo fe a fydde hynny'n gyfleus? Licsen i ei holi fe am gwpwl o betha achos dyw hi ddim yn gweud lot ar hyn o bryd. Wy'n moyn gwbod ers faint mae 'di bod fel hyn. O'dd hi'n ddryslyd yn y tŷ neu dim ond ers dod fan hyn? Reit, well i fi fynd nôl ati. Wna i ddod i whilo amdanoch chi'n nes mla'n.'

Trodd Gwyn Philips a diflannu i ganol y cocŵn fel cynt. Gwenodd wrtho'i hun wrth gofio cellwair y nyrs. Pishyn? Roedd e bron yn ddigon hen i fod yn dad-cu iddi neu'n dad aeddfed, o leiaf. Roedd e wastad wedi ymfalchïo yn ei allu i yrru ymlaen â'r staff ifanc. Hunan-dwyll fyddai hynny, yn ôl rhai. Hunanbarhad diniwed mewn gwasanaeth iechyd cynyddol anodd oedd e iddo yntau. Roedd e'n byw a bod yn ei waith bellach; dim rhyfedd ei fod e'n dechrau edrych ymlaen fwyfwy at ei ymddeoliad. Digon oedd digon. Câi dreulio mwy o amser gyda'r wyrion. Gyda Sioned. Gwibiodd ei lygaid draw at yr hen wraig a orweddai yn y gwely wrth ei ymyl. Byw a bod yn ei byd bach ei hunan roedd hi, yn rhydd ac yn gaeth i fympwyon ei chof cam. Gwrandawodd ar ei hanadlu patrymog ac ochneidiodd. Roedd e'n falch sobor nad fel hyn y diweddodd ei fam ei hun ei siwrnai fawr. Edrychodd yn frysiog trwy'r nodiadau tenau mewn ymgais i ddod o hyd i ysbrydoliaeth, i ryw arwydd a allai ei arwain, ond doedd dim byd.

'Mrs Bowen?'

Agorodd yr hen wraig ei llygaid a rhythu arno'n ddifynegiant.

'O'n i'n siarad â'r nyrs nawr jest a soniodd hi y bydd eich mab 'ma cyn bo hir. Mae e'n dod i'ch gweld chi'n ffyddlon bob dydd, medde hi.'

Ar amrantiad, trodd ei phen fymryn oddi wrtho a chododd ei llaw at ei boch a'i chadw yno fel petai'n ceisio ei hamddiffyn ei hun rhag ei ddatganiad. Gwyliodd Gwyn Philips y datblygiad diweddaraf â chryn ddiddordeb.

'Dim ond gofid wi'n ei ga'l 'da hwnnw,' meddai hi yn y man.

'O, mae e siŵr o fod yn becso amdanoch chi.'

'Becso? Hwnnw? Becso am 'yn arian ma fe. Ma fe wedi dwgyd popeth sy 'da fi. Triodd e fynd â'n fodrwy briodas y tro diwetha da'th e 'ma, ond crafes ei wyneb a rhedodd e bant.' Ar hynny, trodd i wynebu Gwyn Philips fel cynt, ei llygaid yn tanio.

'Sonioch chi wrth y nyrs?' gofynnodd hwnnw'n ddidaro wrth gofnodi'r olygfa liwgar ar y ffurflen.

'Naddo achos dales i'r ddou o nhw'n siarad â'i gilydd yn dew. Partners y'n nhw; ma nhw'n poeri yn yr un twll. 'Na pam wi ise mynd odd 'ma. Wnewch chi'n helpu i fynd adre? Wi ise mynd nôl.'

'Nôl i ble, Mrs Bowen?'

Oedodd yr hen fenyw a chanoli ei holl sylw ar ei hateb.

'I Gwm Gwina.'

Cododd y seicolegydd ei olygon yn sydyn a syllu mewn anghrediniaeth arni. Craffodd ar yr wyneb pantiog, ar y gwallt tenau, marwaidd ac ar y llygaid. Y llygaid. Rhwygodd y sylweddoliad trwy ei gorff fel llucheden. Sut na welsai'r hyn a oedd mor amlwg iddo'r eiliad honno? Rhuthrodd y gwaed i'w ben wrth iddo godi ar ei draed gan adael i'r ffolder a'r ffurflen lithro i'r llawr. Cydiodd yn ffrâm haearn y gwely er mwyn ei sadio'i hun wrth i hanner canrif o ddicter, a gawsai ei hen gladdu mewn oes arall, ymchwyddo ynddo o'r newydd. Hanner canrif o gam. Roedd e'n suddo. Roedd e'n mynd i chwydu. Gorfododd ei hun i anadlu'n araf ac yn ddwfn ond roedd e'n grediniol ei fod ar fin chwydu. Cododd ei law at ei geg a chwympodd yn swp yn ôl i'r gadair er ei awydd llethol i ffoi. Hanner canrif o gam. Gallai deimlo'r dryswch, yr euogrwydd yn ei glatsio ar draws ei foch. Euogrwydd plentyn. Euogrwydd llanc a oedd newydd ddechrau byw. Ei fai e oedd y cyfan. Am fod yno. Ond plentyn oedd e. Doedd dim bai arno am hynny. Ac fe ddiflannon nhw. Diflannon nhw heb ddweud yr un gair. Codi eu pac a mynd. Fyddai Rhodri byth wedi gadael heb ddod i ddweud i ble roedden nhw'n mynd. Mynd oherwydd camwedd ei fam. Hi lywiodd yr holl beth a gadael iddo fe lyncu'r bai. Y ffycin ast. Sut y gallai faddau iddi am hynny?

Gwibiodd ei lygaid draw at y fenyw fregus a orweddai'n ddiymadferth yn ei byd bach ei hun prin hyd braich oddi wrtho. Doedd ganddi ddim amgyffred am yr argyfwng a oedd yn gafael ynddo. Syllodd arni, ei ddirmyg bron â'i lorio. Doedd y degawdau ddim wedi gweithio o'i phlaid ond hi oedd hi, reit 'i wala. Doedd dim amheuaeth nad hi oedd mam ei ffrind. Cyfarfu eu llygaid. Sut y gallai fod wedi eistedd wrth ei hochr cyhyd heb sylwi ar y llygaid? Carys Bowen. Mrs Bowen y Mans.

Plygodd i godi'r ffolder a'r ffurflen oddi ar y llawr. Roedd e am fynd o'i golwg ond, yn hytrach, pwysodd yn ôl yn fecanyddol yn y gadair gefnuchel fel cynt a rhythu ar y nodiadau o'i flaen. Roedd ganddo gymaint i'w ofyn iddi ond gwyddai yn ei ben, os nad yn ei galon, ei fod yn rhy hwyr am atebion. Mor hawdd fyddai ei herio, ei gorfodi i gyfaddef... i syrthio ar ei bai. I beth? Roedd yn rhy hwyr am gyfaddefiad. Am faddeuant. Daethai popeth yn rhy hwyr. Daethai drwyddi'n gyfan ac roedd ganddo'i deulu o'i gwmpas. Roedd hi'n bryd dileu'r cysgodion, eu chwythu i bellafion ei gof.

'Cwm Gwina wetsoch chi? Un o Gwm Gwina ydw inna hefyd,' meddai gan grymu yn ei flaen. Oedodd er mwyn ystyried ei gam nesaf, i farnu a ddylai ddweud mwy. 'Rhodri yw'ch mab chi, ondefe? O'n i'n arfar bod yn ffrindia mawr 'da fe. O'dd y ddou ohonon ni'n arfar mynd i bobman 'da'n gilydd. Chi'n cofio Gwyn, o's bosib?'

Nid atebodd Carys Bowen ond, yn hytrach, edrychodd yn ddifater ar ei dwylo fel petai heb glywed ei gwestiwn.

'Pidwch â gweud bo chi ddim yn cofio Gwyn a Rhodri,' ychwanegodd y seicolegydd pan ddaeth hi'n amlwg nad oedd ateb am ddod.

Craffodd e arni a difaru ei dôn sarrug yn syth. Roedd yn eiliad fawr, ond ysgwyd ei phen a wnaeth Carys Bowen heb ddatgelu'r gydnabyddiaeth leiaf. A oedd e o ddifrif wedi disgwyl unrhyw beth gwahanol? Gwthiodd y ffurflen yn ôl i mewn i'r ffolder a chau'r clawr. Cododd ar ei draed a mynd am yr hollt yn y llenni blodeuog, ei feddwl ar chwâl. Trechodd y demtasiwn i edrych wysg ei gefn ond, ac yntau ar fin ailymuno â'r ward, fe'i gorfodwyd i sefyll yn ei unfan.

'Ife chi yw'r un o'dd yn arfer lico pwdin reis?' gofynnodd hi.

RHAN 2
1969

Pennod 1

'Gwyn, dere. Ti'n drychyd fel 'set ti ise rhagor o dato,' anogodd Carys Bowen a chodi ar ei thraed ym mhen draw'r ford, y llwy fawr eisoes yn ei llaw i'w rybuddio rhag blaen mai ofer fyddai unrhyw ymgais i wrthod ei chynnig.

Estynnodd Gwyn ei blât hanner gwag i fam ei ffrind gorau a gwenu'n gwrtais.

'Daw bola'n gefen,' meddai'r wraig ddeugain ac un mlwydd oed gan rofio rhagor o datws ar y plât cyn troi ei sylw at ei mab.

Hoffai Gwyn ddywediadau bach Mrs Bowen. Hoffai'r ffordd y dywedai lawer o bethau, fel tato yn lle tatws ac ise yn lle moyn. Doedd e erioed wedi clywed neb yn dweud tato cyn i Rhodri a'i rieni ddod i fyw i'r pentref bedwar haf yn ôl a hwythau eu dau ar fin symud i'r ysgol fawr. Arferai chwerthin am ben ei acen ar y dechrau, nid achos ei bod yn smala, ond achos nad oedd e am fod yn wahanol i'r bechgyn eraill a oedd mor barod i wawdio'r dieithryn o dwll din y byd. Ble ddiawl roedd Llambed ta beth? Ond roedd e, Gwyn, eisoes wedi darllen yr enw ar fap yn ogystal â sawl lle arall ym mhedwar ban byd, gan ryfeddu at y llefydd anghyfarwydd a dyheu am fynd i'w gweld go iawn ryw ddydd. Erbyn i Rhodri ddod yn rhan o'i fyd roedd e'n barod i groesawu acen wahanol, hyd yn oed un a swniai fel petai llond pen o dato gan y sawl a'i siaradai. Torrodd Gwyn ddarn o'r ham cartref ar ei blât a'i drywanu â'i fforc cyn pentyrru peth o'r tatws a'r saws persli ar ei ben a stwffio'r cyfan i'w geg. Ceisiodd ddychmygu ei fam ei hun yn paratoi pryd fel hwn petai Rhodri'n dod i de a lledwenodd. Byddai hi, Evelyn, wedi mynd i banics mawr ac agor tun o rywbeth neu hala'r ddau ohonyn nhw lan i'r siop dsips!

'Wel, odyn ni'n mynd i'r noson lawen yn y Brangwyn wthnos nesa 'te, neu beth?' gofynnodd Carys Bowen i'w gŵr a eisteddai gyferbyn â hi.

Bwrw yn ei flaen i gnoi'r bwyd yn ei geg a wnâi Gwilym Bowen cyn gosod ei gyllell a fforc ar ei blât yn seremonïol a gwyro'n ôl yn ei gadair.

'Mae'n amlwg dy fod ti wedi rhoi dy fryd ar fynd, felly ry'n ni'n siŵr o neud. Atgoffa fi pwy sy'n cymryd rhan.'

'Ma llwyth o enwe mawr yn mynd i fod 'na. Dere weld: Jac a Wil, Rachel Thomas, Harriet Lewis… ma peil ohonyn nhw.'

Cyfarfu llygaid Gwyn â llygaid ei ffrind. Gallai ddirnad awgrym o wên yn ymffurfio yng nghorneli ei geg cyn i hwnnw ostwng ei drem. Gwyddai taw un o hoff actoresau ei fam-gu oedd Rachel Thomas ond, o ran y gweddill, doedd ganddo ddim clem pwy ddiawl oedden nhw. Roedd ganddo ddigon o grebwyll, er hynny, i sylweddoli na ddylai llanc pedair ar ddeg mlwydd oed fynd i ormod o gyffro yn sgil rhestr o'r fath.

'Ma croeso iti ddod gyda ni, Gwyn. Bydde Rhodri'n falch iawn o ga'l dy gwmni,' meddai'r gweinidog hynaws a thaflu cip ar ei fab er mwyn iddo yntau ategu ei sylwadau.

Edrychodd Gwyn i gyfeiriad ei gyfaill yr eildro. Nodio'i ben y mymryn lleiaf a wnaeth hwnnw a chodi ei aeliau fel petai'n defnyddio côd dirgel ond, fel arall, arhosodd yn gwbl ddifynegiant. Roedd yn ddigon, er hynny, iddo ddeall ei ymbiliad tawel. Gwyddai'n ddiamheuol fod Rhodri'n disgwyl iddo dderbyn gwahoddiad ei dad ac y byddai pris i'w dalu petai e'n gadael iddo fynd ar ei ben ei hun.

'Iawn,' atebodd. 'Ffaint gostiff e er mwyn i fi sa–?'

'Paid ti â becso am hynny.'

'Ond…'

'Trêt bach,' ymyrrodd Carys Bowen a gwenu yn y fath

fodd fel nad oedd ganddo fawr o ddewis ond ildio. 'Nawrte, pwdin! Ma teisen fale 'da fi. Mae'n o'r ond fydda i ddim pum munud yn ei thwymo, neu ma dy ffefryn ar ga'l yn syth o'r ffwrn. Ti sy'n ca'l gweud – pwdin reis neu deisen fale?'

'Pwdin reis os gwelwch yn dda.'

Ar hynny, diflannodd Carys Bowen i'r gegin â llwyth o blatiau brwnt yn ei dwylo gan adael y tri arall wrth y bwrdd. Gallai Gwyn glywed ôl ei phersawr a fynnai hongian yn ysgafn yn yr ystafell olau a chofiodd na fyddai ei fam byth yn gwisgo persawr, hyd yn oed pan âi am noson mas i'r clwb gyda'i dad ar yr achlysuron prin pan ganiateid i fenywod halogi'r gaer wrywaidd honno. Draw ar bwys y ffenest lydan roedd y cloc tal yn tician.

'Wyt ti'n dilyn y criced, Gwyn?' gofynnodd Gwilym Bowen pan ddaeth hi'n amlwg nad oedd sgwrs arall am ddod.

'Ddim fel 'ny ond wy wedi bod i'r Gnol yn Gastall-nedd gyda Dad gwpwl o witha.'

'Ti'n fwy o ffan na Rhodri ni 'te. Sdim gronyn o ddiddordeb gyda ti, nag o's e?' meddai gan bwnio ysgwydd ei fab yn chwareus.

'Achos mae'n ddiflas a sdim byd yn digwydd.'

'I'r gwrthwyneb, Rhodri bach. Ma digon yn digwydd ond bod ise amynedd arnat ti i werthfawrogi'r tactege. Mae fel gwylio brwydr yn datblygu'n araf ar faes y gad nes bod un o'r ddwy fyddin yn gwbod yn reddfol pryd yn gwmws i daro. Disgyblaeth a greddf. Dyna'r gyfrinach a dyna pam ma'r Saeson yn ei whare gystal. Cofiwch, er ei bod hi'n gynnar o hyd yn y tymor, wi'n credu bod gan Forgannwg eitha siawns o ennill y bencampwriaeth eleni. Be ti'n feddwl, Gwyn? Maeddu'r clybie Seisnig yn eu pencampwriaeth eu hun. Go dda!'

'Pwy sy'n maeddu'r Saeson?' gofynnodd Carys Bowen yn

ddidaro wrth ddychwelyd i'r ystafell â llond hambwrdd o bowlenni stemllyd.

'Cricedwyr Morgannwg. Sôn o'n i fod gyda nhw siawns dda o ennill y bencampwriaeth eleni.'

'Hy!' oedd ei hunig ymateb.

'Be ti'n feddwl – 'hy'?'

''Se'n well 'sen nhw'n whare mewn pencampwriaeth Gymreig. Pryd ma pobol y wlad hon yn mynd i ddeall taw anweledig ac amherthnasol fyddan nhw byth tra'u bod nhw'n sownd wrth ben-ôl Lloegr?'

Gwgodd Gwilym Bowen arni a tharo cip gwarchodol ar ei fab.

'Dim ond gêm yw hi, Carys fach.'

'Mae'n mynd yn ddyfnach na 'na,' mynnodd hi ac edrych i fyw llygaid ei gŵr.

Gwyliai Gwyn berfformiad byrfyfyr y ddau oedolyn a'i fwynhau. Eto, perfformiad gofalus oedd e er gwaethaf gwefr eu sgwrs. Roedd teithi derbyniol teulu'r Boweniaid yn dra gwahanol i arferion ei deulu ei hun, meddyliodd. Roedd yn well ganddo'r cweryla a'r cymhennu agored ar ei aelwyd ei hun. Eto i gyd, ni allai gofio i'w rieni erioed drafod y berthynas rhwng Cymru a Lloegr o gwmpas y ford. Go brin y byddai pwnc mor rhyfygus yn codi'i ben ar dudalennau'r *Daily Mirror* ac, o'r herwydd, ni châi le yn sgwrs ei fam a'i dad. Doedd penolau, fodd bynnag, ddim yn destun siarad mor ddiarth, erbyn meddwl.

Siglwyd Gwyn o'i synfyfyrio pan ddaeth yn ymwybodol o fam ei ffrind yn ymestyn ar draws y ford er mwyn rhoi'r bowlen iddo. Wrth iddi symud yn nes a gosod y ddysgl o'i flaen, gwibiodd ei lygaid i gyfeiriad yr agen amlwg rhwng ei bronnau. Syllodd, er ei waethaf, ar y croen golau a oedd bron yn dryloyw ac ar y cnawd meddal a ymwthiai'n dynn yn erbyn pen uchaf ei ffrog flodeuog. Saethodd taranfollt o euogrwydd, a honno'n gymysg â chyffro, drwy ei gorff. Gorfododd ei hun i ostwng ei olygon a cheisio asesu'r weithred. Digwyddodd y cyfan ar amrantiad ond bu'n ddigon i gymhlethu ei drefn.

'Diolch,' meddai mewn ymgais wan i ddod â'r gwallgofrwydd i ben, ond trwy gil ei lygad gallai weld bod Gwilym Bowen yn edrych yn hen ffasiwn arno. Cawsai ei ddala. Cawsai ei gondemnio gan weinidog yr efengyl a thad ei ffrind. Teimlodd y cywilydd yn llenwi ei wyneb.

''Na pwy arall fydd yn y noson lawen,' meddai Carys Bowen a cheisio denu chwilfrydedd y ddau fachgen am yn ail. 'Ma sôn bydd rhyw grŵp newydd o'r enw Bara Menyn yn canu.'

Doedd Gwyn erioed wedi clywed am y fath grŵp ond daethai cyhoeddiad amserol Mrs Bowen fel manna o'r nef. Cadwodd ei ben i lawr gan osgoi llygaid y tri arall. Roedd e eisiau mynd: ffoi o olwg y teulu hwn. Y teulu hwn a oedd wedi'i groesawu i'w plith a'i fwydo. Bwytaodd pawb eu pwdin mewn tawelwch.

Rhodri a dorrodd y mudandod, y tro cyntaf bron iddo yngan gair yn ystod y pryd cyfan.

'Reit, ni'n mynd mas ar y beics. Fydda i ddim yn hwyr.'

Rhythodd ar Gwyn a'i ewyllysio i godi, ond doedd ar hwnnw ddim tamaid o chwant bod ar ei ben ei hun gyda'i ffrind. Roedd e am fynd adref, yn ôl i'w gynefin er mwyn ystyried penwendid y deg munud diwethaf. Lleihau'r chwithdod trwy geisio maddeuant yng nghyffesgell ei ystafell wely ac o olwg pawb. Ond codi ar ei draed wnaeth Gwyn a chynnig ei ddiolch brysiog i rieni ei gyfaill cyn diflannu trwy ddrws y cefn gan adael persawr Carys Bowen i hofran rhyngddi hi a'i gŵr.

*   *   *

'Ffycin-el, o'n i'n meddwl 'sen ni byth yn dod o 'na,' meddai Rhodri pan gyrhaeddodd y ddau fachgen ben y lôn fach a arweiniai o'r mans a hyrddio i lawr y tyla i gyfeiriad canol y pentref.

Arafodd Gwyn yn fwriadol er mwyn gadael i'w ffrind rasio yn ei flaen. Doedd e ddim am dynnu sgwrs. Roedd ei goesau'n drwm ac yn dechrau brifo'n barod ond doedd dim ots ganddo: roedd yn rhan o'i benyd. Croesawai ei gosb. Ceisiodd ddychmygu'r tro nesaf y byddai yng nghwmni Mr a Mrs Bowen y Mans ond roedd y cyfan y tu hwnt i'w ddirnadaeth.

A hwythau hanner ffordd i lawr Tyla'r Ysgol, gwelodd fod Rhodri'n igam-ogamu ar hyd y llinell wen doredig ar ganol y stryd gan weiddi nerth ei ben. Daliai ei goesau ar led ac edrych wysg ei gefn bob hyn a hyn am ymateb i'w stranciau ymffrostgar, llawn testosteron. Dechreuodd Gwyn chwerthin, er ei waethaf, a phedlo'n gyflymach nes bod y ddau ochr yn ochr â'i gilydd fel cynt. Rhodri oedd ei ffrind gorau yn y byd a fyddai e byth yn gwneud dim i beryglu'r cyfeillgarwch hwnnw.

Ar ôl cyrraedd gwaelod y stryd, trodd y ddau i'r chwith i mewn i Station Road lle roedd hynny o grachach a oedd i'w cael mewn pentref fel Cwm Gwina yn byw, y tu ôl i'w ffenestri bae a'u cwrtsiwns *chintz*. Bellach, yr unig arwydd a oedd yn weddill o'r orsaf a roddodd yr enw i'r stryd oedd y platfform. Safai hwnnw ar ei ben ei hun ar ddarn o dir diffaith ym mhen draw'r ffordd yng nghanol y chwyn a'r cledrau segur a oedd wedi mynd yn rhwd i gyd. Roedd y trenau glo a'r trenau teithwyr fel ei gilydd wedi hen ddiflannu a'r unig rai a ddefnyddiai'r safle erbyn hyn oedd cryts y pentref yn ymarfer eu campau ar gefn beic.

'O's ffag 'da ti?' gofynnodd Rhodri wrth i'r ddau anelu am y platfform.

Gwenodd Gwyn i gadarnhau ei ateb a disgynnodd y ddau oddi ar eu beiciau a mynd i eistedd ar ymyl y platffform, eu coesau'n hongian dros yr ochr. Tynnodd Gwyn y sigarét grin o'i boced a'i sythu'n ofalus rhwng ei fysedd cyn ei chynnig i'w ffrind.

'Le gest ti hi?'

'Ei thwcyd 'i wrth 'y nhad.'

'Iesu!'

'O'dd e'n rwydd. Mae e wastod yn gatal nhw ar y seidbord amsar mae'n mynd lan llofft i gysgu am gwpwl o oria cyn gwitho shifft nos.'

Gwenodd Rhodri mewn edmygedd.

'Ife Benson yw hi?'

'Ia.'

'O'n i'n meddwl,' meddai'n ffug-wybodus. 'Dere â matshyn.'

Rhoddodd Gwyn ei law ym mhoced ei jîns a thynnu'r unig fatsien allan. Pwysodd yn ei flaen a'i tharo'n erbyn llawr carreg y platffform er mwyn ei thanio. Yna cododd ei law arall yn frysiog a'i chwpanu am y fflam ond, wrth i Rhodri blygu tuag ato, fe'i diffoddwyd gan yr awel ysgafn.

'*Shit*, sdim un arall 'da fi!'

'Ife 'na'r unig un sy 'da ti? Y brych!'

'A le ma dy rai di 'te? Pam 'set *ti* wedi dod â matshys os o'dd e mor bwysig â 'na i ti?'

'Achos sneb yn y mans yn smoco!'

'Shwt y'ch chi'n cynnu'r ffwrn yn tŷ chi 'te, neu oty Duw yn neud e drostoch chi?'

'Bydde mwy o obeth ca'l help y boi arall,' heriodd Rhodri a phwyntio tuag i lawr â'i fawd.

Gwyrodd Gwyn yn ei ôl a gorwedd â'i gefn yn wastad ar gerrig garw'r platffform tra hongiai ei goesau dros yr ymyl fel cynt. Aros ar ei eistedd a wnâi Rhodri. Ni ddywedodd y naill na'r llall yr un gair am funudau lawer.

'Ma nhw'n lico ti'n ofnadw, ti'n gwbod,' meddai Rhodri yn y man.

'Pwy?'

'Pwy ti'n feddwl? 'Yn rhieni.'

'Wy'n lico *nhw* 'efyd. Ma nhw'n neis.'

'Ma nhw'n meddwl fod ti'n ddylanwad da arna i.'

'Beth sy'n 'ala nhw i feddwl 'na?'

'Ma nhw'n gweud fod lot yn dy ben a fod ti'n dod o deulu da.'

'Ond sdimo nhw'n napod 'yn neulu... ddim yn iawn ta beth.'

'Ond ti'n perthyn i un o hen deuluoedd Cymraeg y pentre, yn mynd nôl ganrifoedd.'

'Smo'r ffaith bod ni'n 'en deulu Cwmrâg yn neud unryw wa'niath. Gallen i fod yn perthyn i deulu o feddwon neu bobol sy'n byta'u babis. Ma rai drwg i ga'l ym mob teulu, gan gynnwys rai Cwmrâg.'

'Pa un wyt ti, felly?'

Gwenu a wnaeth Gwyn heb drafferthu ateb. Gallai'n hawdd fod wedi ychwanegu un arall at y rhestr, meddyliodd, ond cadwodd ei geg ar gau; doedd e ddim am fynd ar drywydd hynny eto fyth. Yn hytrach, cododd ar ei eistedd ac edrych yn freuddwydiol ar hyd y cledrau rhydlyd. Cawsai ddigon ar yr artaith fogeiliol am un prynhawn.

Daeth diwedd sydyn ar ei bendroni pan welodd e siâp dyn yn dod tuag atyn nhw yn y pellter. Wrth i'r ffigwr ddod yn nes, sylweddolodd nad dyn mohono o gwbl ond menyw. Cilwenodd i ddechrau cyn anesmwytho fymryn. Roedd gallu Nina Price i godi llond twll o ofn ar genhedlaeth gyfan o blant y pentref yn ddiarhebol. Eto i gyd, roedd rhywbeth hudolus ynghylch y fenyw hon a oedd, i bob pwrpas, yn debycach i ddyn. Gwisgai fel dyn, cerddai fel dyn. Siaradai fel dyn a magai ei sigarét yn ei llaw yn union fel y byddai ei dad yn ei wneud. Roedd Gwyn wedi ei phasio ar y stryd droeon o'r blaen, hithau wastad yn cerdded ar ei phen ei hun ar hyd ymyl y ffordd yn hytrach nag ar y pafin, neu ar hyd cledrau'r hen reilffordd fel y gwnâi y funud honno, a byddai sigarét wastad yn ei llaw. Ond doedd e erioed wedi torri gair â hi; roedd rhybuddion parchedigion y llwyth bob amser wedi'i gadw rhag gwneud.

Dilynodd ei hynt drwy gil ei lygad a chiciodd e droed Rhodri, a eisteddai yn ei ymyl, er mwyn denu ei sylw ond roedd hwnnw eisoes wedi gweld Nina Price yn nesáu. A hithau bron â dod yn gyfochrog â nhw, dyma Rhodri'n gadael i'w draed lithro i lawr dros ochr y platffform nes glanio ar y trac. Yr eiliad nesaf, cerddodd draw ati.

'O's tân gyda chi?' gofynnodd e a rhoi ei sigarét yn ei ben.

Gwyliodd Gwyn yr olygfa'n ymagor, ei galon yn pwnio yn erbyn ei frest. Stopiodd Nina Price yn ei hunfan a tharo cip amheus ar y bachgen i ddechrau, ond yna cododd ei llaw a gwpanai ei sigarét ei hun a'i dal o flaen ei wyneb. Plygodd Rhodri yn ei flaen nes bod y ddwy sigarét yn cyffwrdd. Y peth nesaf, dyma fe'n sugno'r mwg i'w ysgyfaint yn brofiadol fel petai e wedi cael ei fwgyn cyntaf yr un pryd â llaeth ei fam.

'Diolch,' meddai.

'Mab Bowen y Mans 'yt ti, ondefe?' meddai hi.

'Ie.'

'Otyw e'n gwpod fod ti'n smoco?'

'Nag yw.'

'Sdim isha i fi ofyn yr un peth i *ti* achos wy'n gwpod yn nêt beth yw'r atab,' meddai a throi at Gwyn a eisteddai ar ei ddwylo ar ymyl y platffform gan wrando ar y sgwrs foel. Craffodd hi arno am ychydig eiliadau cyn dechrau crwydro draw tuag ato. Tynhaodd Gwyn ei ysgwyddau ac ymsythu nes bod ei freichiau'n cloi.

'Ma golwg fel 'set ti jest â cachu dy 'unan arnat ti. Grinda, sdim isha iti gretu 'annar y pethach ma nhw'n gweud amdeno i. Dim ond eu cwartar nhw sy'n wir,' meddai dan wenu.

Gwenodd Gwyn yn ôl yn ansicr.

''Wra.' Ar hynny, tynnodd Nina Price baced o sigarennau o boced ei siwt a thaflu un ato. 'Paid â becso. Weta i ddim gair wrth neb. Dyw e'n ddim o 'musnas i beth 'yt ti'n neud. Gwna di fel ti'n moyn, 'y machgan glân i. Pawb at y peth y bo.'

Edrychodd Gwyn ar ei hwyneb melynaidd ac ar y rhychau am ei cheg, tystiolaeth o oes gyfan o smygu trwm. Ceisiodd ddyfalu ei hoedran, ond roedd hi'n anodd dweud. Roedd ei gwallt cwta, tywyll wedi'i sgubo'n ôl yn llym fel y byddai gwallt ei dad a gallai daeru ei fod yn medru gwynto Brylcreem. Gwisgai hi grys gwyn a thei brown, streipiog dan siwt frown i ddynion. Roedd ei gweld hi fel hyn, dim ond hyd braich i ffwrdd, yn ei gwneud hi'n fwy fyth o enigma.

'Shwt ma dy fyn-gu'n catw?' gofynnodd hi a chynnig tân iddo.

'Od o dda, diolch. Bydda i'n galw lan i'r tŷ i weld 'i'n nes mla'n.'

'Cofia fi ati. Ma 'da fi barch mawr at Nel Philips... wastod wedi bod. Mae'n gwpod ei meddwl ei 'unan a ma 'wnna'n beth prin y dyddia 'ma.'

'Shwt y'ch chi'n napod Myn-gu cystal?' mentrodd e ofyn iddi.

'O'n ni yn yr ysgol 'da'n gilydd.'

Craffodd Gwyn arni mewn syndod gwirioneddol.

'Ond sdimo chi'n dishgwl yn ddicon 'en i fod yr un oetran â 'i.'

'Dewishas i bido ca'l llond tŷ o blant fel Nel a'r merchid erill. Ma lot i weud dros bido dilyn y dorf.'

Roedd Gwyn eisiau awgrymu bod pris gwahanol i'w dalu os oedd rhywun am dorri ei gŵys ei hun hefyd, yn enwedig un o drigolion Cwm Gwina, ond penderfynodd taw callach fyddai peidio â dweud dim.

''Na fe 'te. A'r tro nesa ni'n paso yn y strŷt, cofiwch weud shwmae, y ddou o chi.'

Ar hynny, trodd a dechreuodd gerdded ar hyd y cledrau rhydlyd fel o'r blaen.

'Diolch am y ffag,' galwodd Gwyn ar ei hôl.

Codi ei llaw a wnaeth Nina Price, heb edrych wysg ei chefn, a bwrw yn ei blaen fel rhyw ewythr hoffus.

'Iesu mowr,' meddai Rhodri ar ôl barnu bod digon o bellter wedi tyfu rhyngddyn nhw er mwyn iddo gael siarad eto. 'Alla i ddim credu bod ni newydd ga'l y sgwrs 'na. Nina blydi Price o bawb. Ti'n meddwl neith hi sôn wrth rywun am y ffags?'

Diffoddodd Gwyn weddillion ei sigarét â blaen ei esgid.

'Grinda, ma Nina 'di bod yn destun clecs – a gwa'th – ers trican mlynadd a mwy. Wy'n cretu bod ein cyfrinach ni'n saff gyta'n ffrind newydd.'

Crwydrodd y ddau draw at eu beiciau.

'Well i fi fynd lan i weud wrth Myn-gu fod ein ffrind newydd yn 'ala'i chofion ati,' meddai Gwyn.

'Wyt ti o ddifri'n mynd i sôn wrthi bod ni 'di bod yn siarad â Nina Price?'

'Pam lai?'

'Ond smo ti'n mynd i sôn bod hi 'di rhoi...'

'Paid â bod mor blydi dwp!'

Ymledodd gwên fawr ar draws wyneb Rhodri.

'Ti'n moyn dod 'da fi i neud yn siwr?' gofynnodd Gwyn iddo a chilwenu.

'Ma gwaith cartre 'da fi... Maths, ac mae'n gorfod bod mewn erbyn fory.'

'Wela i di ar y bws yn y bora 'te.'

Trodd Gwyn ei feic i'r cyfeiriad arall a dechrau gyrru dros y shindrins a'r chwyn nes cyrraedd y brif ffordd drwy'r pentref. Seiclodd heibio siop ddillad Will Hill a Joe Hill & Sons, lle prynai ei fam bob cerpyn a feddai, a chwarddodd yn uchel o gofio nad oedd gan y naill frawd na'r llall yr un mab rhyngddyn nhw er gwaethaf yr honiad a geid ar yr arwydd mawreddog uwchben y drws. Heibio swyddfa'r heddlu a'r neuadd snwcer lle meiddiodd e faeddu Jeffrey James mewn twrnamaint y llynedd er syndod i bawb oedd yno. Pan gyrhaeddodd gornel Gower Street croesodd e'r ffordd heb edrych o'i ôl a throi i mewn i'r rhes o dai lle trigai ei fam-gu. Disgynnodd oddi ar ei feic y tu fas i rif tri deg chwech a'i barcio'n erbyn wal flaen y tŷ teras cyn agor y drws a mynd i mewn. Roedd e'n barod, o'r diwedd, i dynnu llinell o dan ei ddiwrnod od.

Pennod 2

Clywodd Gwyn y gweiddi lathenni lawer cyn iddo gyrraedd ei gartref. Wrth gerdded ar hyd y *cul-de-sac* bach â'r perthi prifet taclus arafodd ei gamau'n reddfol er mwyn gohirio mynd i ganol y storm lafar a oedd yn troi'n gynyddol hyll. Llais ei dad a glywai uchaf a hwnnw'n sgrechain ac yn rhegi am yn ail. Bob hyn a hyn, byddai llais ei fam-gu i'w glywed yn ceisio tawelu cynddaredd ei mab. Oedodd o flaen y gât haearn las a arweiniai at y tŷ cyngor gan fyseddu strap lledr ei fag ysgol yn ddiarwybod wrth wrando ar yr argyfwng. Ni wyddai beth i'w wneud. Roedd e am encilio; mynd ymhell o'r sŵn a lenwai ei glustiau ond roedd e am aros hefyd a darganfod yr hyn a oedd wedi codi'r fath natur ar ei dad. Pwysodd ei fys ar glicied y gât a'i gwthio ar agor. Cerddodd ar hyd y llwybr concrid a dorrai ar draws y pwt o ardd a'i ddilyn ar hyd talcen y tŷ nes cyrraedd drws y cefn a hwnnw ar agor led y pen. Yn eu hawydd i ymgiprys â difrifoldeb y ddrama a oedd yn prysur gyrraedd rhyw fath o benllanw, yn ôl yr hyn a glywai, doedd neb o'i deulu wedi ystyried bod y cymdogion yn cael sioe am ddim.

'Pam 'set ti wedi catw dy goc yn dy drywsus, y blydi dwlbyn? Nawr beth 'yt ti'n mynd i neud? Gwe'tho i, beth 'yt ti'n mynd i neud?'

Safai Mansel Philips ar ganol llawr y gegin gan wasgu ei fynegfys yn erbyn boch ei fab hynaf, pedair ar bymtheg oed. Nid edrychai hwnnw ar ei dad. O'r man lle safai y tu allan i'r drws, gallai Gwyn weld y dychryn moel ar wyneb ei frawd. Sylwodd ar yr ymylon cochlyd o amgylch ei lygaid chwyddedig a chrydiodd. Ni allai gofio'r tro diwethaf iddo weld Gary yn llefain, sylweddolodd. Gary y brawd mawr, y gweithiwr dur caled, y chwaraewr rygbi nad ofnai neb na dim, ond yr eiliad honno roedd golwg fach arno. Gwibiodd ei lygaid draw at ei fam. Eisteddai honno â'i chefn ato, ei phenelinoedd ar ford y gegin, gan fagu ei hwyneb yn ei dwylo ond, o'i hystum, roedd yn hawdd tybio ei bod hithau hefyd yn crio.

'Ti wedi 'ala cwilydd arna i… ac ar dy fam. Shgwl ar dy fam. Shgwl beth ti 'di neud. Ti 'di dod â trwpwl i'r tŷ. Ti 'di torri bedd cynnar iddi, y bastad bach 'unanol.'

''Na ddicon, Mansel… dyna ddicon! Ti wedi mynd yn ry bell. Gad lonydd i'r crwt cyn iti ddifaru dy en'id. Achos fydd dim ffordd nôl os ei di'n bellach.' Camodd Nel Philips ar draws y gofod bychan rhwng y ford a'r cwpwrdd bwyd tal a gafael ym mraich ei mab. 'Nawr cwat lawr, wnei di. Der i ishta er mwyn inni ga'l wilia'n gall, fel pobol deidi, yn lle bod ni'n acto fel anifeiliad gwyllt.'

'Fe yw'r blydi anifal,' mynnodd Mansel Philips.

'Nag yw ddim, mae e'n fab i ti a paid ti byth ag angofio 'na. Byth. Ti'n clywad?'

Wrth i'r ddau droi a dod i eistedd ar y cadeiriau modern, glas golau o flaen y bwrdd fformeica, cyfarfu llygaid Gwyn â llygaid ei dad. Rhythodd y dyn canol oed arno fel petai'n ddieithryn llwyr. Yn y nanoeiliad cyn iddo ostwng ei drem, gallai Gwyn ddirnad y panig, a hwnnw'n gymysg â loes ddofn, a fradychai ei hyder arferol. Roedd y dyn anghymhleth hwn, a oedd wastad yn gytbwys ac yn deg, yn colli ei afael. Cododd ei droed er mwyn croesi'r trothwy ond sylweddolodd nad oedd ganddo ddim lloches i fynd iddi. Y rhain oedd ei dylwyth ac roedden nhw'n rhwygo ei gilydd yn yfflon mân.

'Cer lan llofft, mas o'r ffordd,' gorchmynnodd ei dad a phwyntio i gyfeiriad y drws a wahanai'r gegin oddi wrth y cyntedd cul.

Ar hynny, trodd ei fam i'w gyfeiriad cyn neidio ar ei

thraed ag un symudiad llyfn, cyntefig. Rhuthrodd ato a'i dynnu tuag ati gan wasgu ei wyneb yn erbyn ei bronnau. Teimlodd Gwyn erwinder y got neilon denau, a wisgai hi'n barhaus yn lle brat, yn rhwto'n erbyn ei foch ac yn crafu'r mân flewiach pigog uwch ei wefus uchaf lle roedd e wedi dechrau siafo'n llechwraidd â raser ei frawd. Roedd ôl gwynt sawl pryd bwyd yn gaeth yn y defnydd annaturiol, marwaidd.

'Sdimo fe'n mynd i unman, Mansel. Ma fe'n sefyll fan 'yn. Mae'n iawn ei fod e'n clywad beth sy wedi dicwdd. Ma fe'n ddicon call ac yn ddicon 'en i ddelo 'da fe.'

Ymryddhaodd Gwyn o afael ei fam a throi i wynebu'r lleill fel cynt. Roedd pethau'n datblygu'n gyflym. Taflodd gip holgar ar ei fam-gu i geisio barnu ei hymateb i safiad ei merch yng nghyfraith cyn edrych ar ei dad a mynnu'r caniatâd a ddeisyfai ganddo. Cadw ei ben i lawr drwy'r cyfan a wnaeth ei frawd ac roedd Gwyn yn falch o hynny. Teimlodd ddwylo ei fam yn tylino'i ysgwyddau'n nerfus a gwrandawodd ar ei hanadlu uchel fodfeddi y tu ôl iddo.

'Ma Gary ni'n mynd i fod yn dad,' cyhoeddodd hi.

Ni allai neb wadu natur theatraidd ei geiriau, meddyliodd Gwyn, eto doedd ganddo ddim ateb iddi. Roedd greddf yn dweud wrtho y dylai longyfarch ei frawd ond gwyddai heb ronyn o amheuaeth nad dyna a ddisgwylid yn yr arena hon. Roedd amser a lle i bopeth. Sawl gwaith y clywsai'r ystrydeb honno? Yn y diwedd, dim ond un gair a adawodd ei geg.

'Pryd?'

Cododd Gary ei olygon am y tro cyntaf ers i Gwyn ddod i mewn i'r tŷ.

'Diwadd *November*,' atebodd hwnnw.

'Crist o'r nef, dyma beth yw blydi stecs,' meddai ei dad gan daflu ei freichiau i'r awyr ac ysgwyd ei ben fel actor festri capel yn annerch ei gynulleidfa. Chwiliodd am gefnogaeth gan ei wraig ac yna ei fam, a phan na ddaeth yr ymateb slafaidd a ddyheai oddi wrth yr un o'r ddwy fenyw tynnodd e sigarét o'r paced ar y ford o'i flaen a'i stwffio i'w geg. Nododd Gwyn fod digon ar ôl yn y paced gan farnu na fyddai ei dad yn sylwi petai e'n dwyn un fach yn nes ymlaen. Prin bod y fath syniad ffantasïol wedi cael amser i gydio yn ei ddychymyg pan gododd ei law yn ysgafn at ei dalcen fel petai'n ceisio ei sgubo o'i feddwl yn syth. Oedd, roedd amser a lle i bopeth.

'Janis, ife?' gofynnodd e mewn ymdrech i symud y sgwrs yn ei blaen, er ei fwyn ei hun yn gymaint â dim.

Nodio'i ben a wnaeth Gary i gadarnhau ei ateb a nodiodd Gwyn yntau. Janis Lloyd oedd gwrthrych blys sawl un o fechgyn ei flwyddyn ond roedd hi ymhell y tu hwnt i'w dosbarth ym mhob ystyr. Er hynny, doedd dim pall ar yr ensyniadau aflednais, anghynnil y bu'n rhaid iddo eu goddef pan ddaeth hi'n hysbys bod ei frawd yn canlyn y fath dduwies. Bellach roedd hi'n llawn, a byddai Gary yn sicr o droi'n arwr dros nos yn eu golwg unwaith yr âi'r gair ar led.

'Arglwdd mawr, croten yw hi. Mae'n dal yn yr ysgol! Ma mish arall cyn iddi droi'n ddeunaw,' protestiodd ei dad, yn benderfynol o gadw'r ddrama i fynd.

'Ia, deunaw. 'Se fe'n wa'niath beth 'se 'i'n bymthag ond dyw 'i ddim,' heriodd Nel Philips.

'Mae'n neud ei *A Levels*, Mam!'

'Ac fe gaiff 'i gwpla neud nhw.'

'A beth fydd gyta 'i ar y diwadd? Babi! Wy'n napod ei thad yn nêt. Ma Dilwyn Lloyd yn mynd i dy blydi ladd di a sa i'n gweld tamad o fai arno fe,' rhybuddiodd Mansel Philips a phwyntio at ei fab.

'Nag yw ddim. Sda 'wnna ddim un go's i sefyll arni achos pan gas Janis ei geni o'dd Gwenda, ei mam, dipyn ifancach na beth yw ei merch 'i nawr. Sdim lle 'da Dilwyn Lloyd i fwgwth neb a bydda i'n ei atgoffa fe o 'na os daw e fan 'yn yn wafo'i ddyrna. Gaiff e fynd i'r diawl. Ma isha dou i neud babi.'

Doedd Gwyn erioed wedi clywed rhyw yn cael ei drafod mor agored ar yr aelwyd o'r blaen. Doedd e erioed wedi bod yn dyst i ffrae mor ddiymatal. Ac roedd y cyfan yn drydanol.

'Grinda, Mansel… a titha 'efyd, Evelyn, y peth gora allwch chi neud nawr yw bod yn gefan i Gary ni. Ma fe'n erfyn cymint â 'na. Chi'n ffilu troi'r cloc nôl. Nace fe a Janis yw'r cynta i fod yn y sefyllfa 'ma a nace nhw fydd yr ola, ac os cretwch chi fel arall chi'n fwy blydi twp nag o'n i'n feddwl. Ma Cwm Gwina'n llawn cyfrinacha.'

'Fydd 'i fawr o gyfrinach siwrna bydd y ferch yn dangos… pan fydd 'i'n amlwg i bawb ga'l gweld.'

'Dyw e'n ddim o fusnas neb arall.'

Trodd Gwyn ei ben i graffu ar ei fam-gu ac ystyried y geiriau cyfarwydd. Rhywbeth tebyg a ddywedodd Nina Price prin ddeuddydd ynghynt. Dim rhyfedd bod ganddi gymaint o feddwl o Nel Philips, meddyliodd.

'Bydd raid ichi brioti… a go blydi gwic. Dyna'i diwadd 'i.'

'Prioti? Pwy sy'n gweud bod raid iddyn nhw brioti? Prioti er mwyn pwy? Er mwyn iti allu dala dy ben lan yn y clwb gyta meddwon y cwm? Iti ga'l esgus ac angofio am bopath siwrna ma *ring* ar ei bys. Ife dyna beth sy'n dy fyta di, bod Gary wedi dod â gwarth i dy fyd bach cul? Cer i yffarn â ti, Mansel Philips. O'n i'n meddwl bo fi wedi dy facu di i fod yn well dyn na 'na, ond dyma ti'n cwmpo ar y cyfla cynta i ddangos i dy fab beth 'yt ti. Un o'r dorf 'yt ti, un o'r cannodd sy'n cwato tu ôl i barchusrwdd tena achos bo nhw'n ry bwtwr i feiddio gatal i syniad gwreiddiol fynd miwn trw eu clustia. Bydde cwilydd ar dy dad 'se fe'n dal yn fyw.'

Cododd Nel Philips ar ei thraed a cherdded yn benderfynol tuag at y drws a oedd ar agor o hyd. Clymodd ei sgarff neilon denau o dan ei gên a chau botymau ei chot gabardîn frown cyn troi i herio pob un o'i theulu yn eu tro. Sylwodd Gwyn ar ei chern yn plycio. Gallai weld ei bod hi'n gynddeiriog ond roedd hi'n amlwg iddo fod ei siom yn drech nag unrhyw ddicter. Roedd e am fynd ati a thaflu ei freichiau amdani. Hon oedd y fenyw anwylaf yn y byd, y fenyw y gallai bob amser ddibynnu arni i gywiro pob cam, a'r eiliad honno roedd hi'n suddo. Yn y diwedd, Gary oedd yr un a gododd a mynd draw ati. Cydiodd yn ei dwy law a rhythu i fyw llygaid ei fam-gu, ac yn yr edrychiad hwnnw gwelodd Gwyn y ddealltwriaeth a fodolai rhwng y ddau, dealltwriaeth a ymylai ar fod yn gyfriniol.

'Os yw Gary a Janis yn moyn prioti, popath yn iawn,' parhaodd Nel Philips. Edrychai o hyd ar ei hŵyr hynaf, ei dwylo'n dal i afael yn ei ddwylo yntau. 'Gewch chi bob cymorth 'da fi, ond eich dewish chi fydd e. Pidwch â talu gormodd o sylw i ddynon erill. Mae'n gynnar 'to. Sdim isha catsio i neud ryw benderfyniada yn eich cyfer a difaru wech mish ar ôl 'ny. Ma lot i drafod. Ti'n dyall? Gary, 'yt ti'n dyall?'

'Sdim isha cwnnu ei lewysha fe, Mam. Fe sy'n gyfrifol am y *mess* 'ma,' meddai Mansel Philips cyn i'w fab gael amser i ddweud gair.

Fflachiodd Evelyn Philips ei llygaid ar ei gŵr.

'Aisht, wnei di! Ti 'di gweud gormodd yn barod. Nace cwnnu ei lewysha fe ma dy fam, y blydi ffŵl! Mae'n trio cwnnu ei galon e, sy'n fwy na beth 'yt ti'n neud. Y cwbwl 'yt ti 'di neud yw ei thorri. Nawr cia dy lwnc cyn i fi weud rwpath fyddi di ddim moyn ei glywad.'

Pur anaml y byddai ei fam yn codi ei llais. Ei fam oedd un o dangnefeddwyr bywyd. Roedd effaith ei ffrwydrad annisgwyl yr eiliad honno, felly, yn fwy trawmatig nag y byddai neb wedi'i dybio. Taflodd Gwyn gip i gyfeiriad ei dad. Syllai hwnnw ar y ford o'i flaen a gweddillion ei sigarét yn mudlosgi rhwng ei fysedd. Edrychai'n hŷn na'i ddeugain a dwy flwydd oed. Edrychai'n doredig fel paffiwr a oedd newydd golli gornest waedlyd yn y cylch mawr yn erbyn rhywun hanner ei faint. Edrychai'n hyll. Gwibiodd llygaid Gwyn yn ôl at ei fam ond roedd hithau, fel ei gŵr, wedi ymlâdd. Roedd y storm yn gostegu ond roedd y difrod wedi troi eu byd ben i waered. Gollyngodd Gary ei afael yn nwylo ei fam-gu a mynd am y drws a arweiniai at y cyntedd.

'Gary, dera nôl,' gorchmynnodd Nel Philips. 'Ma 'da fi rwpath i weu'tho chi i gyd.'

Gwyliodd Gwyn y fenyw hŷn, nad oedd eto'n hen, yn ailymuno â'i rieni o gwmpas y ford. Gwyliodd ei frawd yn troi'n ôl yn anfoddog. Ceisiodd benderfynu a oedd cysylltiad rhwng ffrwydrad ei fam a'r cyhoeddiad annisgwyl hwn gan ei fam-gu â'i awgrym drwgargoelus. Ceisiodd ddarllen ei hwyneb am unrhyw arwydd a allai ei baratoi. Ai cerydd arall oedd ganddi? Rhybudd ei bod yn dioddef o glefyd angheuol? Ynteu apêl gan ddynes ddoeth am undod, am gadw pethau'r tŷ yn y tŷ? Doedd ganddo ddim clem y byddai'r daranfollt a oedd ar fin cael ei gollwng yn siglo'r teulu hyd at ei seiliau.

'Wy 'di bod drosto fe yn 'y m'en gannodd o witha rag ofan y bydde'n raid i fi weu'tho chi ryw ddiwrnod. A nawr wy'n ca'l gwaith doti dou air 'da'i gilydd. Mae'n od, on'd yw 'i? Sdim ots ffaint ma dyn yn practiso.'

Oedodd Nel Philips yn sydyn fel petai'n ystyried priodoldeb ei rhagymadrodd cyn gwenu'n wan. Eto, gwenu wrthi hi ei hun a wnâi, sylwodd Gwyn. Edrychai'n syth o'i blaen i ryw wagle rywle rhwng Gary a'i fam ac roedd hi'n amlwg iddo ei bod hi eisoes wedi cyrraedd man arall.

'Mae'n depyg taw beth wy'n trio gweud yw… yw bod Jac a fi… wel buon ni gyta'n gilydd am ddeugan mlynadd, fel chi'n gwpod, ac yn ystod yr 'oll amser 'na o'n ni'n byw fel gŵr a gwraig. A dyna beth o'n ni wrth gwrs… gŵr a gwraig, ond nace gŵr a gwraig reit. Chi'n dyall? Dim ond erbyn y diwadd, pan a'th e'n dost 'da'r canser a welson ni fod dim dod iddo fe… dim ond weti 'ny dethon ni'n ŵr a gwraig reit, yn bâr priod yng ngolwg y gyfrath.'

Pwysodd hi'n ôl yn erbyn cefn ei chadair gan adael i'w dwylo syrthio ar ei harffed fel petai'n gollwng carreg drom. Edrychai o hyd ar yr un man y tu hwnt i Gary, yn ymwybodol bod pob pâr o lygaid yn ei serio. Teimlodd Gwyn ei berfeddion yn tynhau wrth iddo geisio treulio goblygiadau ei chyffes. Eto, tueddai i gredu taw amseriad ei chyfaddefiad oedd i gyfrif am hynny, a'r modd y'i gweinyddwyd, ar ddiwedd prynhawn a oedd eisoes yn llawn. Cawsai sioc, do, ond os oedd disgwyl iddo deimlo rhyw ddicter personol, doedd dim smic yn llechu ynddo. Gallai ddychmygu, er hynny, y clwyf a rwygai drwy ei dad yr eiliad honno ac roedd e'n ddigon craff i boeni y gallai fod yn anhrwsiadwy. Gary a dorrodd y mudandod llethol, ei eiriau syml yn crynhoi'r hyn roedd pawb arall yn ceisio ei brosesu.

'So… o'ch chi a Ta'-cu ddim yn briod? Ife dyna chi'n weud?'

'Cywir. A ti'n gweld, Gary bach, o'dd e ddim yn ddiwadd y byd, nag o'dd e?'

Ar hynny, cododd Mansel Philips o'i gadair ac ymwthio heibio i goesau ei fam cyn brasgamu tuag at y drws agored a diflannu i'r ardd gefn. Dechreuodd Evelyn Philips ddilyn ei gŵr gan alw arno i ddod yn ei ôl, ei phen yn pendilio rhwng ei mam yng nghyfraith a'i meibion.

'Gad e fynd. Ro bum munad iddo fe. Nace bob dydd ma dyn yn clywad fod ei fywyd wedi bod yn gelwdd.'

Craffodd hi ar ei mam yng nghyfraith fel petai'n ei gweld am y tro cyntaf yn ei byw. Pa gyfrinach arall roedd y fenyw hon yn ei chelu? Pa gelwydd? Sylwodd Gwyn ar y dryswch, a hwnnw'n gymysg â chyhuddiad, a gymylai wyneb ei fam a phenderfynodd yn y fan a'r lle na hoffai'r hyn a welai. Edrychodd drwy'r ffenest ar ei dad yn pwyso dros glwyd yr ardd gefn, ei ben yn plygu, ei olygon yn rhywle na wyddai e ymhle. Syllodd ar ei amlinelliad gwarrog gan geisio dyfalu beth tybed oedd yn mynd trwy ei feddwl. Pasiodd ei lygaid ar hyd y rhesi o ddail toreithiog a orchuddiai'r ddaear lle roedd ei dad wedi plannu ei gnwd blynyddol o datws a winwns a moron yn ddigwestiwn. O'r hyn y gallai ei weld, roedd hi'n argoeli'n dda am gynhaeaf ysblennydd arall. Lledwenodd wrth gofio mai diwedd y daith i foron ei dad bob blwyddyn fyddai ceginau a phlatiau ei gyd-yfwyr yn y clwb am nad oedd gan neb o'i deulu ei hun fawr o olwg ar y llysiau di-nod. Er gwaethaf anogaeth ei fam iddo blannu rhywbeth gwahanol, yr un fyddai'r patrwm bob gwanwyn gan mai dyna oedd y drefn ers cyn cof. Bellach roedd popeth yn newid. Wedi newid. Am ba hyd y gallai ddal ei dir mewn byd o'r fath?

'Ddaw e ddim dros 'wn, chi'n gwpod,' rhybuddiodd Evelyn Philips. 'Ar ben popath arall.'

'Wrth gwrs wnaiff e. Ro amsar iddo fe. Glo mân yw 'wn o'i gymaru â beth sy'n dicwdd ym mywyta rai pobol. Sda fi gynnig i barchusrwdd ffug. I bwy dda? Ffordd o gatw rai fel ni yn ein lle yw e… 'wnna a'r euogrwdd sy'n dod gyta fe. Fel 'na mae 'di bod erio'd.'

'Ond pam 'sech chi 'di gweud rwpath o'r bla'n?'

'Gwyn, cer i ôl dy dad, 'na gwbói bach. Sa i'n moyn gorffod esbonio popath ddwywath.' Edrychodd Gwyn ar ei fam fel petai'n ceisio ei chaniatâd, ond gwenodd Nel Philips ac amneidio â'i phen i gyfeiriad y ffenest. 'Cer i weu'tho fe fod ei fam bechadurus yn barod i arllws ei chalon.'

Gwyn oedd y cyntaf i ddod yn ôl trwy ddrws y cefn, ei neges wedi'i chyflawni, ei ochr dybiedig yn y ffrae deuluol yn ddiamheuol yng ngolwg ei dad. Oni welsai ei siom? Ond doedd ar Gwyn ddim awydd bod ar ochr neb. Dim ond y negesydd oedd e. Aeth e'n reddfol i sefyll wrth ochr ei frawd, cyn belled oddi wrth yr oedolion ag oedd yn bosib mewn ystafell mor fach, ac aros i'w dad gyrraedd y cylch o'r newydd. Pan ddychwelodd hwnnw ymhen amser aeth yn ôl i eistedd yn yr un gadair â chynt heb ddweud gair a heb gydnabod neb. Cyneuodd sigarét arall. Gwyliodd Gwyn y mwg yn codi i'r entrychion yn un cwmwl cyn gwasgaru wrth daro'n erbyn teils polystyren y nenfwd. Yn y diwedd, ei fam-gu a fentrodd dorri'r naws.

'Nace fel 'yn o'n i 'di meddwl gweu'tho chi. Chi 'di ca'l clatsien ofnadw ac wy'n flin iawn, iawn.' Edrychodd Nel Philips ar bob un o'i chynulleidfa yn eu tro gan orffen gyda'i mab. 'Wy'n gweud 'na o'r galon.'

'O, wara teg i chi, Mam. A chi'n erfyn i ni, y teulu o fastads, dimlo'n well nawr, y'ch chi? Sori, nace bastads, achos fe briotsoch chi jest miwn pryd i fod yn barchus, so ma popath yn iawn. Gwetwch wrtha i, shwt o'dd i'n timlo i ga'l *ring* ar eich bys yn y diwadd? O jiw jiw, beth sy'n bod arna i? O'ch chi'n arfadd gwisgo *ring* drw'r 'oll flynydda o'ch chi'n esgus byw fel gŵr a gwraig, wrth gwrs.' Yn sydyn, diffoddodd Mansel Philips ei sigarét mewn soser. Prin ei fod e wedi sugno gwerth cegaid o'i mwg i'w ysgyfaint. Pwysodd yn ôl yn erbyn cefn ei gadair a phlethodd ei fysedd y tu ôl i'w war. Rhythodd yn herfeiddiol ar ei fam. 'Pam gweud o gwbwl? Pam 'sech chi 'di catw'ch blydi cyfrinach fach frwnt i chi'ch 'unan? Chi 'di byw 'da'i drw'ch o's. O'dd *raid* ichi weu'tho ni?'

'Nag o'dd, o'dd dim raid i fi, ond ar ôl popath sy...'

'Dyna biwr y'ch chi, Mam fach, yn meddwl am eich teulu fel 'na. Chi'n gwpod pryd i rofio mwy o gachu ar ben y cachu sy 'na'n barod.'

Tynnodd Nel Philips wep ddiamynedd a throi ei phen i gyfeiriad y ffenest er mwyn osgoi edrychiad ei mab. Yna tynnodd ei sbectol a'i gosod ar ei harffed gan droi'r fframin rhwng ei bysedd yn ddiarwybod. Er na pharodd y mudandod a ddaeth yn ei sgil fwy nag ychydig eiliadau, teimlai fel oes i Gwyn. Craffodd e ar y cylchoedd tywyll o dan ei llygaid a sylweddolodd mai hwn oedd y tro cyntaf erioed iddo weld ei fam-gu heb ei sbectol.

'O'n i jest â gweu'tho chi sawl gwaith, yn enwetig ers i dy dad fynd, cred ti fi, ac wy 'di ffilu bob tro. Oni bai am newyddion Gary mae'n bosib 'sen i byth 'di sôn, sa i'n gwpod, ond nawr sdim dewish 'da fi. Trio dangos wy nag o's raid i Gary a Janis neud dim byd jest i bleso dynon erill.'

'Gewn nhw fod 'run peth â chi a Dad, ife? Bydd cwmpni gyta chi weti 'ny er mwyn ichi dimlo'n well.'

'Beth ddigwyddws i dy dad a fi… o'dd 'wnna ddim 'run peth. O'n ni'n moyn prioti'n gilydd ond o'n ni ddim yn ca'l.' Ar hynny, stopiodd Nel Philips a chwilio ym mhoced ei chot am neisied. Dabodd ei thrwyn yn ysgafn cyn bwrw yn ei blaen fel cynt. 'Chi'n gweld, buws dy dad yn briod o'r bla'n 'da merch o'dd yn erfyn ei fabi. *Irish* o'dd 'i… un o blant bach Mari. Wel, gollws 'i'r babi bach 'na ddim sbel ar ôl prioti ac a'th popath yn ffratach ar ôl 'ny. O'dd dim lot o gariad 'na os wy'n onast. Prioti er mwyn y plentyn wnethon nhw. O'dd Jac yn moyn *divorce* ond o'dd 'i ddim yn folon achos ei chrefydd. Ta beth, a'th 'i nôl dros y môr a welson nhw mo'i gilydd byth eto. So plis paid â bod mor barod i bwynto bys, Mansel. Ti'n neud yn fach o dy 'unan.'

Teimlodd Gwyn gerydd ei fam-gu yn hofran gyda'r mwg sigarét nad oedd wedi llwyr ddiflannu o'r aer. Ceisiodd dreulio'r oll a gawsai ei ddweud. Roedd e'n ymwybodol o'i deyrngarwch brau yn gwibio fel gwyfyn o eiliad i eiliad, o berson i berson. Gary, ei fam a'i dad, ei fam-gu: roedden nhw i gyd yn hawlio rhan o'r teyrngarwch hwnnw. A oedd pob un o'r pedwar yn ei haeddu? A beth amdano fe, y mab arall? A oedd rhywun yn ystyried ei deimladau yntau? Sychodd Nel Philips wydrau ei sbectol â chornel ei neisied cyn ei gosod yn ôl ar ei thrwyn fel cynt. Dychwelodd ei hyder tawel ar amrantiad ac roedd Gwyn yn falch o'r trawsnewidiad.

'A nawr chi'n gwpod,' meddai.

'Otyn, ni a 'annar y blydi cwm, siwr o fod. O's rywun arall yn gwpod?' gofynnodd ei mab yn y man.

'O's ots?'

'Nace dyna beth ofynnas i. Pwy arall sy'n ran o 'wn?'

'Paid â gweud e fel 'na, Dad. Ti'n neud iddo fe swno fel rwpath ych a fi, a dyw e ddim. Ti'n mynnyd troi popath yn ddrama fawr bersonol fel 'se neb arall ond ti yn cownto. Ond o le wy'n sefyll, nace fel 'na mae o gwbwl.'

Teimlodd Gwyn y gwaed yn curo yn ei ben uwchlaw'r distawrwydd a oedd wedi disodli protestiadau ei dad. Ni allai lai nag edmygu datganiad digyffro ei frawd. Ni allai neb wadu cywirdeb ei asesiad syml. Ond yr hyn a'i poenai yr eiliad honno oedd yr oerni a glywsai yn ei lais, y dirmyg. Yn sydyn, roedd Gary wedi peidio â gweld ei dad fel yr arwr a fu a gwyddai Gwyn mai mater o amser yn unig fyddai hi cyn y câi yntau ei orfodi i wynebu'r un argyfwng.

'Llond dwrn o'dd yn gwpod erio'd bod ni ddim yn briod – jest y teulu acos – a dim ond Wncwl Sel ac Anti Lyd sy dal yn fyw. Nhw o'dd y ddou *witness* dda'th gyta ni i'r *Registry Office* yn Gastall-nedd dri mish cyn i Jac farw.'

Crymodd Evelyn Philips yn ei blaen a chyffwrdd penelin ei mam yng nghyfraith. Cododd ei llaw arall at ei llygad a sychu'r deigryn a oedd yn bygwth gorlifo ar hyd ei boch.

'Pam, pam wnethoch chi ddim sôn wrthon ni? Gallen ni i gyd fod wedi bod 'na. Wnethoch chi ddim styriad y bydden ni'n moyn bod gyta chi?'

Gwenodd Nel Philips yn wan a chodi ei haeliau cyn cynnig ei neisied i'w merch yng nghyfraith.

'Ond beth wna'th ichi brioti ar ôl cymint o amsar... a mor ddiweddar? Sdim tair blynadd ers inni golli Jac. Gallen ni fod wedi bod 'na.'

'Fel wetas i, o'n ni ddim yn ca'l neud i ddechra achos fod e'n briod yn barod. Wel, a'th amsar yn ei fla'n a da'th y plant – Mansel a weti 'ny Joan – a setlon ni yn ein bywyd bach pechadurus am nag o'dd fawr o ddewish 'da ni. Erbyn inni glywad ym'en blynydda mawr bod ni'n ca'l prioti o'dd y cwbwl 'di mynd yn llai o beth rywsut. I beth? Ond pan a'th e'n dost 'da'r canser o'dd e'n neud fwy o sens bod ni'n dod yn ŵr a gwraig iawn, achos ei bensiwn o'r gwaith a busnas y tŷ, o'dd yn ei enw fe. O'dd e'n saffach i fenyw fel fi.'

Ar hynny, cododd Nel Philips ar ei thraed am yr eildro. Synnwyd Gwyn gan ei hystum; gallai dyngu ei bod hi'n sefyll yn dalach na chynt. Yna dechreuodd hi gerdded tuag at y drws ond cyn mynd trwyddo trodd yn ei hôl.

'Ar ôl o's gyfan o gario 'wn rownd gyta ni – y cwato a'r clwydda – o'n ni ddim yn meddwl y gallen ni sôn wrthoch chi. O'dd e'n ry fawr. Ond wy'n difaru nawr. Ucan mlynadd arall a bydd dy blentyn di, Gary, yn ffilu dyall pam bod ni mor barod i ddoti shwt bwysa ar ein gilydd. Fydd neb yn becso dam.'

Eiliad yn ddiweddarach, diflannodd trwy'r drws agored heb wybod i sicrwydd a oedd ei phroffwydoliaeth syml wedi llwyddo i leddfu llid ei theulu, yn enwedig ei mab.

Pennod 3

Safodd Carys Bowen yn ei hunfan ar y pafin cul a rhythu mewn syndod gwirioneddol ar yr arddangosfa newydd yn ffenest siop Nora Williams. Teimlodd ei stumog yn tynhau wrth i'w syndod droi'n siom a chyn i honno droi'n ddicter: ton ar ôl ton o ddicter cyfarwydd a gnoai ei thu mewn fel canser a noddid gan y wladwriaeth i ddifa unrhyw anghytundeb ganddi hi a'i thebyg. Roedd adnoddau'r gyfundrefn Brydeinig yn ddihysbydd, meddyliodd, felly hefyd barodrwydd ei gweision selocaf i'w rhoi ar waith. Cawsai hen ddigon yn barod ac roedd wythnosau o hyd tan y jamborî. Gwthiodd ei sbectol haul yn ôl dros ei gwallt a chrychu ei thalcen yn ddiarwybod wrth i'w llygaid symud ar hyd y rhesi o fygiau a phlatiau a thrugareddau o bob lliw a llun. Craffodd ar wyneb du a gwyn y tywysog ifanc ar un o'r mygiau a hwnnw wedi'i osod rhwng baneri Jac yr Undeb a'r Ddraig Goch ac, am eiliad, teimlodd drueni drosto. Eto, ni pharodd fwy nag eiliad. Doedd dim lle yn ei safiad hi am deimladau o'r fath. Onid oedd e a'i deulu wedi trwco sentiment am sentimentaliaeth ddegawdau ynghynt? Dyna oedd sail eu poblogrwydd. Roedd yn rhan o'r gêm.

Tynnodd ei sbectol yn ôl dros ei llygaid a bwrw yn ei blaen fel cynt, yn benderfynol o fwynhau'r heulwen er gwaethaf ymdrechion Nora Williams i godi'i gwrychyn. Gadawsai'r tŷ yn ysgafn ei hysbryd am ei fod yn ddiwrnod braf, a digon prin oedd y rheiny yng Nghwm Gwina, hyd yn oed ar drothwy'r haf. Arafodd ei chamau'n fwriadol ac ymhyfrydu yn sŵn ei sodlau uchel yn taro'n erbyn fflags y pafin. Gadawodd i'w bag llaw gwyn bendilio'n rhydd yn erbyn ei ffrog felen a gwyn o batrwm *paisley* ac anelodd am gaffi Lorenzo gan fynnu bod pob pâr o lygaid yn y stryd fach lwyd yn ei dilyn bob cam o'r ffordd.

Wrthi'n sgleinio'r peiriant Gaggia mawr y tu ôl i'r cownter marmor roedd Lorenzo tra bo'i wraig yn ad-drefnu'r teisennod hufennog yn y casyn gwydr wrth ochr y til, pan ganodd y gloch fach bres uwchben y drws. Trodd y ddau eu pennau'n reddfol a gwenu'n ddiffuant pan gamodd Carys Bowen i ganol y gwynt te a thost a cherdded tuag atyn nhw.

'*Buongiorno!* Shwd y'ch chi 'eddi, Mrs Bowen fach? Chi 'di dod â'r tywydd neis miwn gyta chi.'

Ar hynny, gollyngodd Lorenzo ei glwtyn llestri a dod o'r tu ôl i'r cownter i sefyll ar ganol llawr ei gaffi bach. Yna cymerodd un cam yn ôl a chodi ei ddwylo mewn edmygedd wrth i'w lygaid sganio'i gwsmer o'i chorun i'w thraed.

'*Che bella signora!* Chi'n depyg i un o fodels Milano, otych wir. *What do you think, Pia?*'

Gwenu eto a wnaeth ei wraig hynaws cyn bwrw ymlaen â'i thasg.

'Chi siŵr o fod yn gweud 'na wrth bob menyw sy'n dod trwy'r drws,' heriodd Carys Bowen gan fwynhau'r ysgafnder.

'A beth alla i neud i chi bore 'ma – *espresso* bach fel arfer?'

'Chi'n gwbod beth, wi'n eitha ffansïo un o'ch cacenne chi,' atebodd hi a phlygu yn ei blaen er mwyn archwilio'r danteithion trwy wydr y casyn.

'Pam lai, wir? Pa un licsech chi?'

'O, dewch weld nawr. Dewch â *cream horn* i fi. Ma golwg hyfryd arnyn nhw, a gymera i… beth y'ch chi'n galw nhw 'to?… *cappuccino* i fynd gyda hi. Wi angen trêt bach heddi… a sdim hast arna i.'

'Dewch chi i ishta a dwa i â nhw draw atoch chi,' meddai Lorenzo a'i thywys ar hyd y chwe cham at ei hoff sedd wrth y ffenest lydan.

Dilynodd hi'n llawen, yn ymwybodol o'r statws

dyrchafedig a bennwyd iddi gan yr Eidalwr hoffus. Drwy gydol y sioe dros ben llestri doedd yr un o'r tri chwsmer arall a eisteddai wrth ddau fwrdd gwahanol ddim wedi codi eu pennau. Doedd Carys Bowen ddim yn eu hadnabod a doedd arni ddim awydd eu hadnabod chwaith, felly ni thrafferthodd eu cydnabod pan gerddodd hi rhwng y cadeiriau a hawlio ei sedd. Parhau i sipian eu te yn ddywedwst a wnâi'r tri ac roedd hi'n fwy na bodlon ar hynny. Ei diwrnod i'r brenin oedd hwn... neu i'r tywysog! Hanner chwarddodd ar ben ei ffraethineb cyn chwythu'r syniad blinderus o'i phen. Digon i'r diwrnod ei ddrwg ei hun.

Crwydrodd ei llygaid draw at Lorenzo a'i wraig, hithau'n gosod y deisen ar blât bach gwyn ac yntau'n paratoi'r ddiod â'i ofal arferol. Cofiai tra byddai y rhyfeddod ar ei wyneb y tro cyntaf y cerddodd hi i mewn i'w gaffi a gofyn am *espresso*. Gwenodd nawr wrth ddwyn i gof ei edrychiad holgar a sut y troesai'r chwilfrydedd cychwynnol hwnnw'n werthfawrogiad cynnil ond diymwad, er hynny. Roedd hi'n amheus a fyddai neb arall wedi sylwi ond gwelsai'r deffroad yn ei lygaid a nodi sut yr aethai ati'n ddiymdroi i fwydo'r coffi mâl i'r Gaggia bron fel petai'n ei danio o ryw drwmgwsg hir. Erbyn iddo osod y cwpan bychan a ddaliai'r neithdar tywyll ar ben y cownter marmor, cawsai wybod ganddi mai yn ystod ei deuddeg mis ym Milan y dechreusai ei hoffter o *espresso*. Roedd yntau yn ei dro wedi ymateb â'i garedigrwydd ei hun i'w pharodrwydd i dynnu sgwrs.

"Wrwch, *signora*, anrheg fach wrtha i i'ch atgoffa o'ch dyddia yn *Italia*.'

A dyna oedd man cychwyn eu cyfeillgarwch arwynebol. Eto i gyd, cyfeillgarwch o fath oedd e, yn ddi-os, am ei fod yn ymestyn ymhellach na'r cyfarchion arferol rhwng cwsmer a dyn busnes. Yn gam neu'n gymwys, hoffai hi feddwl ei fod wedi'i seilio ar gyd-freuddwydion dau enaid hoff, cytûn.

Torrwyd ar draws ei myfyrdodau pan ddododd Lorenzo ei theisen a'i diod ar y ford o'i blaen a rhoi ei law ar ei hysgwydd.

'Joiwch!' meddai cyn troi a dychwelyd at y cownter lle roedd e wedi treulio bron bob awr o bob diwrnod gwaith fyth ers iddo adael yr ysgol yn llanc pymtheg oed a dilyn yn ôl troed ei dad fel darparwr hufen iâ gogoneddus, te cryf a choffi powdr i drigolion Cwm Gwina.

Edrychodd ar ei choffi ei hun nawr, ei *cappuccino*, a chododd y cwpan at ei cheg.

Mor bell yn ôl y teimlai ei hamser ym Milan bellach. 1950: ei blwyddyn fawr. Blwyddyn gyfan o benrhyddid dilyffethair cyn bod sôn am ŵr na mab. Dat oedd wedi mynnu ei bod hi'n mynd i astudio yn y Conservatorio er gwaethaf amheuon ei mam nad dyna'r llwybr mwyaf priodol i ferch o gefn gwlad Ceredigion tra bo gwynt llosg rhyfel yn dal yn ffroenau'r Cyfandir. Ond roedd Dat yn daer. 'Cer i agor dy lygaid. Fe wneith les i ti,' oedd ei union eiriau. Fe'i profwyd yn iawn hefyd ar un olwg, oherwydd agorwyd ei llygaid led y pen nes ei dallu gan yr heulwen lachar. Cafodd flasu coffi go iawn. Serch effaith amlwg y bomio ymhob man, roedd bywiogrwydd y *milanesi* yn heintus a'u llygaid hwythau ar y dyfodol. Doedd hi, Carys, erioed wedi gweld shwt ynni, shwt steil… shwt demtasiynau hudolus. Hogwyd ei hawydd am fwy ac fe'i cafodd, diolch i Gianni. Gianni, y llanc penddu, golygus a oedd yn gwrtais ond eto'n gyffrous ac yn ddyn bob modfedd. Ond, wedi misoedd o ganlyn, pan soniodd hi wrtho fod ei chyfnod yn ei ddinas ar fin dod i ben doedd gan y gweithiwr ffatri ddim gronyn o awydd mynd i fyw gyda hi ar ynys lawog ar gyrion Ewrop, felly gadawodd hebddo. Lai na dwy flynedd yn ddiweddarach, roedd hi'n briod a rhyw ddwy flynedd wedi hynny roedd hi'n fam.

Roedd hi wedi meddwl droeon dros y blynyddoedd sut fywyd fyddai ganddi pe bai ei gweithiwr ffatri wedi codi'i bac a mentro gyda hi dros y môr i'r ynys lawog. Go brin y byddai wedi cael croeso cynnes Cymreig gan ei rhieni, erbyn meddwl, er gwaethaf taerineb ei thad iddi fynd i gofleidio'r byd. Doedd dod â gweithiwr ffatri i'w plith, hyd yn oed un ecsotig, ddim yn unol â'r dyhead a oedd ganddo i'w ferch er pan oedd hi'n groten fach. Mwy derbyniol o'r hanner oedd y Cymro ifanc, glandeg o ogledd y sir a oedd newydd ei urddo'n weinidog ac ar dân eisiau dechrau lledaenu'r Gair. Ac mewn cyfnod pan oedd bod yn genedlaetholwr ac yn weinidog yr Efengyl yn gyfuniad a oedd yn ymylu ar fod yn gnawdol, gadawodd iddi ei hun gael ei swyno yr eildro. Oedd, roedd hi'n caru Gwilym erbyn iddi gerdded fraich ym mraich â'i thad heibio'r corau edmygol at sêt fawr Horeb lle roedd e'n disgwyl amdani i roi modrwy am ei bys. Ac roedd hi'n dal i'w garu, ond doedd hi ddim wedi cytuno i briodi ei waith, er hynny.

Pentyrrodd ddarn o'i theisen ar ei fforc fach a'i chodi at ei cheg cyn cymryd llymaid arall o'i choffi. Crwydrodd ei llygaid draw tuag at Lorenzo unwaith yn rhagor. Wrthi o hyd yn caboli'r Gaggia roedd yr Eidalwr, ei sylw wedi'i hoelio'n gyfan gwbl ar ei orchwyl. Roedd e'n dal i fod yn olygus, meddyliodd, er ei fod gryn bymtheg mlynedd yn hŷn na hi. Roedd yn wir bod ei wallt yn dechrau britho a bod ei groen wedi colli peth o'i sglein cynhenid ar ôl treulio cymaint o amser dan do y tu ôl i gownter ei gaffi bach, ond roedd ganddo'r gallu o hyd i droi pennau. Yn wahanol i Gianni, mentrodd hwn dros y môr. Eto, bachgen oedd e ar y pryd a doedd ganddo ddim llais ym mhenderfyniad ei rieni i ddechrau o'r dechrau mewn man gwyn man draw. Doedd dim amdani ond derbyn ei ffawd a throi'n un o bobl y cwm, ond yn ôl i'r Eidal yr aethai pan ddaethai'n amser iddo chwilio am wraig. Pa gelwydd a raffodd am Gymru a'i bentref mabwysiedig? Tybed a gawsai faddeuant gan Pia eto am ddod â hi i'r fath le?

Dod o'i wirfodd a wnaethai Gwilym ond ni fu fawr o drafodaeth er mwyn ceisio'i barn hithau, hyd y cofiai. Hyd y gwelai hi, roedd yn rhan o benyd Cristion, yn rhan o'r brentisiaeth ddiflas ond anorfod yr oedd disgwyl i weinidog ifanc, uchelgeisiol ei chyflawni ar ei ffordd i fachu un o'r capeli mawr yn y pen draw. Roedd yn rhan o'r gêm. Beth bynnag a lechai yng nghalon Pia doedd hi, Carys, ddim yn siŵr a allai byth faddau'n llwyr i'w gŵr ei hun.

Achos doedd hi ddim yn perthyn yma: dyna'r gwir plaen amdani a doedd dim gwadu hynny. Doedd ganddi ddim hanes yma, dim gwreiddiau, dim diben heblaw bod yn wraig i weinidog ac athrawes biano achlysurol i ddisgyblion anfoddog er mwyn rhoi hwb i'w incwm prin. Roedd Lorenzo wedi ennill ei blwyf wedi blynyddoedd o wasanaeth am fod galw am yr hyn a gynigiai. Roedd e a'i wraig wedi bod yn fodlon cyfaddawdu, yn ymddangosiadol o leiaf. Roedd hi'n amau faint o alw fyddai ymhlith trigolion Cwm Gwina am wasanaeth gweinidog a'i wraig wedi i'r genhedlaeth bresennol o ffyddloniaid adael y tir. Roedden nhw'n byw mewn oes a oedd yn prysur newid. Roedd hithau'n newid. Y teledu oedd y difyrrwch bellach, a man a man derbyn hynny. Go brin y gallai drama'r pwlpud gystadlu'n hir â swyn y bocs, yn enwedig mewn pentref poblog fel hwn a oedd wastad wedi bod gyda'r parotaf i ddilyn pob rhyw chwa, call ai peidio. Byddai Gwilym yn siŵr o anghytuno â'i phroffwydoliaeth foel, er cyflwyno dadl wâr, a dyna pam nad oedd hi erioed wedi'i thrafod gydag e, ddim go iawn ta beth, rhag i'w hangerdd cymharol ei frifo. Doedd hi ddim am rwto'i drwyn yn y baw, ond doedd hi ddim yn dwp;

adwaenai'r eliffant diarhebol pan eisteddai hwnnw yn ei pharlwr glân.

Cydiodd yn y llwy fach a orweddai yn y soser o'i blaen a throdd weddillion ei *cappuccino* yn freuddwydiol.

Un gwâr fu ei gŵr ers cychwyn eu bywyd priodasol, erbyn meddwl. Rhesymol a gwâr. Roedd hi wastad yn anodd dadlau â phobl o'r fath a disgwyl ennill am fod angerdd yn ei hanfod yn arf rhy amwys i herio hunangyfiawnder. Doedd dim gafael ynddo. Ond roedd hi, Carys, wedi hen ddod i gredu bod ei angen ar bob priodas.

Edrychodd yn ddidaro drwy'r ffenest lydan ar y stryd yr ochr draw a honno'n prysur lenwi. Trawodd gip ar ei horiawr a gweld ei bod yn tynnu at hanner dydd. Âi adre yn y funud i baratoi cinio i Gwilym, meddyliodd, ond yna suddodd yn ôl yn ei chadair wrth gofio ar amrantiad nad oedd angen hastu heddiw; ei diwrnod i'r brenin oedd hwn wedi'r cwbl. Cawsai ganiatâd i ddiffodd y wên gyfarwydd ar y stryd am fod ei gŵr wedi mynd i gynhadledd ym Mangor i drafod pethau mawr y byd a lle câi fod yn eilun ifanc, mentrus o hyd ymhlith cwmni a oedd yn mynd yn hŷn ac yn hŷn. Roedd e'n falch ei fod e wedi mynd. Am wahanol resymau, bu'r ddau yn tawel edrych ymlaen ers dyddiau.

Yn sydyn, yfodd weddill ei *cappuccino* ar ei dalcen a thynnu gwep wrth i'r ddiod, a oedd bellach wedi troi'n oer, ddiflannu i lawr ei llwnc. Chwiliodd yn ei bag llaw am ei minlliw a'i daenu'n ofalus ar ei gwefusau cyn codi ar ei thraed. Talodd, diolchodd yn gynnes i Lorenzo a Pia am eu croeso gan addo galw eto'n fuan, a'r eiliad nesaf tynnodd ddrws y caffi ynghau o'i hôl. Prin ei bod hi wedi cymryd hanner dwsin o gamau pan welodd ddyn ifanc a menyw led gyfarwydd yn cerdded tuag ati ar hyd y pafin cul. Cododd ei sbectol haul oddi ar ei thrwyn, am nad oedd ei hangen arni mwyach wrth i'r cymylau ddechrau crynhoi o'r newydd, a dyna pryd y sylweddolodd pwy oedd hi.

Rhyw deirgwaith erioed roedd hi wedi siarad â mam Gwyn Philips, fe sylweddolodd, a digon lletchwith fu'r achlysuron hynny yn y bôn. Anaml iawn y byddai eu llwybrau'n croesi mewn pentref mor wasgarog gan mai ychydig o dir cyffredin oedd rhwng y ddwy heblaw bod eu meibion yn ffrindiau pennaf. Hoffai Gwyn. Fe'i hoffai'n fawr ond, o ran ei deulu, doedd ganddi fawr o amgyffred sut rai oedden nhw. Fel bron pob dyn arall yng Nghwm Gwina, gweithiai'r tad yn y gwaith dur lleol ac roedd ganddi gof bod Gwyn wedi sôn unwaith fod gan ei fam job ran-amser mewn ffatri sigârs. Gwibiodd ei llygaid rhwng y fenyw denau yn ei chot dywyll, ddiangen a'r dyn ifanc wrth ei hochr ac arafodd ei chamau yn barod i dynnu sgwrs.

'Mrs Philips! A shwd y'ch *chi* ar fore mor braf?' Trawodd Carys Bowen gipolwg sydyn ar ei horiawr er na fu mwy na phum munud ers iddi edrych arni ddiwethaf. 'Ody, mae'n dal yn fore, o drwch blewyn,' meddai dan wenu.

'Shwd y'ch chi ers cetyn?' atebodd Evelyn Philips gan ochrgamu cyfarwydd-deb hwyliog y fenyw arall. 'Gary ni yw 'wn,' ychwanegodd pan welodd hi lygaid gwraig y gweinidog yn craffu ar ei mab.

'A *dyma* Gary?' meddai honno ac estyn ei llaw iddo. 'Ni'n ca'l cwrdd o'r diwedd. Wi 'di clywed eitha tipyn am Gary. Ma Gwyn wastad yn siarad am ei frawd mawr.'

'Chi'n ffilu ciad pen 'wnna. Sa i'n gwpod o le da'th Gwyn ni,' ymyrrodd Evelyn Philips yn ffug-ysgafn pan ddaeth hi'n amlwg nad oedd ei mab arall am ymateb. 'Gary yw'r un tawel… fel ei fam, ond ma Gwyn fel pwll y môr. Gobitho fod e ddim wedi bod yn gweud gormodd.'

Yn sydyn, trodd Gary ei ben i edrych yn anesmwyth ar ei fam cyn gostwng ei drem.

'Dim ond pethe da, sdim ise ichi fecso. Un annwyl iawn yw Gwyn; ma Rhodri ni'n meddwl y byd ohono fe. Ry'n ni i gyd yn meddwl y byd ohono fe. Ma fe fel chwa o awyr iach a mor boléit.'

'Chi ddim yn napod e 'te! Na, ma fe'n fachgan da, wara teg. A chi'n dda iawn iddo fe. Chi'n mynd â fe i'r Brangwyn, wy'n clywad. Ffaint sy arnon ni i chi?'

'Dim! Bydd yn bleser ca'l ei gwmni.'

'Gadewch inni roi rwpath i chi at y petrol o leia.'

'Pidwch â meddwl shwd beth. *Ni* ddylse fod yn rhoi rhwbeth i *chi* am roi benthyg eich mab i gadw Rhodri'n dawel!'

Chwarddodd y ddwy yn ansicr, y naill mor ymwybodol â'r llall o'u perfformiad gofalus. Drwy gydol y cyfan, safai Gary â'i ben i lawr. Doedd gan y gweithiwr dur ddim i'w gynnig i'r fenyw hon yr oedd ei byd mor wahanol i'w brofiadau ei hun.

'Wel, joiwch y noson lawen. Ni ar ein ffordd i siop Will Hill i whilo am siwt i Gary.'

'O, beth yw'r achlysur?'

'Mae'n flin 'da fi, beth…?'

'O's rhwbeth mla'n 'da chi?'

'Nag o's, ond mae'n bryd iddo fe ga'l un. Chi byth yn gwpod pryd fydd angan gwisgo'n deidi arno fe,' atebodd Evelyn Philips ac edrych i fyw llygaid gwraig y gweinidog.

'Dewiswch yn ofalus. Neis eich gweld chi.'

Ar hynny, gwahanodd y cylch bychan ac ymlaciodd Carys Bowen unwaith yn rhagor. Ar ôl iddi farnu ei bod yn briodol i wneud, edrychodd wysg ei chefn ar y ddau arall yn bwrw yn eu blaenau i'r cyfeiriad arall. Digon swrth fu'r Gary 'na funudau ynghynt, meddyliodd. Ymylai ar fod yn swta, ond nawr gallai weld wrth ei ystumiau bywiog fod tipyn mwy yn perthyn iddo wrth iddo ddal pen rheswm â'i fam mewn modd mor gyhoeddus. Ifanc oedd e. Doedd Gianni ddim llawer yn hŷn nag e pan gafodd hi ei swyno ganddo gyntaf ond byddai Gianni wedi neidio dros ben hwn.

Cerddodd yn ei blaen gan adael i unrhyw wag-ddamcaniaethu am Evelyn Philips a'i mab fynd yn llai ac yn llai gyda phob cam. Wrth iddi nesáu at siop Nora Williams croesodd y ffordd i'r ochr draw rhag gorfod pasio'r arddangosfa dila yn ei ffenest a chael ei chythruddo o'r newydd ond, a hithau heb fynd ymhellach na decllath, trodd yn ei hôl ac anelu'n unswydd am ffynhonnell ei dicter awr ynghynt. Gwthiodd y drws ar agor a mynd i sefyll y tu ôl i hen wraig a oedd yn chwilio yn ei phwrs am arian i dalu am y pegiau pren a'r sebon coch drewllyd a eisteddai ar gownter Nora Williams yn barod i gael eu rhoi yn ei bag. Yn ystod yr hanner munud a gymerasai i groesi'n ôl a chyrraedd y man lle safai yr eiliad honno, bu ei neges yn ddigamsyniol a'i meddwl yn glir. Nawr fodd bynnag, wrth aros i'r wraig oedrannus orffen talu am ei nwyddau, gallai deimlo ei hyder yn cilio a dechreuodd gwestiynu pam ei bod hi yno. Ai ymyrraeth ddwyfol oedd ar waith ar lun hen fenyw ffwndrus er mwyn ei sbario rhag tynnu nyth cacwn am ei phen, ac am ben Gwilym, ynteu diawlineb diniwed? Cyd-ddigwyddiad cyfleus? Doedd hi ddim yn rhy hwyr i newid ei chân. Un fyrbwyll fu hi erioed, yn ôl ei mam. Eto, gwyddai beth oedd yn gywir a beth oedd yn anghywir er na fyddai bob amser o reidrwydd yn gwneud y penderfyniad iawn. Gwenodd ar yr hen wraig wrth i honno fynd am y drws a symudodd yn nes at y cownter yn barod i ddweud ei dweud.

'O'n i'n paso'r siop ac o'n i'n bownd o alw mewn ar ôl gweld beth sy 'da chi yn y ffenest,' mentrodd hi gan edrych i fyw llygaid y siopwraig graff.

'Petha'r Prins chi'n feddwl?' gofynnodd Nora Williams

gan fynd ati i ddodi'r bocs a ddaliai weddill y sebon coch yn ôl o dan y cownter, o'r ffordd.

'Ie'.

'Jiw, ma gwynt cryf 'da'r 'en sepon 'na. Mae'n troi arna i,' cyhoeddodd y siopwraig pan ymddangosodd ei phen drachefn. 'Wy'n ffilu'n deg â dyall pam bod dynon yn dal i iwso fe.'

Doedd Carys Bowen ddim wedi disgwyl newid mor ddigywilydd, nac mor gynnar, yn nhrywydd y sgwrs ond ni allai lai nag edmygu crebwyll y fenyw o'i blaen i ragweld beirniadaeth. Roedd gan hon y gallu i wynto mwy na sebon cryf.

'Pam y'ch chi'n ei stoco fe 'te os nag y'ch chi'n lico fe?'

'Wy'n stoco pob math o bethach, Mrs Bowen. 'Sen i ond yn stoco beth wy'n lico elen i ddim yn bell fel rywun sy'n catw siop. Bydden i ar y plwy cyn diwadd y mish. Tra bydd pobol Cwm Gwina'n moyn pyrnu sepon carbolic gewn nhw ddod fan 'yn ac fe wertha i fe iddyn nhw. Dyw e'n ddim o 'musnas i beth wnewn nhw ag e ar ôl mynd odd 'ma. 'Y musnas i yw neud arian. Nawrte, beth alla i neud i chi?'

Roedd ar Carys Bowen awydd cynnig bod gwahaniaeth go bwysig rhwng gwerthu sebon a'r trugareddau a lenwai ffenest y siop, ond doedd hi ddim mor siŵr bellach i ba raddau roedd hynny'n wir. Digon tebyg oedd swyddogaeth y ddau ar un olwg. Eto, roedd 'na wahaniaeth hefyd.

'Y mỳgs 'na. Faint yr un y'n nhw?' gofynnodd hi gan bwyntio â'i phen tuag at y ffenest.

'Saith a wech neu gewch chi dri am bunt.'

'Bydd un yn fwy na digon.'

Yn hytrach na mynd draw at y ffenest, plygodd Nora Williams o dan y cownter am yr eildro ac estyn un o'r mygiau. Aeth ati i dorri darn o bapur trwchus a gosododd y llestr ar ei ganol yn barod i'w lapio ond, cyn iddi wneud, cododd Carys Bowen ei llaw.

'Sdim ise ichi neud 'na. Gymera i fe fel mae, diolch.'

Agorodd ei phwrs a rhoddodd bapur chweugain i'r siopwraig gan ofalu osgoi edrych ar ei hwyneb. Cydiodd yn y mẁg, cymerodd ei newid ac aeth allan trwy'r drws.

Safodd ar y pafin a phwyso'i chefn yn erbyn cerrig anwastad, llwyd yr adeilad. Gallai glywed ei chalon yn curo'n uchel ac yn gyflym. Taflodd gip ar y llestr yn ei llaw a cheryddu ei hun ar unwaith ei bod wedi talu cymaint am rywbeth mor ddi-ddim. Ceisiodd brosesu holl ddigwyddiadau'r munudau blaenorol a gwridodd wrth ystyried pregeth Nora Williams a'i rhesymeg foel. Roedd hi'n haeddu'r llond pen a gawsai gan y siopwraig bragmataidd, meddyliodd, ond yr eiliad nesaf cododd ei braich a thaflodd y mẁg ar y llawr a'i dorri'n deilchion. Camodd dros y gweddillion gan farnu bod Nora Williams hithau'n haeddu'r annibendod a adawyd i bawb gael ei weld y tu allan i'w siop broffidiol.

Pennod 4

'*Come on, you boys, gerr in the showers. Chop chop*! Tithe hefyd, Bowen, der mla'n. Rho'r tywel 'na lawr, sdim ishe bod yn swil. *And Jeffrey James, no messin about, or you'll be in big trouble. Do you hear me*?'

Ar hynny, diflannodd Courtney Llewellyn trwy ddrws yr ystafell newid, yn falch o gael troi cefn ar ei ddosbarth ymarfer corff a gadael iddyn nhw ymgiprys â'r frwydr oesol rhwng eu testosteron a gwynt eu chwys. Roedd gwers olaf yr wythnos wastad yn lladdfa.

'Wi'n ffaelu diodde hwnna,' meddai Rhodri dan ei anadl wrth ollwng ei dywel yn anfoddog a dilyn ei ffrind gorau i ganol y stêm.

'Y?'

'Fe, Courtney. Wi'n ffycin gasáu e.'

'Pam? Beth ma fe wedi neud i *ti*? Mae e'n oréit,' mynnodd Gwyn a chiledrych yn holgar ar ei gyfaill trwy'r dŵr a ffrydiai ar hyd ei wyneb.

'Nag yw ddim. Mae e wastod yn pigo arna i. Hen goc yw e.'

'*Eh boys, Bowen and Philips are talkin about cock,*' cyhoeddodd Jeffrey James er mawr ddifyrrwch i'w gyd-ddisgyblion.

'*You should know all about that department, Jamesy. You're always talkin a load o' balls even if you can't pot any on the snooker table,*' heriodd Gwyn.

Chwarddodd pawb unwaith yn rhagor ond yn uwch na'r tro cynt. Cyfarfu llygaid y ddau lanc trwy'r anwedd ond Jeffrey James oedd y cyntaf i ostwng ei olygon. Sylwodd Gwyn ar y dicter cignoeth a lechai o dan yr hanner gwên ar wyneb y bachgen arall er gwaethaf ymdrechion hwnnw i'w guddio. Doedd e byth wedi cael maddeuant ganddo am feiddio ei faeddu o flaen hanner ieuenctid Cwm Gwina yn y neuadd snwcer y llynedd. Doedd llwyddiannau o'r fath ddim i fod i ddod i ran rhywun o'r tu allan i lwyth yr etholedig rai. Onid dyna oedd y drefn, y dybiaeth erioed, ym mhob cylch bach? Lledwenodd Gwyn yn hunanfodlon a throi oddi wrtho er mwyn rhannu ei fuddugoliaeth arwynebol â Rhodri, ond gwelodd fod hwnnw wedi mynd. Prysurodd i olchi gweddillion y sebon oddi ar ei groen ac erbyn iddo gamu o'r gawod a chroesi'r ystafell newid roedd ei gyfaill eisoes ar ganol gwisgo. Estynnodd am ei dywel ei hun a sychu ei gorff. Gwisgodd heb ddweud yr un gair arall o'i ben gan anwybyddu'r rhialtwch o'i gwmpas, ond bob hyn a hyn taflai gip pryderus i gyfeiriad ei ffrind. Casglodd ei bethau ynghyd yn frysiog a tharo ei fag dros ei ysgwydd. Cerddodd y ddau ochr yn ochr â'i gilydd trwy'r drws llydan ac allan i'r coridor er mwyn mynd am y bws adref.

'Gwyn, dere 'ma am eiliad!'

Trodd Gwyn i gyfeiriad y gorchymyn annisgwyl a dechrau cerdded tuag at ddrws agored ystafell newid ei athro ymarfer corff gan adael i Rhodri fwrw yn ei flaen.

'Tria gatw sêt i fi,' galwodd e ar ei ôl.

'Gwranda, wna i ddim dy gadw di ond wy'n moyn ca'l gair bach sydyn,' meddai Courtney Llewellyn wrth orffen clymu careiau ei esgidiau swêd golau cyn estyn am ei siaced frown. 'Fe wnest ti'n dda yn y can metr gynne... yn dda iawn a gweud y gwir. Ma gallu naturiol gyda ti. Licsen i gynnig dy enw ar gyfer treialon y sir. Be ti'n feddwl? O's diddordeb 'da ti?'

'O's.' Nodiodd Gwyn ei ben i gadarnhau ei ateb.

'Ti ddim fel 'set ti'n rhy siŵr, nag wyt ti?'

'Otw! Na, grêt... diolch, syr.'

'Mae'n mynd i olygu lot o ymarfer ac ymroddiad, ac

ambell waith bydd dishgwl iti raso ar fore Sadwrn. Bydd gofyn iti fod yn barod i drafaelu i ysgolion erill withe.'

'Ond sdim car –'

'Paid ti â becso am 'na. O's diddordeb o hyd gyda ti?'

Nodio'i ben yr eildro a wnaeth Gwyn. Yn sydyn, gwenodd wrth i don o falchder ffrydio trwy ei gorff a dechreuodd symud ei bwysau o'r naill droed i'r llall. Roedd e am fynd. Roedd e am rannu ei newyddion â Rhodri. Roedd e am weld ymateb ei dad.

"Na fe 'te. Well iti ymarfer dy sgilie rhedeg yn syth os wyt ti am ddala'r bws 'na. Bant â ti. Wela i di wthnos nesa.'

Ar hynny, trodd Gwyn ar ei sawdl a brysio am yr iard ac at y rhes o fysiau a ddisgwyliai ar y stryd yr ochr draw i wal yr ysgol, pob un â'i injan yn troi, pob un yn chwydu nwyon i'r awyr. Rhedodd trwy'r cwmwl drycsawrus at ei fws ei hun a llwyddo i benelino'i ffordd yn hawdd drwy'r dorf o ddisgyblion iau a oedd yn ymryson â'i gilydd i gyrchu'r drws er mwyn gwireddu eu gobaith am sedd. Dringodd y grisiau dwfn fel petai'n camu ar bodiwm Olympaidd. Daeth o hyd i Rhodri'n eistedd ar ei ben ei hun hanner ffordd i lawr yr eil a lledwenodd pan welodd ei ffrind yn symud ei fag er mwyn gwneud lle iddo eistedd wrth ei ochr. Trwy gil ei lygad, sylwodd fod Jeffrey James a'i griw yn ei wylio o'r rhes gefn.

'Beth o'dd e'n moyn 'da ti?' gofynnodd Rhodri iddo cyn i'w din gyffwrdd â'r sedd.

'Y can metr. Ma fe'n moyn rhoi'n enw mla'n ar gyfer treialon y shir.'

Trodd Rhodri ei ben i gyfeiriad y ffenest gan adael i'r cyhoeddiad hofran rhyngddyn nhw eu dau fel gwynt cas.

'Wel? Gwêd rwpath,' gorchmynnodd Gwyn pan ddaeth hi'n amlwg nad oedd ymateb am ddod. Teimlodd bob asgwrn yn ei gorff yn troi'n feddal yn sydyn reit. Gallai synhwyro'r gwaed yn codi yn ei fochau fel petai e newydd gael ei guro'n racs yn ei ras fawr gyntaf, gan godi cywilydd arno fe ei hun ac ar ei deulu a hwythau wedi dod yn unswydd i weld campau eu mab darogan: dewin y trac athletau.

'Sdim rhyfedd fod ti'n meddwl bod yr houl yn shino trw dwll ei din e,' meddai Rhodri yn y man, gan barhau i edrych trwy ffenest y bws.

'Ffycin-el, Rhod, o'n i'n meddwl byddet ti'n falch.'

'Wi *yn* falch, ond wi'n ffaelu diodde'r bastad.'

'Ond sdimo 'wnna'n reswm…'

'Wi'n gwbod,' torrodd Rhodri ar ei draws. 'Ond fel 'na mae. Mae'n flin 'da fi.'

Pwysodd Gwyn yn ôl yn erbyn cefn ei sedd gan geisio penderfynu ai ymddiheuriad oedd geiriau diwethaf ei gyfaill, ond doedd e ddim yn siŵr. Ar hynny, cychwynnodd y bws am Gwm Gwina.

'Erbyn ffaint o'r gloch dylen i ddod lan i'ch tŷ chi'n nes mla'n?' gofynnodd Gwyn pan gyflymodd y bws o'r newydd ar ôl gollwng hanner dwsin o blant ym mhen isaf y pentref. Y rhain oedd ei eiriau cyntaf ers gadael clwydi'r ysgol ugain munud ynghynt ac ni allai guddio'r difaterwch yn ei lais. Y gwir amdani oedd nad oedd arno fymryn o awydd mynd i'r noson lawen mwyach, hyd yn oed lai nag o'r blaen.

'Sdim ise iti ddod lan i'r tŷ. Wnawn ni ddod i nôl ti yn y car.'

'Na, mae'n iawn. Bydde'n well 'da fi rytag lan.'

'I beth? Galwn ni amdanat ti marce cwarter i saith, ond bydd yn barod rhag ofan down ni bach yn gynnar. Ti'n gwbod shwd un yw 'nhad – wastod yn gynnar, byth yn hwyr.'

Cododd Rhodri ei aeliau a gwenu mewn ymgais i gymodi ond plygodd Gwyn yn ei flaen er mwyn codi ei fag oddi ar y llawr rhwng ei draed.

'Oréit 'te, wela i di am gwartar i saith.'

Arafodd y bws unwaith yn rhagor ac ymunodd Gwyn â'r llinell ddi-dor o ddisgyblion eraill a lenwai'r eil a'u dilyn am y drws heb edrych wysg ei gefn. Camodd ar y pafin, yn falch o gael bod yn yr awyr agored eto. Croesodd e'r brif ffordd drwy'r pentref ac, yn lle cerdded gyda'r lleill ar hyd y lôn gwmpasog heibio'r tai teras, dewisodd y llwybr tarw dros gledrau segur yr hen reilffordd nes cyrraedd y tir diffaith yr ochr draw. Roedd e bron â bod adref a rhedodd ar draws y tir agored i gyfeiriad y tai cyngor a safai mewn hanner cylch fel petai'r adeiladwyr wedi anghofio dod yn ôl i orffen yr hanner arall. Gallai weld ei dad yn gweithio yn yr ardd gefn ac arafodd ei gamau'n reddfol. Am ryw reswm, gwibiodd wyneb Rhodri drwy ei feddwl a dychwelodd ei siom, ond yn ddyfnach na chynt. Roedd yn edifar ganddo na wnaethai fwy i'w holi ar y bws. I'w herio. Cerddodd yn ei flaen heibio'r tai cyntaf a chododd ei law ar Wncwl-Dai-drws-nesaf a eisteddai ar ei silff ffenest wrth ochr drws y ffrynt, sigarét yn hongian yn llipa o'i geg a'i fola mawr yn llenwi ei fest. Yn y bwlch rhwng y tŷ hwnnw a'i gartref ei hun, cafodd gip ar ei dad o'r newydd, ei ben yn codi ac yn disgyn o'r golwg am yn ail wrth iddo agor rhes arall ar gyfer ei winwns neu ei foron blynyddol. Gwenodd. Agorodd y gât haearn las a rhedodd ar hyd talcen y tŷ a mas i'r ardd gefn i rannu ei newyddion.

*   *   *

Llenwyd y neuadd ysblennydd â thon arall o chwerthin afreolus wrth i'r ddwy actores ar y llwyfan fynd trwy eu pethau er mawr ddifyrrwch i'r gynulleidfa fodlon. Dechreuodd Gwyn yntau chwerthin, er ei waethaf, wrth wylio ysgwyddau'r oedolion yn y rhes o'i flaen yn codi ac yn disgyn mewn gwerthfawrogiad dilyffethair. Roedd hi'n anodd mynd yn erbyn dyfarniad mor unfrydol, penderfynodd, hyd yn oed os nad oedd y sgets dros ben llestri wedi gwneud dim i danio'i frwdfrydedd. Gwelsai berfformiadau tebyg droeon yn y gorffennol a'r un oedd y fformat bob amser. Yn sydyn, cofiodd y tro yr aeth gyda'i fam-gu i gyngerdd yn neuadd y pentref pan oedd e'n iau; doedd fawr o wahaniaeth rhwng hiwmor y noson honno a'r hyn a bedlerid nawr. Mwy ffraeth o lawer oedd y rhaglenni comedi Saesneg ar y teledu. Roedden nhw'n llai diog rywsut – yn fwy aeddfed, yn fwy cyfoes – ac yn fwy tebygol felly o gipio rhai fel fe. Drwy gil ei lygad, gallai weld bod Mrs Bowen yn plygu ymlaen yn ei sedd yr ochr draw i'w gŵr a throdd Gwyn ei ben i edrych i'w chyfeiriad. Roedd hithau, fel y lleill, i'w gweld yn mwynhau'r sioe. Cyfarfu eu llygaid a gwenodd hi'n anogol arno wrth estyn cwdyn papur ar hyd y rhes. Gwenodd e'n ôl a rhoddodd ei law ynddo er mwyn tynnu taffen allan cyn cynnig y cwdyn i Rhodri wrth ei ochr. Gwelodd Gwyn y syrffed diymwad ar wyneb hwnnw ac roedd hynny'n ddigon iddo dybio eu bod ill dau yn rhannu'r un farn am yr act anghynnil a oedd yn dechrau cyrraedd rhyw fath o benllanw ar y llwyfan. Ciciodd e droed Rhodri yn chwareus a chafodd gic yn ôl ond yn galetach. Roedd beth bynnag a boenai ei gyfaill ar ôl y wers ymarfer corff wedi'i adael bellach. Roedd y llwch wedi setlo ac roedd Gwyn yn uffernol o falch. Erbyn iddo suddo i sedd gefn car Mr a Mrs Bowen a theithio gyda nhw i Abertawe, roedd eu cyfeillgarwch llawn wedi'i adfer a'u cyd-ddibyniaeth yn gyfan. Eto, rywle yng ngwaelod ei fol, arhosodd y mymryn lleiaf o aflonyddwch, digon i daflu cysgod dros ei drefn arferol.

Crwydrodd ei lygaid draw tua'r paneli anferth a addurnai barwydydd y neuadd. Rhythodd mewn edmygedd ar y symffoni o liwiau a lenwai bob modfedd o'r murluniau ecsotig. Doedd neb wedi meddwl gostwng y goleuadau ar gyfer y gyngerdd ac, o'r herwydd, roedd ganddo rwydd hynt i graffu ar yr arlunwaith yn ei holl ogoniant. Symudodd ei olygon o'r naill olygfa i'r llall heb ddeall eu hystyr na'u pwrpas. Roedd yma goedwigoedd o adar ac anifeiliaid diarth o bob rhan o'r blaned. A'r bobl. Degau ar ddegau o ddynion, menywod a phlant yng nghanol y tyfiant toreithiog. Glaniodd ei lygaid ar fronnau noeth un o'r menywod a gorfododd ei hun i edrych i ffwrdd ar unwaith rhag ofn i Mr Bowen, a eisteddai yn ei ymyl, synhwyro'i flys a'i gondemnio o'r newydd, ond gwelodd fod holl sylw hwnnw ar y ddwy actores ar y llwyfan. Trodd ei olygon yn ôl at y ferch fronnoeth. Edrychodd ar y ddau chwydd llawn ac ar y tethi caled a oedd yn amlwg iddo hyd yn oed o'r man lle'r eisteddai. Yn sydyn, torrwyd ar draws ei lesmeirio gan gymeradwyaeth frwd y gynulleidfa ac, ar amrantiad, dychwelodd Gwyn i'r realiti o'i gwmpas mewn pryd i weld cefnau'r ddwy actores yn diflannu o'r golwg.

Heb rybudd, gostyngwyd y goleuadau a thawelodd y dorf gan adael murmur o ddisgwylgarwch i lenwi'r bwlch. Pwysodd Gwyn ymlaen yn ei gadair cyn troi at ei gyfaill. Roedd llygaid Rhodri ar agor led y pen. Yr eiliad nesaf, cerddodd tri cherddor ifanc ar y llwyfan a thaniwyd y noson.

'Wel, be chi'n feddwl 'te?' gofynnodd Carys Bowen dros y dwndwr cyson a lenwai'r cyntedd mawreddog.

Gwelodd Gwyn yr hunanfodlonrwydd amlwg ar wyneb mam ei ffrind. Roedd ei hymgais i fwydo dogn o ddiwylliant Cymraeg modern i'r genhedlaeth nesaf, waeth pa mor gyfrwys y bu hynny, wedi llwyddo i raddau helaeth. Er na fu'r noson yn un gwbl lawen ar ei hyd, ni allai Gwyn wadu nad oedd perfformiad y Bara Menyn wedi'i gyffroi a gwyddai fod Mrs Bowen hithau'n gwybod hynny hefyd. Beth bynnag oedd ei chymhellion, y gwir amdani oedd ei bod hi a'i gŵr wedi mynd â fe yn eu car i'r Brangwyn yn Abertawe a thalu am ei docyn. Y peth lleiaf y gallai ei wneud nawr oedd ei gwobrwyo.

'Joias i'n fawr, yn enwetig y grŵp ar y diwadd,' atebodd e gan ddewis ei unig uchafbwynt.

'O'n i'n gwbod byddech chi'n lico nhw,' meddai hi ac edrych yn gyntaf ar Gwyn ac yna ar ei mab.

Safai'r tri mewn hanner cylch yn disgwyl i Gwilym Bowen ddychwelyd ar ôl i hwnnw gynnig mynd i nôl y car pan welodd ei bod yn bwrw glaw. O'u hamgylch, roedd afiaith y dorf yn tasgu.

'A beth amdanat ti? Wyt ti'n meddwl 'run peth â Gwyn neu wyt ti'n mynd i'n synnu gyda barn annibynnol am unweth?' pryfociodd Carys Bowen.

'Yr un peth â fe,' atebodd Rhodri heb ymhelaethu'n fwriadol.

'Beth y'n ni'n mynd i neud â chi'ch dou? Dou dderyn 'da'i gily'. 'Se un ohonoch chi'n rhoi bys yn y tân 'se'r llall yn neud 'run peth, wir.'

Gwenodd y tri. Roedd pawb mewn hwyliau da.

'On'd yw hi'n braf ca'l dod i gyngerdd mewn adeilad mor hardd? Mae ise cynnal pethe Cymraeg mewn llefydd fel hyn yn amlach,' meddai Carys Bowen gan wyro'i phen yn ôl er mwyn edmygu'r nenfwd gain. 'Ry'n ni'n hiddu gwell na blwmin neuadde pentre salw.'

Gwyliodd Gwyn fam ei ffrind yn troi mewn cylch er mwyn llyncu ysblander y bensaernïaeth o'i chwmpas. Gwisgai ffrog felen a gwyn ac arni ryw fath o batrwm chwyrlïog. Gwelsai'r un patrwm ar siôl rhyw hen Gymreiges mewn llun a hongiai ym mharlwr ei fam-gu ond bod y fersiwn hwn yn fwy modern o lawer. Yn sydyn, cofiodd am ei fam ei hun yn sôn am gyfarfod â Mrs Bowen ar hap yn y stryd ychydig ddyddiau ynghynt a'i disgrifiad lliwgar o ddillad y fenyw arall. Cofiodd feddwl ar y pryd fod 'na elfen o feirniadaeth yn y dweud, cenfigen hyd yn oed, a honno'n cuddio rhyw ddyheu tawel. Rhaid taw hon oedd yr un ffrog a adawodd y fath argraff arni, meddyliodd. Er gwaethaf ei dyheu tawel, gwyddai na fyddai ei fam byth yn ystyried gwisgo'r fath ddilledyn ac na fyddai byth yn ystyried cael ei gweld mewn lle fel hwn chwaith. Pobl y neuadd bentref salw neu'r clwb oedd ei rieni. Doedd ganddyn nhw mo'r hyder i dorri ar batrwm oes.

'Ma'r adeilad 'ma'n fy atgoffa i damed bach o arddull y stesion ganolog ym Milan,' meddai Carys Bowen. Daliai i graffu ar y nenfwd gain ac ar y goleuadau a hongiai ohoni, ond yna gostyngodd ei llygaid a chyfeirio'i sylwadau at y ddau fachgen wrth ei hochr. 'Na, dyw hi ddim yn deg cymharu'r ddou. Mae'n well 'da fi'r lle yma. Mae'n llai ffasgaidd yn un peth, yn llai gwladgarol… hynny yw, os y'ch chi'n anghofio'r llunie 'na mewn yn y neuadd lle buon ni gynne… rheina sy'n dangos golygfeydd o'r Ymerodraeth Brydeinig. Ond nage bai'r adeilad yw hwnna. Na, mae'n well 'da fi'r lle yma. O'n i'n arfer mynd bron bob dydd i'r stesion pan o'n i'n byw ym Milan, jest i sefyll yng nghanol harddwch.'

'O'n i ddim yn gwpod bo chi'n arfer byw ym Milan, Mrs Bowen.'

'Ma 'na lot o bethe dy'ch chi'ch dou ddim yn gwbod amdana i,' atebodd hi a gwenu'n awgrymog. 'Bues i'n byw mas 'na am flwyddyn. Cofiwch, ma bron i ugen mlynedd ers hynny erbyn hyn.'

'O'dd hi'n dwym 'na?'

Chwarddodd Carys Bowen.

'O'dd, o'dd hi'n gallu bod yn dwym iawn ambell waith, ond o'dd hi'n gallu bod yn wlyb hefyd… o'n ni'n ca'l glaw trwm iawn weithie. O'n i'n arfer beio'r mynydde. 'Se fe'n talu i chi'ch dou fynd i rywle fel Milan ryw ddydd, neu Rufain… Paris. Jest cerwch. Sdim byd yn well na teithio am agor y meddwl a dod i wbod pwy y'ch chi. Dechreuwch safio, fechgyn. Weda i wrthoch chi beth wna i… os byth enilla i ffortiwn, fe dala i am eich tocynne er mwyn ichi fynd i weld y byd. Nawrte!'

'Bydde'n well 'da fi 'sech chi'n prynu gitâr i fi.'

'Sdim ots am brynu gitâr, Rhodri Bowen, ma ise iti feistrioli'r piano gynta! Ti yw 'nisgybl gwaetha… a sdim lot fawr o siâp ar y lleill. Ma ise gras ac amynedd arna i.'

Gwibiodd llygaid Gwyn rhwng y ddau a lledwenodd; mwynheai'r ymryson chwareus rhwng mam a mab. Cofiodd sut yr arferai ei dad fod gyda'i fam-gu ers lawer dydd a'r ffordd y bydden nhw'n esgus ffraeo gan achosi gofid di-sail iddo yntau, y bachgen bach, ac ennyn gwawd ei frawd tuag ato. Ond roedd hynny wedi hen newid. Roedd llawer yn newid bellach. Hoffai Mrs Bowen. Hoffai ei rhwyddineb. Roedd hi'n wahanol i bobl Cwm Gwina, i'r rhai a oedd wedi byw yno erioed. Roedd hi'n gyffrous ac roedd hi wedi profi bywyd y tu hwnt i'r cwm, fel nawr. Ond ymhen ychydig funudau, byddai e'n eistedd wrth ochr ei ffrind gorau yn sedd gefn car ei rieni gan anelu am adref. Yn ôl i'r cwm.

Ei lais a glywodd e'n gyntaf a hwnnw'n uchel ac yn ddigamsyniol wrth iddo gyfarch rhywun neu'i gilydd heb fod nepell oddi wrthyn nhw. Yna fe'i gwelodd yn brasgamu tuag atyn nhw heibio'r bylchau llac a oedd wedi dechrau ymffurfio wrth i'r dorf deneuo a mentro bob yn dipyn allan i'r glaw. Roedd e wedi newid ei ddillad, fe sylwodd. Edrychai'n iau yn ei siwmper gwddwg uchel ddu a'i drowsus o'r un lliw. Dros ei ysgwydd, hongiai siaced frown, ei fys yn ei dala yn ei lle gerfydd ei choler. Am ei draed, gwisgai'r un esgidiau swêd ag oedd ganddo yn yr ysgol. Yn sydyn, llenwyd Gwyn â'r panig mwyaf dwys. Taflodd gip ansicr ar Rhodri a gweld bod ei gyfaill wedi cymryd hanner cam tuag yn ôl, bron fel petai e wedi crebachu'n gorfforol.

'Be ti'n neud fan hyn, achan? O'n i'n dishgwl iti fod mas yn y priffyrdd a'r caea'n ymarfer yn galed ar ôl ein sgwrs fach prynhawn 'ma!'

Pwniodd Courtney Llewellyn ysgwydd Gwyn yn ysgafn cyn brysio i gydnabod y ddau arall.

'Shwd wyt ti, Rhodri?'

Nodio'i ben y mymryn lleiaf a wnaeth hwnnw ond, fel arall, arhosodd yn gwbl ddifynegiant. Ni sylwodd Courtney Llewellyn ar amharodrwydd ei ddisgybl i chwarae rôl. Yn hytrach, trodd i wynebu'r fenyw a safai yn ei ymyl ac estyn ei law i'w chyfarch.

'Nosweth dda, braf iawn cwrdd â chi... Courtney Llewellyn,' meddai'n hwyliog cyn troi ei sylw yn ôl at Gwyn ac yna yn ôl ati hi. 'Wyt ti wedi sôn wrth dy fam eto?'

'Walle fod ei fam wedi ca'l gwbod ond ta beth yw ei newyddion mawr dyw e ddim wedi sôn gair wrtha *i*. Carys Bowen ydw i, mam Rhodri,' cynigiodd hi cyn i Gwyn gael cyfle i gywiro camgymeriad ei athro ymarfer corff.

'Mae'n ddrwg 'da fi, Mrs Bowen. O'n i jest wedi cymryd taw chi o'dd...' dechreuodd e heb lwyddo i orffen ei frawddeg. Tynnodd wep ymddiheurol cystal â gofyn am ei maddeuant. Yna gwenodd yn hyderus arni gan wybod i sicrwydd nad oedd ei amryfusedd diniwed wedi achosi'r mymryn lleiaf o ddigofaint i'r fenyw o'i flaen.

Dawnsiai llygaid Carys Bowen yn ei phen; mwynheai hunangystwyo ffug y dyn ifanc hwn. Mwynheai'r perfformiad byrfyfyr. Roedd e cystal bob tamaid â'r hyn a welsai ar y llwyfan gynnau, meddyliodd, ac yn wahanol i hwnnw, ni chostiodd y sioe fach hon ddim byd iddi.

'Jiw jiw, Mr Llewellyn, sdim dishgwl ichi wbod pwy ydw i. Pam fyddech chi? Dy'n ni erio'd wedi cwrdd, er, dw i wedi clywed dipyn amdanoch chi,' meddai Carys Bowen yn bryfoclyd heb dynnu ei llygaid oddi ar ei wyneb.

Gwibiodd llygaid Courtney Llewellyn rhwng Gwyn a Rhodri. Gwyliodd Carys Bowen yr ymateb annisgwyl â chryn ddiddordeb.

'Pethe da, wrth gwrs,' ychwanegodd hi'n gellweirus. Oedd, meddyliodd, roedd hi'n mwynhau cwmni Courtney Llewellyn, hyd yn oed os nad oedd gan ei mab fawr o olwg arno yn ôl yr hyn a synhwyrai. 'Ond gadewch inni glywed newyddion mawr Gwyn,' meddai heb ymdrechu'n rhy galed i guddio'r newid sydyn yn nhrywydd y sgwrs.

Edrychodd y ddau oedolyn ar Gwyn ond, cyn iddo gael cyfle i agor ei geg, ymddangosodd Gwilym Bowen ar bwys yr allanfa gan chwifio'i freichiau er mwyn arwyddo i'w wraig fod y car yn eu disgwyl y tu allan i'r neuadd.

'O... rhaid inni fynd. Dewch mla'n, bois, wi'n gweld bod y *chauffeur* wedi cyrraedd. Braf iawn cwrdd â chi, Mr Llewellyn.'

'O'dd wir. Ma'n llwybre'n siŵr o groesi 'to,' ychwanegodd e. 'Hwyl, fechgyn.'

Hanner munud yn ddiweddarach, disgynnai'r tri risiau gwlyb Neuadd y Brangwyn a rhuthro drwy'r glaw trwm at y car a safai wrth ochr y ffordd. Taflodd Gwyn ei hun i mewn i'r cerbyd a chau'r drws o'i ôl. Suddodd yn erbyn cefn y sedd ledr a syllu ar y glaw yn pwnio'n ddi-baid yn erbyn ffenest flaen y car gan droi goleuadau'r stryd yn gam fel petai'n edrych trwy brism. Cychwynnodd Mr Bowen y llafnau a diflannodd y glaw ar amrantiad cyn dychwelyd eto, dro ar ôl tro. Golygfa gam, golygfa glir. Wrth ei ochr, y tu ôl i'w dad, eisteddai Rhodri. Yn y sedd flaen, chwaraeai Carys Bowen â'i gwallt. Dechreuodd y car symud i ffwrdd yn araf a throdd Gwyn ei ben i wynebu'r ffenest ochr mewn pryd i weld Courtney Llewellyn yn eu gwylio o ben y grisiau gwlyb.

Pennod 5

'A le ma nhw'n mynd i fyw weti 'ny achos sa i'n moyn babi arall yn y tŷ 'ma, ti'n dyall?'

'Crist o'r nef, gad e fod, Mansel, wnei di. 'Na gyd sy yn dy glop, achan,' atebodd Evelyn Philips a gwthio'i chadair am yn ôl braidd yn rhy egnïol wrth godi i ailgynnau'r gwres o dan y tegil ar y stof. Caeodd ei llygaid a thynnu anadl ddofn cyn troi i ymuno â'i gŵr wrth ford y gegin fel cynt. Teimlai'n hŷn na'i deugain a dwy flwydd oed.

'Ac o's blydi syndod? Ma babi ar y ffordd... neu walla fod ti 'di angofio'r darn bach 'na o newyddion teuluol.'

'Beth ti'n meddwl sy wedi bod yn 'y nghatw i ar ddi-'un bob nos, jest â bod, 'ddar i Gary ni sôn?'

'Trueni fod ti'n ffilu iwso'r 'oll oria 'na i witho mas le ma nhw'n mynd i fyw, achos sdim lle fan 'yn. Ma'r tŷ'n ry fach ac wy'n gwitho shifft... bore, dou-i-ddeg a nos, neu walla fod ti 'di angofio 'na 'efyd.'

'A beth 'set ti'n neud 'sen i'n gweu'tho ti fory bo finna'n erfyn babi? Fydde dicon o le 'ma weti 'ny, neu mas ar y strŷt fydden ni?'

Eisteddai Gwyn ar lawr carpedog yr ystafell ganol, ei gefn yn pwyso yn erbyn blaen y soffa a'i lygaid wedi'u hoelio ar y sgrin deledu yn y gornel. Bob hyn a hyn, byddai lleisiau ei rieni'n ymdreiddio trwy'r drws caeedig, gan darfu ar ei fwynhad, er iddo ddechrau perffeithio'r gallu i chwynnu eu bigitan cynyddol trwy ddewis a dethol dim ond y darnau a oedd yn werth eu clywed. Trodd ei ben tuag at y lleisiau am y pared wrth i'r ffrwydrad diweddaraf danio'i ddychymyg. Ei fam yn feichiog? Crychodd ei dalcen wrth ystyried y senario, waeth pa mor annhebygol. Eto, doedd hi ddim yn annhebygol o gwbl, erbyn meddwl. Doedd hi ddim yn rhy hen. Roedd e wedi'u clywed nhw wrthi er gwaethaf ymdrechion tila ei fam i fygu eu blys; doedd walydd tŷ cyngor a godwyd ar frys wedi'r rhyfel ddim wedi'u cynllunio i barchu preifatrwydd. Trodd ei lygaid yn ôl tuag at y teledu ond sylweddolodd ar amrantiad fod ei ddiddordeb yn anturiaethau plentynnaidd y Doctor ar y sgrin wedi gwywo. Roedd y foment fawr wedi mynd.

Ambell waith, hoffai yntau fedru gwibio trwy amser fel y Doctor, meddyliodd. Glanio yn rhywle arall ar adeg arall. Troi cefn ar y cyfan: Gary, y babi, Janis Lloyd, datguddiad ei fam-gu, cweryla ei rieni. Doedd dim pall ar gonach ei dad bellach nac ar ei fygythiadau gwag. Llond bola o gwrw a sesiwn fogeiliol gyda'i gronis yn y clwb fyddai wrth wraidd unrhyw ffrwydrad tafotrydd slawer dydd cyn troi am adre i arllwys ei gwd gerbron ei deulu. Sawl gwaith roedd e, ei fam a'i frawd wedi mynd trwy'r mosiwns o wrando'n amyneddgar cyn llwyddo i ddefnyddio blinder fel esgus er mwyn diflannu i'r gwely? Erbyn bore trannoeth, byddai pawb wedi anghofio amdano gan mai siarad diwerth oedd y cyfan. Brafado meddw, saff. Roedd y ffrwydradau'n feunyddiol bellach ac yn fwy hyll.

'Beth o'r gloch yw 'i? Well iti siapo 'i,' meddai Evelyn Philips wrth arllwys mwy o de i gwpan ei gŵr. 'Cer i wisgo rwpath teidi.'

'Beth wy fod i neud gynta: ifad y te neu wisgo rwpath teidi?'

'Gwna di fel ti'n moyn ond byddan nhw 'ma miwn 'annar awr.'

'Evelyn fach, dim ond Dilwyn Lloyd yw e, nace Prince Charles.'

'Sdim tamad o ots 'da fi am Dilwyn Lloyd... na blydi Prince Charles... ond *ma* ots 'da fi am Gwenda Lloyd. Ma cartra 'onna fel palas yn ôl bob sôn. Popath yn newydd. Ma 'na reswm pam mae'n ca'l ei galw'n 'Gwenda talu lawr'. Bydd ei llycid yn bobman o'r eiliad daw 'i miwn trw'r drws, a sa i'n moyn i bawb yn y Cop glywad bore fory bod Evelyn Philips a'i theulu'n byw miwn twlc!'

'A newn nhw ddim clywad 'na. Ti'n gwpod pam? Achos bod ni ddim yn byw miwn twlc, dyna pam. A ta beth, smo'r Cop ar acor fory.'

'Tra fod ti wrthi, gwêd wrth Gary am dynnu ei fys mas 'efyd,' meddai Evelyn Philips gan anwybyddu ymgais ei gŵr i fod yn ffraeth.

Prin bod y gorchymyn llac wedi gadael ei cheg pan ymddangosodd ei mab hynaf yn y drws rhwng y gegin a'r cyntedd cul a arweiniai at ddrws y ffrynt. Gwisgai ei siwt lwyd, newydd a doedd ei wyneb ddim yn bell o fod yr un lliw.

'Ti'n dishgwl yn 'yfryd, cariad, sy'n fwy na beth alla i weud am dy dad.'

Tynnodd Gary gadair allan oddi tan y ford ac eistedd arni heb ddweud yr un gair.

'Gwena er mwyn Duw,' meddai Mansel Philips, 'nace blydi angladd yw 'i.'

Fflachiodd Evelyn Philips ei llygaid ar ei gŵr.

'Ti 'di newid dy gân yn sytan reit. Sdim pum munad ers iti weud bod dim croeso i unryw fabi yn y tŷ 'ma a nawr ti'n moyn i bawb wenu.'

'Nace dyna beth wetas i o gwbwl a ti'n gwpod 'na'n nêt. Ti'n troi pethach.'

'Dyna'n gwmws beth wetast ti, so gad dy gelwdd!'

'Trio gweud o'n i fod isha inni feddwl yn iawn ble ma nhw'n mynd i fyw.'

'Dyna pam ma'r Lloyds yn dod 'ma nawr.'

'Sa i'n mynd i fyw 'da reina, chi'n clywad?' meddai Gary gan syllu ar y ford o'i flaen.

'Wel ble chi'n mynd i fyw 'te?' gofynnodd Mansel Philips a mynd ati i gynnau sigarét.

'Paid â dechra smoco nawr, wnei di. Bydd y tŷ'n drewi.'

'Sa i'n mynd i fyw gyta nhw, reit,' cyhoeddodd Gary eilwaith a chodi ei drem er mwyn edrych i fyw llygad ei dad.

'Dera nawr, Gary, gad lonydd i bopath nes bod nhw'n cyrradd. Dyna pam ma nhw'n dod… i drafod petha fel 'na.' Ar hynny, rhoddodd Evelyn Philips ei braich am ysgwyddau ei mab a'i dynnu tuag ati. ''Yt ti a Janis wedi styriad mynd lan i weld Les Wilkins? Walla galle fe ffindo fflat fach i chi,' meddai gan fagu pen ei mab yn erbyn ei bronnau.

Yn sydyn, torrodd Gary'n rhydd rhag ei gafael.

'A bod yn ei ddyled am weddill 'y mywyd fel 'annar Cwm Gwina? Ife dyna beth chi'n moyn i ni neud? Grinda, Mam, yr unig reswm ma Les Wilkins ar y cownsil yw er mwyn iddo fe ga'l twlu ei bwysa r'yd lle. Pŵer… contrôl… 'na gyd yw e. Ma fe'n controlo popath yn y lle 'ma fel ryw frenin bach tsiêp o o's yr arth a'r blaidd… pwy sy'n ca'l tŷ cownsil, pwy sy'n ca'l job. Ma'r dyn yn ffiadd ac mae'n bryd i ddynon fel fe fynd. Mae'n bryd i Gymru newid. Sdim lle i Les Wilkins a'i siort racor. Ma eu amsar nhw ar ben.'

'Clyw, clyw! Wy'n cyd-fynd â ti, Gary bach, ond smo 'wnna'n atab y cwestiwn ble 'yt ti a Janis a'r babi'n mynd i fyw,' mynnodd ei dad.

Pwysodd Mansel Philips yn ôl yn erbyn cefn ei gadair. Agorodd Gary ei geg yn barod i ddweud rhagor cyn ei chau yn sydyn wrth ddirnad yr arwydd lleiaf o hunanfodlonrwydd ar wep y dyn arall. Fis yn ôl, byddai hynny wedi'i siomi ond sylweddolai bellach fod ei dad wedi hen ffeirio siom am ei ddirmyg. Yn ystod y mudandod dilynol, gorfodwyd y tri i ystyried y geiriau moel a eisteddai o hyd ar ford y gegin fel pryd o fwyd a adawyd ar ei hanner.

'Iti ga'l gwpod, ma Myn-gu 'di cynnig lle i ni draw gyta

'*i*,' cyhoeddodd Gary a chodi ar ei draed. Wrth weld y cysgod a oedd wedi disgyn dros wyneb ei dad ni allai lai na theimlo'n falch ei fod e wedi'i frifo.

Pwysodd Mansel Philips yn ei flaen, ei fryd ar adennill peth o'i hunanfeddiant.

'Wel wara teg iddi! Ma 'wn jest beth ma'r 'en Nel yn moyn. Tepyg at eu tepyg a pobun yn byw'n 'apus ac yn llon. Fe deimliff 'i'n gyffwrtus iawn yn rannu ei chartra gyta ti a Janis a'r ba–'

'Aisht! Ma nhw 'ma. Cer lan i newid!'

Cododd Gwyn ar ei draed yn reddfol wrth glywed y panig yn llais ei fam a chroesodd y llawr carpedog er mwyn diffodd y teledu. Ni wyddai pam y gwnaeth hynny ond teimlai fel y peth iawn i'w wneud, rhywsut. Doedd dim perygl, er hynny, y câi Janis Lloyd a'i theulu fentro cyn belled â siambrau mewnol y twlc a tharfu arno fe, y brawd iau. Onid oedd ei fam wedi bod wrthi'n glanhau a chymoni'r parlwr bob dydd ers clywed bod y Lloyds yn dod nes ei fod yn sgleinio fel pin mewn papur a'r farnis ar y seidbord bron â chael ei rwto bant? Gwthiodd ei ddwylo i bocedi ei jîns a safodd ar ganol yr ystafell gan edrych tuag at y drws caeedig. Roedd rhan fach ohono'n ysu am ei agor er mwyn iddo gael tystio i achlysur a fyddai'n sicr o gael ei gofio fel un o'r digwyddiadau mawr yn hanes ei deulu ymhen blynyddau. Eto, roedd rhan arall ohono'n awyddus i gadw draw, i aros ar y cyrion. Cawlach Gary oedd hwn ac roedd e, Gwyn, eisoes wedi cael mwy na llond bola.

Yr eiliad nesaf, gwthiodd e'r drws ar agor a chamu i mewn i'r gegin mewn pryd i weld Janis Lloyd a'i rhieni'n cael eu bugeilio i'r parlwr. Cyfarfu ei lygaid â'i llygaid hithau a nodiodd Gwyn ei ben y mymryn lleiaf i gydnabod ei dyfodiad i'w gartref, a thrwy hynny, i'w fywyd. Waeth pa mor annhebygol y bu cynt, roedd ffawd – neu nwyd – wedi dod â Janis Lloyd i'w gynefin. Roedd e heb ei gweld hi wyneb yn wyneb ers y diwrnod y torrwyd y newyddion mawr iddo yn yr union ystafell lle safai nawr. Sylweddolodd anferthedd y foment: hon oedd y ferch a gariai ei ddarpar nith neu nai.

'Dewch miwn, dewch miwn,' anogodd ei fam yn hwyliog fel petai'n eu croesawu i barti pen-blwydd yn ei chartref glân. 'Shteddwch. Bydd Mansel 'ma yn y funad. Mansel, ble 'yt ti?' galwodd hi'n ffug-geryddgar i fyny'r grisiau.

Gallai Gwyn synhwyro'r nerfusrwydd yn ei llais a chrwydrodd i sefyll yn nrws y parlwr mewn ymgais ddiniwed i'w chefnogi. Ni sylwodd neb ei fod e yno am fod pawb yn rhy brysur yn llyncu golygfeydd eraill. Taflodd e gip ar Gary a gwelodd fod hwnnw'n edrych fel rhyw fân droseddwr a gawsai ei lusgo yn ei ddillad gorau gerbron ei well i glywed ei ddedfryd. Rhybudd? Pryd o dafod? Pardwn llwyr? Ar y soffa gyferbyn ag e, rhoddwyd Janis i eistedd rhwng ei mam a'i thad fel pe bai'r ddau'n gwarchod eu merch gyntaf-anedig, a gobaith mawr ei theulu, rhag chwantau ei frawd. Rhy hwyr, meddyliodd Gwyn, rhy hwyr. A beth am ei chwantau hithau? Fflachiodd geiriau ei fam-gu drwy ei feddwl. Oedd, roedd eisiau dau i wneud babi.

'Nace'r mab ifanca yw 'wn, o's bosib,' cyhoeddodd Dilwyn Lloyd gan ddeffro Gwyn o afael ei ddychymyg.

'Ia, Gwyn ni yw e reit 'i wala,' meddai Evelyn Philips. 'Shgwlwch, ma fe'n dalach na fi, a fe yw babi'r teulu!'

Bu bron i Gwyn dagu wrth glywed ei geiriau a gwibiodd ei lygaid i gyfeiriad ei frawd unwaith yn rhagor ond doedd hwnnw, fel y lleill, ddim fel petai wedi nodi'r eironi.

'Jiw, beth yw dy oetran erbyn 'yn, 'y machgan i?'

'Pymthag, jest â bod.'

'Pymthag, jest â bod,' ailadroddodd Dilwyn Lloyd yn slafaidd am na wyddai sut i fynd â sgwrs â llanc o'r oedran hwnnw ymhellach.

Cadwodd Gwyn ei lygaid ar y dyn canol oed a daeth yn amlwg iddo mewn wincad mai dylanwad ei wraig oedd ar ei grys gwyn, dilychwin a'i dei streipiog, glas tywyll a gwyn. Roedd y goron euraid ar y bathodyn milwrol ar boced ei siaced ddu yn cwblhau'r ddelwedd, meddyliodd. Ond bu bron iddo chwerthin pan welodd nad aethai trylwyredd Gwenda Lloyd cyn belled â sicrhau bod copish ei gŵr wedi'i gau, yn enwedig o gofio natur yr achlysur dan sylw. Achubwyd Gwyn o drwch blewyn rhag tynnu gwarth arno fe ei hun wrth i'w dad ymddangos y tu ôl iddo ac, ar yr un pryd, gwaredwyd Dilwyn Lloyd rhag y lletchwithdod dwfn a oedd ar fin dod i'r wyneb yn sgil ei anallu i gyfathrebu â neb y tu hwnt i gylch dynion y clwb neu'r gwaith.

'Mansel! Shwd 'yt ti, was?' meddai a chodi ar ei draed i ysgwyd llaw'r newydd-ddyfodiad.

'Dilwyn, achan, neis i weld ti. Ti 'eb fod lan y clwb ers peth amser. Shwd y'ch chi, Gwenda... Janis?' meddai Mansel Philips heb lwyddo i edrych i fyw llygad y naill fenyw na'r llall.

Yn sydyn, teimlodd Gwyn ryw awydd llethol i ddianc. Mynd oddi yno a gadael i batrymau oesol wneud eu gwaith ym mharlwr glân ei fam.

'Wy'n mynd mas i rytag,' cyhoeddodd e gan anelu ei eiriau at ei dad.

'Rytag?' meddai Dilwyn Lloyd a phwyso yn ei flaen i edrych ar Gwyn.

'Ma fe wedi ca'l ei ddewish i rytag dros y shir... yr *'undred metres*,' eglurodd Mansel Philips â balchder.

'Wy'n gorffod neud y treialon gynta, Dad. Walla fydda i ddim yn ddicon da.'

Rhythodd Gwyn ar ei dad cyn troi yn frysiog a diflannu i'r gegin, o olwg pawb.

'Bachan, sdim lot o...'

Ond ni chlywodd e weddill brawddeg Dilwyn Lloyd wrth iddo gau drws y cefn yn glep a rhuthro tuag at y glwyd ym mhen draw'r ardd. Eiliadau'n ddiweddarach, rasiai ar hyd y lôn gefn, gan ofalu osgoi'r pyllau dŵr tragywydd, nes cyrraedd y tir diffaith wrth ochr y clwstwr o dai. Rhedodd ar draws y llain agored gan geisio asesu'r pellter a'r amser a gymerodd i gyrraedd yr hen reilffordd. Roedd e'n gyflym, barnodd, ond gallai fod yn gynt. Safodd wrth y trac er mwyn cael ei wynt ato. Teimlai ei galon yn curo'n uchel. Plygodd heb yn wybod iddo'i hun ac eistedd ar y cledrau rhydlyd. Doedd yntau, fel ei dad, ddim eisiau babi yn y tŷ. Yn sydyn, fe'i llenwyd ag euogrwydd ond cyn i hwnnw gael gafael fe'i disodlwyd gan ddychryn pur: dychryn hunanol, melys. Byddai babi yn y tŷ yn newid popeth ac yn dod â Janis Lloyd yn ei sgil. Fflachiodd ei hwyneb drwy ei feddwl. Gallai ei gweld yn eistedd rhwng ei mam a'i thad ar y soffa a Gary'n syllu ar y llawr drwy gydol y geiriau teg a'r geiriau croes. Roedd e am ei bwnio, ei gicio yn ei geilliau. Roedd e am iddo fynd. Roedd e am etifeddu ei ystafell wely.

Edrychodd yn freuddwydiol ar hyd y cledrau, ei feddwl yn tasgu rhwng y naill bosibilrwydd a'r llall. Yn y pellter, gallai weld Nina Price yn mynd yn llai ac yn llai wrth iddi gerdded ar un o'i theithiau beunyddiol i unman. I ble bynnag yr âi bob dydd, yn ôl y deuai bob tro; roedd gafael Cwm Gwina'n rhy dynn. Cododd Gwyn ei law a sgubo'i wallt yn ôl oddi ar ei dalcen chwyslyd. Edrychodd ar hyd y cledrau drachefn a gweld ei bod hi bron â diflannu o'r golwg bellach. Pan holodd e ei fam-gu un tro ynghylch crwydradau Nina Price roedd yr ateb a gynigiodd wedi'i daro braidd yn rhyfedd ar y pryd. Nawr, fodd bynnag, tueddai i feddwl ei bod hi'n iawn ac mai unig bwrpas ei chrwydro oedd cofnodi: sylwi ar hynodrwydd ei chyd-ddyn, gwarchod cydwybod ei bro. O'r hyn a welsai ac o'r geiriau prin a fu rhyngddo a Nina erioed, roedd e'n gwbl grediniol y byddai ganddi farn ar ddatblygiadau diweddaraf ei deulu er na fyddai o reidrwydd yn barod i'w lleisio.

Sychodd ei dalcen â chefn ei law a neidiodd ar ei draed. Dechreuodd redeg o'r newydd. Penderfynodd fynd draw i'r cae rygbi lle câi lonydd i ymarfer ac ymgolli yn ei dasg. Defnyddio'r llinellau gwyn i fesur ei gynnydd. Rasio rhwng dau bwynt. Cadw o fewn y terfynau. Dim ond pan welodd e siâp Mrs Bowen y Mans yn dod i ateb y drws y sylweddolodd yn llawn ei fod e wedi gadael y cae rygbi ymhell o'i ôl yn ei awydd i weld ei ffrind.

'Gwyn! Fel y clywi di, ma Rhodri wrthi'n ymarfer ar y piano ond fydd e fawr o dro cyn gorffen,' meddai a'i annog i groesi'r trothwy. 'Dere mewn. Roedd ei wyneb fel symans pan hales i fe mewn i bractiso gynne ond unwaith glywith e fod ti 'ma fe wneith e dderbyn ei fod e'n werth y pŵds a'r cwyno afresymol. Diolch am ddod. Ti wedi fy arbed rhag noson anodd.'

Trodd Carys Bowen a'i arwain trwy'r drws gwydr mewnol ac ymlaen i gyntedd llydan y mans i gyfeiliant clasurol y piano yr ochr draw i un o'r drysau eraill.

'Ma golwg boeth arnat ti. Ma dy wyneb yn goch reit,' meddai gwraig y gweinidog.

'Wy 'di bod yn rytag.'

'Wrth gwrs. Rwyt ti'n paratoi ar gyfer y treialon, on'd wyt ti? Shwd mae'n mynd?'

'Mae'n dod, ond ma gofyn mynd mas yn amal i ymarfar,' atebodd Gwyn a chrychu ei geg.

'Wel, ti'n dangos mwy o ymroddiad na Rhodri ni 'da'r piano, alla i weu'tho ti. Wy'n gorfod ei glymu fe wrth y stôl, bron iawn. Cer di i ishte mewn fan'na tra mod i'n moyn rhwbeth i yfed i ti. Be ti ise?'

'Ga i lasad o ddŵr, plis?'

'Ti'n siŵr fod ti ddim ise rhwbeth arall? Lemonêd? Un digon diffwdan wyt ti, yn wahanol i rai! Gei di ddod 'ma 'to,' pryfociodd Carys Bowen cyn diflannu i'r gegin.

Suddodd Gwyn i'r gadair flodeuog, foliog wrth y ffenest fae yn y parlwr golau. Ugain munud ynghynt, safasai ym mharlwr ei fam. Mor wahanol oedd y ddau le, meddyliodd. Glaniodd ei lygaid ar y silffoedd llyfrau ar hyd y wal gyferbyn a'r rheiny'n gwegian dan bwysau'r cyfrolau swmpus a'r nofelau mwy deniadol o bob lliw a maint. Wrth eu hochr roedd desg agored, hen ffasiwn ac arni ôl prysurdeb. Barnodd Gwyn taw dyma'r union fan lle y byddai tad Rhodri'n paratoi ei bregethau ac yn llunio'i eiriau o gysur ar adeg o brofedigaeth neu ei eiriau o ddoethineb ar adeg o wendid gan un o'i braidd. Bu yn yr ystafell hon sawl gwaith o'r blaen ond byth yn gyfan gwbl ar ei ben ei hun. Gwibiodd ei lygaid o ddodrefnyn i ddodrefnyn ac o lun i lun. Go brin y byddai Mrs Bowen yn gwastraffu ei hamser yn sgleinio'r celfi fel y gwnaethai ei fam.

Gwenodd wrth ystyried ei difrïo chwareus yn y cyntedd gynnau. Nid dyna oedd y tro cyntaf iddi esgus lladd ar ei mab trwy ei gymharu ag yntau. Dyrchafu'r naill trwy fychanu'r llall. Roedd yn gêm beryglus. Cofiodd y lletchwithdod yr arferai ei deimlo wrth dystio i'r fath dactegau pan ddaeth i'w hadnabod gyntaf; byddai arno awydd greddfol i achub cam ei ffrind ond bod cwrteisi plentyn yn ei atal rhag gwneud. Deallai Gwyn bellach taw gornest bryfoclyd oedd y cyfan: ymryson rhwng mam a mab. Ond trwy ymddiried ynddo fe, yr un arall, yn y fath fodd, roedd yn ymgais hefyd i'w ddenu i'w hochr, i'w drin fel cyd-ddifrïwr. Roedd e'n hoffi Mrs Bowen, er hynny, am na fyddai byth yn ei drin fel plentyn.

'Dyma ti... glased o ddŵr i'r athletwr,' cyhoeddodd Carys Bowen gan groesi'r carped patrymog a gosod y gwydryn ar fwrdd bach crwn wrth ymyl y gadair lle eisteddai ei gwestai ifanc. 'Ma Rhodri'n gwbod fod ti 'ma.'

Suddodd i gadair esmwyth arall gyferbyn ag e a siglodd ei hesgidiau ysgafn yn rhydd cyn plygu ei choesau odani ei hun ag un symudiad llyfn fel merch hanner ei hoed. Roedd Gwyn heb sylwi tan nawr ei bod hi'n gwisgo trowsus. Roedd un o'i thraed yn y golwg a gwelodd e fod yr ewinedd wedi'u peintio'n goch.

'Iechyd da,' meddai hi a dala ei gwydryn yn uchel fel petai'n cynnig llwncdestun.

Gwenodd Gwyn a'i hefelychu.

'Iechyd da.'

Nododd hi ei fod e'n edrych ar ei diod ac ar y darn o lemwn a nofiai yn y gwydryn.

'Pam lai?' meddai gan achub y blaen ar unrhyw holi ganddo. 'Mae 'di troi whech o'r gloch. Wna'th un G a T bach cyn swper ddim drwg i neb erio'd.'

Gwenodd Gwyn unwaith yn rhagor. Ni allai ddychmygu neb arall yng Nghwm Gwina yn yfed y fath beth.

'Gwêd wrtha i, shwd un yw Courtney Llewellyn?' gofynnodd hi a chymryd llymaid o'i diod. Cwpanai ei gwydryn yn ei llaw a phwysodd ei phenelin ar fraich ei chadair heb dynnu ei llygaid oddi arno.

Synnwyd Gwyn gan ei chwestiwn diflewyn-ar-dafod ac ar ei sydynrwydd. Crychodd ei dalcen cystal ag awgrymu na wyddai pam ei fod yn trafod ei athro ymarfer corff ym mharlwr y mans ar nos Sadwrn a hynny gyda mam ei ffrind gorau.

'Wi ond yn gofyn achos sa i'n credu bod Rhodri a fe'n... shwd alla i weud... yn ffrindie penna,' ychwanegodd hi pan welodd nad oedd ateb rhwydd am ddod.

'Cytuno,' meddai Gwyn o'r diwedd, 'ond, yn bersonol, wy'n dod mla'n yn nêt 'da fe. Os yw e'n c'meryd atoch chi, ma fe'n iawn. Fel pob athro, ma gyta fe'i ffefrynna, ond 'sen i ddim yn lico'i groesi fe.'

'Felly, ti'n gweud bod ochor arall iddo fe?'

'Nagw, ddim fel 'ny. Sa i'n napod e'n ddicon da. Dim ond gweud wy bo fi'n dod mla'n 'da fe. Walla achos fod e'n gweld bo 'da fi ddiddordeb yn ei bwnc. Ma pawb yn lico tamad bach o sepon, gan gynnwys athrawon, ac os y'ch chi'n dangos diddordeb ynddyn nhw, neu yn eu pwnc, ma nhw'n ymatab.'

'Un craff wyt ti, alla i weld. Rwyt ti'n dda am ddeall dy gyd-ddyn. Fe ei di'n bell, ti'n gwbod.'

Cymerodd Carys Bowen lymaid arall o'i diod wrth archwilio wyneb Gwyn. Gwyddai hwnnw ei bod hi'n ei astudio a cheisiodd fod mor ddifynegiant ag y gallai gan amsugno'i chanmoliaeth.

'Trueni nad yw Rhodri ni mor barod i bleso.'

'I bleso pwy?'

Trodd Gwyn ei ben i gyfeiriad y llais newydd a gwenodd wrth wylio'i gyfaill yn dod trwy'r drws.

'Beth 'yt ti'n neud 'ma?' gofynnodd Rhodri gan anwybyddu presenoldeb ei fam.

'Dyna ffordd neis o groesawu dy ffrind gore i'r tŷ!' meddai honno, yn benderfynol o gael ei chynnwys yn y cellwair. 'Ma Gwyn wedi achub dy gro'n di heno, Rhodri Bowen. O'dd o leia cwarter awr arall o ymarfer ar ôl 'da ti.'

'Well i fi neud yn fawr o'r rhyddid annisgwyl 'te,' atebodd e a chymryd ychydig gamau tuag at y drws yr oedd e newydd ddod trwyddo.

Edrychodd Gwyn ar Carys Bowen er mwyn ceisio asesu ei hymateb cyn troi'n ôl i gyfeiriad y llall.

'Ti'n dod?' gofynnodd hwnnw.

'Smo Gwyn wedi bennu ei ddiod 'to. Beth yw'r hast 'ma?'

'Rhag ofan ichi newid eich meddwl a hala fi nôl mewn.'

'Gwyn bach, gellit ti dyngu mod i'n ei orfodi fe i witho at ei ganol mewn dŵr brwnt ar waelod pwll glo, y ffordd ma fe'n brygowthan. Sa i 'di clywed shwd berfformans yn 'y myw. Gwranda, fy mab annwyl, fe wnei di ddiolch i fi ryw ddiwrnod pan fyddi di'n bianydd o fri ac yn ennill dy ffortiwn!'

'Chi'n gwbod cystal â fi fod hynny ddim yn mynd i ddigwydd. Man a man ichi dderbyn e.'

Ar hynny, diflannodd Rhodri trwy'r drws. Cododd Gwyn ar ei draed, nodiodd ar Carys Bowen a dilyn ei gyfaill allan i'r cyntedd.

'Ma byw yn y tŷ 'na gyda honna a fe, Gwilym y Gweinidog, yn ddigon i... bydde'r Iesu ei hun wedi codi dou fys arnyn nhw.'

Cadwodd Gwyn ei ben i lawr wrth wrando ar danchwa'r llanc arall ond ni chynigiodd yr un gair o gysur iddo. Yn un peth, doedd e ddim yn siŵr faint o sail oedd i'w achwyn. Roedd fel petai'r peth lleiaf yn ei gythruddo'n ddiweddar, meddyliodd. Roedd e'n dechrau mynd yn ddiflas. Cerddodd y ddau wrth ochr ei gilydd ar hyd y lôn bridd a arweiniai o ardd y mans i gyfeiriad y tai cyntaf, a ddynodai gychwyn y rhan honno o'r pentref, cyn dringo ar y rheilins yn y pen draw. Roedd y naill a'r llall yn gwbl ymwybodol o'r tawelwch anarferol a oedd rhyngddyn nhw. Edrychodd Gwyn i lawr dros y rhesi o doeau llechi nes i'w lygaid lanio ar ei gartref ei hun a hwnnw'n sefyll yng nghanol yr hanner cylch bach o dai a ffurfiai ynys o newydd-deb cymharol mewn golygfa a berthynai i raddau helaeth i'r ganrif o'r blaen. Yn wahanol i'r tai teras, roedd toeau ei stryd ei hun yn frowngoch ac felly'n haws eu hadnabod. O'r man lle eisteddai, nid edrychai'n wahanol i unrhyw dŷ cyngor arall yn y *cul-de-sac* taclus. Ond gwyddai Gwyn fel arall a bod twyll mewn pryd a gwedd allanol. Y tu ôl i ddrysau caeedig ei fam a'i dad yr eiliad honno, gwyddai fod un o ddramâu mwyaf ei deulu yn cyrraedd ei phenllanw.

'Beth dda'th â ti ffor hyn?' gofynnodd Rhodri pan aethai'r mudandod yn rhy amlwg i'w osgoi.

'O'n i'n paso a benderfynas i alw miwn.'

'Paso? Ond sneb jest yn paso'r mans. Ti'n gorfod dod mas o dy ffordd i gyrraedd 'ma. Fe gas ei godi lan fan hyn ar ei ben ei hun yn fwriadol er mwyn i'r gweinidog a'i deulu allu drychyd lawr ar bawb arall.'

Lledwenodd Gwyn ond cadwodd ei olygon ar yr olygfa o'i flaen.

'Etho i mas i ymarfar, a'r peth nesa, o'n i'n sefyll mas tu fas i'ch tŷ chi,' mynnodd e.

'Ffyc off, Philips. Be ti'n feddwl ydw i? Pam ti 'ma?'

Gallai Gwyn glywed ei galon yn pwnio'n erbyn ei frest ac yn ei ben. Roedd arno eisiau dweud cymaint ond roedd arno ofn dweud dim. Cawsai ei dywys at ddrws tŷ'r gweinidog, gan ddilyn yn ôl troed cenedlaethau o'i gyd-bentrefwyr o'i flaen, ond nid dod i rannu ei ofidiau â rhywun nad oedd ganddo'r syniad lleiaf sut roedd ei siort e'n byw a wnaethai. Cyd-ddigwyddiad llwyr oedd y ffaith taw mab y mans oedd ei ffrind gorau. Eto i gyd, wrth i hwnnw ddisgwyl am ymateb ganddo'r eiliad honno, ni allai lai na meddwl i ba raddau y byddai yntau'n deall chwaith. A oedd natur y cyw ffigurol, chwedl ei fam-gu, yn y cawl ffigurol ynteu coflaid o gachu oedd hynny fel cymaint o bethau eraill? Fe'i boddwyd ar amrantiad gan don o euogrwydd a theimlodd y gwaed yn codi yn ei wyneb. Doedd hynny ddim yn deg. Rhodri oedd Rhodri a dylai fe, o bawb, wybod hynny. Trodd o'r diwedd i'w wynebu.

'O'n i'n ffilu stwmoci'r 'oll *shit*. O'dd raid i fi ddod o'r tŷ.

Ar ôl iddyn *nhw* gyrradd, o'n i'n gorffod mynd odd 'na. O'dd jest gweld nhw'n troi arna i.'

Craffu'n chwilgar arno a wnaeth Rhodri heb ddeall at bwy y cyfeiriai, ond ni ofynnodd ddim byd. Llithrodd Gwyn i lawr oddi ar y rheilins er mwyn osgoi ei syllu a gadawodd i'w gefn bwyso yn erbyn y barrau haearn. Edrychodd yn syth o'i flaen ond, yn wahanol i'r tro cynt, ni welodd doeau'r tai na'i gartref ei hun. Ni welodd ddim byd ond wyneb ei frawd yn rhythu ar garped difrycheulyd ei fam.

'Grinda, mae'n raid iti addo pido gweud gair wrth neb, reit? Dim ffycin gair, Rhodri, neu wna i ddim siarad â ti byth 'to. Ti'n dyall?'

Ar hynny, llithrodd Rhodri yntau ei ben-ôl oddi ar y rheilins fel ei fod yn sefyll wrth ochr Gwyn. Nodiodd ei ben heb dynnu ei lygaid oddi arno.

'Ma Janis Lloyd a'i mam a'i thad yn ishta yn tŷ ni y funad yma yn trafod le ma 'i a 'mrawd yn mynd i fyw.' Gostyngodd Gwyn ei olygon. Edrychodd yn ddi-weld ar y pelenni o faw defaid ar bwys ei draed cyn codi ei lygaid o'r newydd. 'Ma Janis yn erfyn babi a… Gary yw'r tad.'

'Beth? Ma Janis Lloyd a Gary 'di bo'n ffwrcho?'

'Iesu, ti'n glou! Weta i 'na amdenat ti. Otyn, ma Janis Lloyd a Gary 'di bo'n ffwrcho. Dyna beth sy angan neud fel arfar i ga'l babi, neu walla fod dy fam a dy dad 'eb esbonio 'na wrthat ti.'

'Pryd glywest ti?'

'Wy'n gwpod ers cwpwl o wthnosa, ond dim ond nawr ma fel 'se popath yn troi'n real. O'dd lle y diawl 'na pan wetws Gary. A'th 'y n'ad yn ynfyd. Ma fe'n dal i fod yn ynfyd a'i sgrechin yn cwnnu i lefel newydd bob tro ma fe'n acor ei ben. 'Na gyd sy ar ei feddwl e. Ond ma fe'n benderfynol gewn nhw ddim byw gyta ni. Ma fe'n gweud bod y tŷ'n ry fach…

a ma fe'n iawn. *Mae'n* ry fach. Sa i'n moyn gweld blydi Janis Lloyd a ryw fabi sgrechlyd yn symud miwn.'

'Beth ma nhw'n mynd i neud?'

'Y?'

'Odyn nhw'n mynd i gadw'r babi?'

'Beth? Be ti'n feddwl?'

'Smo fe'n erbyn y gyfreth nawr... ti'n gwbod... i ga'l ei wared e. Ddim fel o'r bla'n.'

Gwthiodd Gwyn ei hun i ffwrdd oddi wrth y rheilins a throi tuag ato. Trwy gydol yr holl ffraeo ar aelwyd ei fam a'i dad ers i Gary ollwng y daranfollt a drodd fywydau ei deulu ben i waered, ni chlywsai hynny'n cael ei grybwyll unwaith. Roedd clywed Rhodri'n cyfeirio ato nawr yn ddigon i'w aflonyddu. Cododd ei law at ei ên a rhedodd ei fynegfys yn ôl ac ymlaen ar hyd y mân flewiach pigog uwch ei wefus uchaf fel petai'n dwysystyried y gosodiad moel. Ond ystyried ei ddiffyg ei hun oedd e. Cawsai ei ddal a doedd e ddim yn barod ar ei gyfer. Roedd difaterwch cwestiwn ei ffrind bron â'i lorio, eto roedd gonestrwydd di-lol yn yr holi hefyd. Roedd e'n grac ag e ei hun. Gobeithiai nad oedd ei osgo'n ei fradychu, nad oedd y diniweidrwydd a deimlai mor gryf ddim yn amlwg i'r boi bydol hwn yn ei ymyl. Doedd Rhodri ddim yn dwp. Roedd e'n ei adnabod yn well na neb.

'Wy'n gwpod 'na,' meddai'n swta. ''Sen i'n meddwl bod nhw wedi trafod popath fel 'na yn barod a penderfynu ei gatw fe, nag 'yt ti'n meddwl?'

Wrth i'r geiriau adael ei geg, roedd Gwyn ymhell o fod yn siŵr ai dyna fyddai penderfyniad ei frawd heb sôn am Janis Lloyd. Er hynny, ni allai eu dychmygu'n mentro gadael i'r fath ystyriaeth ryfygus groesi eu meddyliau yn y lle cyntaf, cyfreithlon ai peidio. Tybed ai dyna oedd y cwestiwn mawr dan sylw yn y parlwr glân yr eiliad honno wrth i'r mân siarad a sawl gwên deg gael eu disodli gan ddifrifoldeb yr argyfwng a wynebai bawb? A dynnwyd y menig eto ynteu a oedd ei dad a Dilwyn Lloyd eisoes yn prynu rownd i'r cronis arferol yn y clwb, eu tasg wedi'i chyflawni, yr argyfwng drosodd? A llinach deuluol newydd wedi'i ffurfio tra bo'r ddarpar fam a'r darpar dad yn ymgyfarwyddo â chanlyniad unrhyw benderfyniad a wnaed ar eu rhan.

'Ma Mam yn gweud taw penderfyniad y ferch ddyle fe fod, taw ei chorff hi yw e,' meddai Rhodri.

'Oty dy fam o blaid neud rwpath fel 'na 'te? Bydden i 'di meddwl y bydde 'i'n gryf yn erbyn.'

'Ei dadl hi yw ei bod hi'n saffach na gorfod mynd i ryw dwll o le mewn stryd gefen yn rhywle.'

'Ond wy'n synnu er 'ny... ti'n gwpod... achos dy dad. O'n i'n meddwl y bydde rywun fel dy fam yn gorffod bod yn erbyn y peth achos y capal.'

'Ma meddwl ei hunan gyda Mam. Wi'n synnu fod ti heb sylwi eto. Ma hi'n gweld y ddwy ochor, medde hi. Mae'n gweud ei fod e'n ddewis ofnadw i unrhyw fenyw. Smo *fe* o blaid, wrth gwrs. Iesu mowr! Ma nhw'n dadle weithie. Nage dim ond am bethe fel 'na. Ma nhw'n dadle am lot o bethe y dyddie 'ma. Bigitan fwy na dadle. Dyna'u steil.'

'Dera i tŷ ni os ti'n moyn clywad teulu'n tynnu ei gilydd yn ffratach!'

Ond doedd Rhodri ddim yn gwrando. Yn sydyn, dechreuodd e gerdded yn araf ar hyd y lôn fach gul yn ôl i gyfeiriad ei gartref. Cerddodd Gwyn wrth ei ochr nes i'r ddau ddod i stop o flaen y glwyd haearn a arweiniai at yr ardd a'r tŷ cerrig hardd. Cododd Rhodri'r glicied ond, cyn camu trwy'r glwyd, trodd yn ei ôl fel bod ei gefn at yr adeilad.

'Mae e wastod yn ffindo esgus i fynd bant gyda'i waith. Sdim dewis, medde fe. Mae e'n gorfod mynd i ateb yr alwad. Lan i'r Gogledd, draw i Sir Aberteifi... sdim dal. 'Na le ma fe heno, yn ca'l ei fwydo gan ryw deulu o ffyddloniaid yn nhwll din y byd, siŵr o fod. A bore fory yn y pwlpud, wneith e dalu nhw nôl. Gewn nhw glywed beth ma nhw ise glywed.'

Hanner gwenodd Gwyn ac edrychodd heibio i ysgwyddau ei ffrind. Gallai weld pen Carys Bowen drwy'r ffenest a hwnnw'n plygu i gymryd llymaid arall o'i diod.

Pennod 6

Stwffiodd Gwyn ei lyfr daearyddiaeth yn ôl i'w fag ysgol, tynnodd strapiau lledr y caead trwy'r clasbiau metel a rhoddodd y cyfan i orwedd ar y llawr, o'r ffordd. Dododd y pot bach o flodau artiffisial yn ôl ar ganol y ford lle bu'n gwneud ei waith cartref a gwenodd wrth glywed ei fam-gu'n canu rhyw gân ystrydebol o gyfnod y rhyfel wrth baratoi eu te yn ei chegin fach. Ymdreiddiai gwynt y caserol i bob ystafell yn y tŷ teras a theimlai Gwyn yn gwbl fodlon ei fyd.

Crwydrodd draw at y rhes o luniau a eisteddai mewn fframiau ar y silff ben tân, pob un yn cynrychioli gwahanol adegau yn hanes ei theulu: ei deulu yntau hefyd felly. Ei hoff lun o ddigon oedd yr un a ddangosai ei fam-gu a'i dad-cu ar gefn Vespa llonydd mewn ffair glan môr yn rhywle. Roedd ei breichiau hithau am ei ganol a gwenai'r ddau fel gatiau wrth esgus ail-fyw i'r camera ryw ieuenctid dibryder er eu bod ymhell yn eu pumdegau wrth eu golwg. Pryd bynnag y'i tynnwyd, doedd unrhyw ffrae am briodi a phriodoldeb ddim wedi cael cyfle eto i fwrw ei chysgod dros ei dad, meddyliodd. Symudodd ei lygaid ar hyd y rhes. Cydiodd yn y llun hynaf a chraffodd ar wyneb di-wên ei hen dad-cu wrth i hwnnw sefyll yn ei ddillad gwaith gyda chriw o ddynion ifanc eraill, rhai ohonyn nhw heb fod yn fwy na bechgyn, o flaen wagen fawr a phentwr o rwbel wrth ei hochr. Yn y cefndir, safai simnai dal a mwg yn codi'n dorchau ohoni. Er mai labro roedden nhw, gwisgai pawb siaced a throwsus, a arferai fod yn ddestlus, a chrys heb goler ac roedd gan bob un gap fflat ar ei ben. Perthynai rhyw ddiniweidrwydd iddyn nhw, rhyw falchder bron. Yn sydyn, fe'i llenwyd â'i falchder ei hun ond trodd hwnnw'n ddicter ar amrantiad. Roedd y llun sepia yn eu dyrchafu ac yn eu caethiwo yr un pryd. Roedd yn eu condemnio i aros am byth o fewn dosbarthiadau disgwyliedig yr oes, o fewn yr hyn a bennwyd iddyn nhw drwy hap a damwain eu geni. Drigain mlynedd ynghynt a gallai yntau'n hawdd fod wedi sefyll yn y man lle safai ei hen dad-cu.

'Gwyn! Dera i ga'l dy de,' galwodd Nel Philips gan dorri ar draws ei fyfyrdodau.

Rhoddodd Gwyn y llun yn ôl ar y silff ben tân ac aeth drwodd i ymuno â'i fam-gu yn y gegin gefn. Wrth iddo eistedd ar un o'r ddwy gadair bren gyferbyn â hi teimlodd yr anwedd ysgafn o'r pryd yn cusanu ei wyneb. Sylwodd nad oedd ei phryd hithau hanner mor fawr â'r llwyth ar ei blât ei hun.

'Mae'n gwynto'n neis,' cynigiodd e a rhofio llond fforc o'r cig eidion a thatws i'w geg.

'Myn eitha pryd, 'y machgan i,' anogodd Nel Philips cyn cydio yn ei chyllell a'i fforc ei hun a dechrau bwyta. 'Presant wrth dy dad yw'r tatws. Rai cynnar o'i ardd. O'n i jest â cwmpo drostyn nhw pan agoras i ddrws y ffrynt bore 'ma i fynd lan i'r Cop. O'dd e wedi'u gatal nhw mewn bocs sgitsha mas tu fas ar y stepyn. O'n i'n gwpod taw wrtho fe o'n nhw. Pam nag o'dd e'n gallu cnoco'r drws a dod miwn â nhw ei 'unan wy ddim yn gwpod, ond 'na fe. Cam cilog, Gwyn bach, cam cilog.'

Taflodd hi gip ar ei hŵyr i weld a ddeuai ymateb ganddo ond aros yn ddifynegiant a wnaeth hwnnw. Gwyddai Gwyn fod ei dad yn ysu am godi pontydd eto ond bod ei falchder yn y ffordd. Nid yr un balchder â hwnnw a welsai ar wynebau'r gweithwyr ifanc yn y llun gynnau, ond balchder oedd e, er hynny. Amheuai fod y cam a deimlodd ei dad pan ollyngodd ei fam-gu ei tharanfollt gerbron y teulu wedi dechrau gostegu a ffoi i fannau cysgodol ei gof wrth i amser wneud ei waith. Gwelsai'r patrwm o'r blaen. Yn yr un modd, gwelsai'r drwgdeimlad dwfn rhyngddo fe a Gary a'i ymdrechion hwyrfrydig i wneud iawn am hynny, ond ofnai fod angen pont mor fawr â Phont Hafren os oedd ei dad am gyrraedd ei frawd bellach. Ac os oedd e'n chwilio am esgus i atal y grachen deuluol rhag gwella, roedd cynnig ei fam-gu i Gary a Janis Lloyd yn sicr o'i chrafu a'i chadw rhag ceulo.

'Myn-gu?'

'Ia?'

'Otyw e'n wir bo chi 'di gweud gaiff Gary a Janis a'r babi ddod i fyw man 'yn gyta chi?'

'Pwy wetws 'na wrthat ti, bach?'

'Gary o'dd yn sôn… y diwrnod da'th y Lloyds i'r tŷ.'

Cadw ei llygaid ar ei bwyd a wnaeth Nel Philips wrth gnoi'r hyn oedd yn ei cheg. Ymhen ychydig, cododd ei golygon a gosododd ei chyllell a'i fforc ar ei phlât gan graffu ar ei hŵyr.

'Beth o'dd gyta dy dad i weud abythdu fe?' gofynnodd hi.

'Sa i'n gwpod. O'n i yn y rŵm arall a dim ond clywad Gary wnetho i.'

Gwenodd Nel Philips wrth weld y cymhlethdod ar ei wyneb. Roedd e'n dal yn ifanc, meddyliodd. Roedd e heb berffeithio'r grefft o ddweud celwyddau cain eto.

'Wel nagw i'n moyn dod rhynt tad a mab ond wna i ddim gatal i Gary ni fod 'eb do uwch ei ben a sdim ots 'da fi beth wetiff Mansel.'

'Chi'n meddwl down nhw i fyw 'ma?'

'Eu penderfyniad nhw yw 'wnna ond bydde croeso digwestiwn 'ma. 'Se fe'n neis ca'l cwmpni eto yn lle bo fi 'ma wrth 'yn 'unan.'

Cododd Nel Philips ei chyllell a fforc unwaith yn rhagor ac aeth y ddau yn eu blaenau i fwyta mewn tawelwch. Ni allai Gwyn ddychmygu bod gartref yn gyfan gwbl ar ei ben ei hun. Roedd hynny wastad wedi bod yn ddyhead ganddo ond, o glywed geiriau ei fam-gu nawr, doedd e ddim mor siŵr bellach. Byddai'n od. Ni allai gofio'r tro diwethaf iddo orfod datgloi'r drws ar ôl dod adref o'r ysgol achos byddai rhywun bob amser yno'n barod: Gary neu ei dad yn cysgu lan llofft cyn mynd i weithio shifft nos, ei fam wedi dod adref yn gynnar ar ôl llwyddo i gael lifft gan rywun o'r ffatri yn lle gorfod dala'r bws. Ar y bws yr aethai i'r noson rieni. Tybed a oedd hi wedi cyrraedd eto yn ei chot orau a'i phyrm? A oedd hi wedi meiddio tynnu ei sgarff shiffon? Gwenodd wrth ddwyn i gof ei phanig neithiwr a hithau'n ceisio cofio enwau ei athrawon a phwy oedd yn dysgu beth. Ble roedd hi'r funud honno? Yn gwrando ar ganmoliaeth Courtney Llewellyn ynteu'n eistedd ar gadair yn y coridor mas tu fas i'w ystafell ddosbarth, ei dwylo'n gafael yn dynn yn ei bag ar ei harffed a'i llygaid wedi'u glynu wrth y droedfedd sgwâr yn syth o'i blaen? Go brin y mentrai siarad â'r un rhiant arall o'i gwirfodd. Dod oddi yno cyn gynted ag y gallai fyddai'r nod.

'Beth o'r gloch fydd dy fam nôl yn y tŷ, ti'n meddwl?' gofynnodd Nel Philips fel petai'n darllen meddwl ei hŵyr. 'Estyn dy blât,' meddai a chodi ar ei thraed.

'Sa i'n cretu aiff e mla'n yn rhy 'wyr. Dyla popath fod drosodd erbyn saith, 'sen i'n meddwl.'

'Trueni nag o'dd dy dad yn gallu mynd gyta 'i. Ma fe'n gwitho dou-i-ddeg, on'd yw e? Ma'r blincin gwaith 'na'n strwo popath. Smo ti fod i ga'l bywyd dy 'unan.'

''Na gyd glywson ni nithwr o'dd bod 'i ddim moyn mynd,' meddai Gwyn gan wenu.

'Druan ag Evelyn. O'dd dim raid iddi fynd yn achos Gary ond 'yt ti'n sgolar. Ti fydd y cynta yn teulu ni i fynd i'r colej, watsh di beth wy'n weud.'

Codi ei aeliau a wnaeth Gwyn a thynnu gwep hunanddibrisiol.

'Wy'n gweu'tho ti. Smo *ti'n* mynd i witho gyta dy dad a dy frawd. Fe ei di'n bell.'

Chwarddodd Gwyn ac aeth drwodd i gasglu ei fag ysgol o'r ystafell arall. Rhywbeth tebyg a ddywedodd mam Rhodri, fe gofiodd, y tro diwethaf iddo alw yn y mans. Yn sydyn, dechreuodd y noson rieni fagu mwy o bwys.

'Diolch am y te, Myn-gu. O'dd e'n 'yfryd.'

'Paid â gweud fod ti'n mynd yn barod.'

Teimlodd Gwyn y gwrid yn codi yn ei wyneb ei hun wrth weld y siom ar wyneb ei fam-gu.

'Wy'n gorffod mynd i rytag.'

'Ti a dy 'en rytag, wir. Wel der â cusan i fi. Smo ti'n rhy fawr i roi cusan i dy fyn-gu, o's bosib.'

Cerddodd e ati a thaflu ei freichiau amdani. Teimlodd ei breichiau hithau'n ei dynnu yn ei herbyn. Flwyddyn yn ôl, roedden nhw eu dau tua'r un taldra, meddyliodd, wrth iddo edrych i lawr ar wallt gwyn ei chorun, ond bellach roedd e ben ac ysgwydd yn dalach na hi. Safodd felly gan wrando ar ei hanadlu rheolaidd. Gwyddai fod pa ddisgwyliadau bynnag a oedd ganddi yn fawr.

'Gobitho gei di newyddion da wrth yr ysgol,' meddai Nel Philips, 'a cofia weud wrth dy dad bo fi'n diolch am y tatws.'

* * *

Cerddodd Carys Bowen yn hamddenol yn ôl ac ymlaen ar hyd y coridor golau, ei bag gwyn yn pendilio'n llac o'i llaw ac yn bwrw bob hyn a hyn yn erbyn ei ffrog ddu a gwyn o batrwm siec. Clywodd sŵn ei sodlau uchel yn clatsio'r llawr finyl ac ochneidiodd. Roedd hi eisiau mynd adref; cawsai hen ddigon ar y brawddegau stoc. Er iddi gael siom o'r ochr orau yn sgil sylwadau nifer o'r athrawon, amheuai i ba raddau roedden nhw'n adnabod ei mab mewn gwirionedd.

Un o blith cannoedd oedd e, wedi'r cyfan. Un o'r dorf anystywallt. Crychodd ei thalcen yn hunangeryddgar cyn gynted ag y gadawodd y feirniadaeth wan ei meddwl; hen jobyn diddiolch oedd e a'r parch at athrawon yn mynd yn llai bob dydd. Byddai'n cyfrif ei bendithion nad oedd disgwyl iddi hithau baratoi adroddiadau am y llond dwrn o ddisgyblion a ddeuai ati hi am wersi piano. Sut ddiawl y llwyddai i ddarbwyllo eu rhieni, heb eu digio, nad oedd gobaith caneri i'w hepilion fyth wisgo ffwr a phlu Liberace heb sôn am efelychu Liszt?

Pan gyrhaeddodd hi ben draw'r coridor trodd unwaith eto a dod yn ei hôl yr un ffordd â chynt. Gwenodd ar wraig tua'r un oedran â hi a eisteddai ar gadair wrth ochr ei gŵr, y ddau yn disgwyl eu tro i fynd i drafod dyfodol eu mab neu eu merch y tu ôl i'r drws caeedig yn eu hymyl. Yn wahanol i'w gŵr ei hun, o leiaf roedd cymar y fenyw hon ar gael i ddod gyda hi, meddyliodd Carys Bowen. Cerddodd at y drws nesaf. Trawodd gip ar ei horiawr a gweld ei bod hi wedi troi hanner awr wedi chwech. Gyda lwc, gallai fod ar ei ffordd yn ôl i Gwm Gwina ar fws chwarter wedi saith, ond roedd pwy bynnag a oedd yn gweld Courtney Llewellyn yn cymryd oes. Fe'i temtiwyd i droi ar ei sawdl a mynd am yr allanfa'n ddiymdroi; doedd arni fawr o chwant mynd i glywed y dyn hwnnw'n lladd ar ei mab, ta beth. Ar fin rhoi ei chynllun byrfyfyr ar waith oedd hi pan agorodd y drws i'w ystafell ddosbarth a chamodd Evelyn Philips i'r coridor, ei llygaid wedi'u hanelu tua'r llawr a hanner gwên ansicr, ymddiheurol ar ei hwyneb. Ni sylwodd fod Carys Bowen yn sefyll ychydig lathenni i ffwrdd a dechreuodd hi gerdded oddi wrthi i'r cyfeiriad arall. Heb oedi dim, prysurodd gwraig y gweinidog ar hyd y coridor ar ei hôl, ei phenderfyniad sydyn i golli ei chyfarfod â'r athro ymarfer corff yn ddi-droi'n-ôl bellach.

'Mrs Philips!'

Stopiodd Evelyn Philips yn ei hunfan fel petai hi wedi cael ei dala'n dwyn o'r Co-op lleol a throdd i wynebu'r llais lled gyfarwydd.

'Mrs Bowen… jiw, wnes i ddim styriad…'

'Dwyweth mewn ychydig wthnose. Shwd y'ch chi? Odych chi wedi gorffen gweld pawb?'

'Otw, diolch byth. Bydda i'n falch i fynd odd 'ma. 'Na le wy'n mynd nawr, i ddala'r bỳs nôl i Gwm Gwina.'

'Wna i ddod gyda chi os nag o's gwahaniaeth 'da chi.'

'Dewch chi,' atebodd Evelyn Philips braidd yn rhy anogol. Y gwir amdani oedd ei bod hi wedi cael digon ar siarad annaturiol am un noson. Edrychai ymlaen at fod gartref yn ei chynefin ei hun, ei hymweliad gwib â byd Carys Bowen a'i thebyg drosodd am flwyddyn arall. 'Dim Mr Bowen 'eno 'te?'

'Na, ma Gwilym wedi gorfod mynd bant 'da'i waith. Ma wastod rhwbeth.'

'Ma Mr Philips yn gwitho 'efyd… dou-i-ddeg. Sa i'n gwpod beth ma fe'n mynd i ga'l i swper, cofiwch. Geso i ddim dwy funad i feddwl ar ôl dod sha thre o'r gwaith. Dim ond jest dicon o amsar o'dd 'da fi i newid ar ôl cyrradd y tŷ cyn gorffod mynd mas eto.'

Agorodd Carys Bowen ddrws dwbl y brif allanfa a'i ddal felly er mwyn i'r fenyw arall fedru camu trwy'r bwlch ac ailymuno â'r diwetydd mwyn. Wrth iddi ei dilyn allan i'r iard fe'i trawyd yn syth gan yr awyr sylffwraidd, gyfarwydd. Doedd dim dianc rhag y drycsawr a oedd fel petai'n hollbresennol uwchlaw'r dref. A hithau'n ferch o'r wlad, cawsai ei synnu'n wirioneddol ganddo y tro cyntaf y daethai i lawr ar y bws o Gwm Gwina yn fuan ar ôl symud i'r ardal. A phob tro wedyn pan ddeuai i'r dref, llenwai ei ffroenau, glynai wrth ei chroen a'i gwallt, ond roedd hi'n amau a oedd Evelyn Philips hyd yn oed yn sylwi arno. Ceisiodd ddal ei gafael ar faldordd nerfus y fenyw arall ychydig eiliadau ynghynt a daeth i'r casgliad cyflym fod mwy na geiriau'n eu cadw ill dwy ar eu llwybrau gwahanol.

'Wi'n teimlo'n ddrwg braidd ond penderfynes i bido mynd mewn i siarad â Courtney Llewellyn yn y diwedd,' cynigiodd Carys Bowen wrth i'r ddwy groesi'r iard. 'Fe o'dd yr ola ar 'yn rhestr a'r unig un golles i ond gweles i'r amser yn mynd yn ei fla'n.'

'Wy'n flin… 'sen i'n gwpod bo chi'n sefyll mas tu fas. O'n i miwn 'da fe am sbel. O'dd e'n pallu gatal i fi ddod o 'na. Ma fe'n ddicon neis ond jiw, ma fe'n gallu siarad!'

'Pidwch â becso dim. O'dd mwy o reswm ichi fod 'na. Wi'n siŵr bod gyda chi ddigon i drafod. Ma Gwyn chi'n dipyn o redwr yn ôl beth wi'n ddeall. Mae arna i ofan taw mynd i deimlo'i dafod fydden i. Smo fe a Rhodri'n rhy hoff o'i gilydd. Diolch byth am ei athro Maths ac ambell un arall, weden i, neu bydden i'n mynd adre â 'ngwep at y nhra'd!'

Cerddodd y ddwy yn eu blaenau tuag at glwydi'r ysgol, y naill mor ymwybodol â'r llall nad oedd eu sgwrs yn ddim byd mwy na sifil. Doedd eu hadnabyddiaeth fregus ddim yn caniatáu cyfeillach fwy beiddgar a fyddai'n deilwng o gymeradwyaeth eu meibion. Ar fin camu trwy'r clwydi penagored oedden nhw pan ddaeth prysurdeb olion traed o gyfeiriad yr ysgol yn nes. Arafodd Carys Bowen ei chamau ac edrych yn reddfol dros ei hysgwydd cyn stopio'n stond a throi i wynebu Courtney Llewellyn. Safai hwnnw bumllath oddi wrthi, cas lledr yn y naill law ac allweddi ei gar yn y llall. Gwenai'n ddisgwylgar arni.

'Ladies, chi wedi llwyddo i ddianc, felly.'

'Oni bai eich bod chi wedi dod yn unswydd i fynd â fi nôl i'ch stafell fel merch ddrwg am golli'ch cyfarfod,' atebodd Carys Bowen gan ddewis anwybyddu natur luosog ei gyfarchiad.

Chwarddodd Courtney Llewellyn wrth ystyried ei hateb chwim.

'Dim o gwbwl. Mynd i gynnig lifft i'r ddwy ohonoch chi o'n i,' meddai heb dynnu ei lygaid oddi arni. 'Wy'n cymryd bo chi'n mynd am y bws?'

'Aros am lifft o'n i y tro *diwetha* inni gwrdd. Y tro diwetha a'r unig dro o ran hynny, ond sdim ise lifft arna i heno, Mr Llewellyn. Diolch am y cynnig caredig ond fyddwn ni fawr o dro yn mynd nôl ar y bws.'

'Ie, noson y Brangwyn a hithe'n arllwys y glaw,' meddai'r athro gan ochrgamu ei gwrthodiad.

Safai Evelyn Philips ar y pafin, fodfeddi yr ochr draw i'r clwydi agored. Roedd rhan ohoni a edmygai rwyddineb ei chydymaith dros dro. Edmygai ei hunanhyder. Eto i gyd, rhan fach yn unig oedd hi. Gwnaeth nodyn meddyliol iddi ei hun i holi Gwyn eto am noson y Brangwyn.

'Ma Cwm Gwina mas o'ch ffordd chi,' meddai mewn ymgais i gael ei chynnwys yn yr ymddiddan yn hytrach nag i ategu'r hyn a ddywedwyd eisoes.

'Deg munud, Mrs Philips, deg munud. A ta beth, byddech chi'n neud cymwynas â fi. Fel wedes i wrthoch chi gynne, wy'n gorfod dod lan i hôl Gwyn fore Sadwrn i fynd â fe ac un neu ddou o'r bois erill draw i Gorseinon yn y car, a sdim clem 'da fi ble chi'n byw. Bydd e fel *recce* bach.'

'Wel, os y'ch chi'n siwr. Diolch yn fawr ichi,' meddai gan ateb ar ran y ddwy ohonyn nhw a hithau bellach yn barnu bod ganddi hawl i'w wneud yn rhinwedd ei statws dyrchafedig fel mam i athletwr. Ar hynny, croesodd hi'n ôl i dir yr ysgol a dilyn y ddau arall tuag at y car.

'Cerwch chi i'r ffrynt, Mrs Philips,' anogodd Carys Bowen.

Caewyd drysau'r Ford Cortina Estate, taniwyd yr injan a

throdd Courtney Llewellyn drwyn ei gar newydd sbon am Gwm Gwina a *terra nova*.

'Felly dyma Gwm Gwina! Wy'n ca'l y fraint o fod 'ma o'r diwedd,' cyhoeddodd yr athro pan gyrhaeddodd y car gyrion y pentref. 'Iawn 'te, ble ni'n mynd? Pwy sy'n mynd mas gynta?'

'Wel, wy'n byw lawr ar y fflat ond y'ch chi'n bellach lan, Mrs Bowen, on'd y'ch chi?' cynigiodd Evelyn Philips. 'Walla bydde'n rwyddach i fi fynd gynta.'

'Dyna ni 'te, chwi a wyddoch.'

'Os ewch chi mla'n dam bach 'to a tynnu miwn. Wy'n byw yn un o'r tai 'wnt manco, y trydydd ar y whith, ond alla i dorri trwodd o fan 'yn yn lle bo chi'n mynd reit rownd ar yr 'ewl. A fan 'yn bydd Gwyn yn sefyll bora dydd Satwn 'efyd, Mr Llewellyn. Diolch yn fawr ichi am ddod mas o'ch ffordd, wir. O'dd dim isha i chi. Noswath dda nawr. Noswath dda, Mrs Bowen.'

Ar hynny, caewyd y drws a chychwynnodd y car o'r newydd. Cododd Carys Bowen ei llaw wrth basio ond ni welodd hi Evelyn Philips yn chwifio'n ôl. Ni welodd ddim byd ond gwar Courtney Llewellyn hyd braich i ffwrdd. Ar ôl diogelwch cymharol y munudau diwethaf, pan oedd ffrwyn ar y sgwrs am fod yna dri, yn sydyn troesai tri yn ddau. Onid dyma y bu'n ei chwennych ers iddi weld y dirgelwch yn ei lygaid y tro cyntaf hwnnw? Gallai glywed ei chalon yn curo'n uchel yn ei phen a cheisiodd ei thawelu. Ofnai y byddai'r dieithryn hwn yn sedd y gyrrwr yn clywed ei hanesmwythyd, yn gwynto'i chyffro. Ai blys oedd e? Ffolineb? Ynteu ymgais gan fenyw ganol oed i'w hatgoffa ei hun ei bod hi'n fyw o hyd? Teimlodd ei bag yn codi ac yn disgyn yn erbyn ei bol wrth i'w hanadlu gyflymu. Roedd yn anghyfrifol, dyna beth oedd e. Yn amhriodol. Fflachiodd wyneb Gwilym drwy ei meddwl. Yna Rhodri. Gianni. Ond nid Gianni mo'r dyn hwn o'i blaen. Perthynai Gianni i oes arall, i fyd arall. Edrychodd drwy'r ffenest a gweld y tai teras cyfarwydd yn gwibio heibio. Hwn oedd ei byd bellach. Ond ni ofynnodd amdano. Rhy hwyr, Carys fach, rhy hwyr.

'Ble ni'n mynd o fan hyn?' gofynnodd Courtney Llewellyn fel petai'n synhwyro ei hargyfwng.

Trodd Carys Bowen ei phen i gyfeiriad ei lais. Cyfarfu eu llygaid yn y drych bach. Gallai weld ei fod e'n gwenu. Roedd y bastard hyderus yn gwenu. Cydiodd yn ei bag a thaenodd ei llaw arall ar hyd ei ffrog mewn ymgais i guddio'i phenliniau, i dynnu terfyn ar y gwallgofrwydd.

'Wrth gwrs. Be sy'n bod arna i? Gewch chi stopo fan hyn, 'co. Ma fan hyn yn berffeth. Wi ond yn byw lan man'na.'

Ar hynny, plygodd yn ei blaen a phwyntio trwy'r bwlch rhwng y ddwy sedd. Sylwodd hi ei fod e'n edrych ar ei llaw ac fe'i tynnodd yn ei hôl gan adael iddi syrthio i'w chôl fel cynt. Gwyddai ei fod wedi nodi ei sydynrwydd ond dewisodd ei anwybyddu. Roedd hi'n gweld pethau nad oedden nhw'n bod. Roedd hi'n gwneud môr a mynydd o ddim byd. Cawsai ei phum munud o ffantasi a nawr roedd y cyfan drosodd.

'Y tŷ mawr ar ben ei hunan?'

'Ie, dyna chi. Dyna'r mans... le y'n ni'n byw. Da chi, pidwch â mynd yn nes achos gewch chi drafferth troi nôl; ma'r lôn yn gul ofnadw.'

Arafodd Courtney Llewellyn y car a pharatôdd Carys Bowen i gamu'n ôl i'w chynefin. Roedd ei llaw yn dal i gydio ym mwlyn y drws pan drodd yr athro ymarfer corff yn ei sedd.

'Diwedd y daith,' meddai hwnnw fel petai'n cyflwyno darn adrodd ar lwyfan eisteddfod.

Ni allai Carys Bowen benderfynu ai gosodiad ynteu cwestiwn oedd ymhlyg yn y tri gair bach. Roedden nhw wedi swnio'n dwyllodrus o ddiniwed. Agorodd hi'r drws a chyneuodd y golau bach uwch ei phen gan oleuo'i wyneb. Gwelodd ei olwg holgar yn ei harchwilio a gostyngodd ei golygon.

'Diolch yn fawr am y lifft,' meddai gan ei gorfodi ei hun i wenu. 'Tan y tro nesa.'

'Pleser, Mrs Bowen. Edrycha i mla'n at hynny.'

Caeodd Carys Bowen ddrws y car a dechreuodd gerdded yn hamddenol ar hyd y lôn tuag at y mans, ei bag gwyn yn pendilio'n llac o'i llaw ac yn bwrw bob hyn a hyn yn erbyn ei ffrog ddu a gwyn o batrwm siec.

Pennod 7

'Glywas i Jeffrey James yn gweud wrth rai o'r bois erill fod ti'n gallu gweld popath,' meddai Gwyn.

'Popeth?'

'Popath.'

'Shwd ma *fe'n* gwbod?'

'Shwt ti'n meddwl fod e'n gwpod? Ma fe 'di gweld 'i. Wetws e.'

'Pryd?'

'Ar y bws ddoe pan o't ti ga'tra'n "dost". Ar y mitsh o't ti achos fod ti ddim moyn ca'l gwers ddwbwl 'da Courtney.'

'Na… pryd a'th e i weld y *ffilm*?'

'O, reit… ym… echnos. Fe a'i frawd.'

Trodd Rhodri ei gorff y mymryn lleiaf yn nes at ei gyfaill a tharo cipolwg sydyn dros ei ysgwydd mewn ymdrech dila i sicrhau na allai neb glywed eu sgwrs. Ac yntau'n fab y mans, deallai cystal â neb apêl yr afal gwaharddedig; gwyddai fod ei rym yn anodd ei wrthod. Ceisiodd ymatal rhag ymddangos yn rhy awyddus i wybod mwy ond ni allai lai na dangos dogn go hael o edmygedd, er ei waethaf, wrth ddysgu'r pwt bach diweddaraf o wybodaeth. Ychwanegai at y wefr, at y disgwylgarwch. Roedd yr abwyd wedi'i blannu.

'Miwn un man, ti'n gweld yr 'oll ferched 'ma'n ca'l *shower* yn yr ysgol, mae'n depyg. Ti'n gweld eu tits nhw a… ti'n gwpod.'

'Beth?' meddai Rhodri gan arwyddo'n awgrymog â'i lygaid tuag at i lawr.

Nodiodd Gwyn ei ben a chilwenu. Dechreuodd Rhodri chwerthin y tu ôl i'w ddwrn a thynnu gwep *macho*, ond daeth diwedd disymwth ar eu clemau pan deimlodd fys yn ei bwnio yn ei gefn. Cymerodd hanner cam yn ei flaen cyn troi i weld bod merch led gyfarwydd, serch y trwch o golur ar ei hwyneb, yn gwgu arno. Ni wyddai ei henw ond gwyddai ei bod hi flwyddyn yn hŷn nag e a Gwyn yn yr ysgol. Wrth ei hochr, a'i fraich am ei hysgwyddau, safai llanc tua deunaw oed.

'*You're disgustin, the both of you. You should 'ear yourselves. It's meant to be a sex education film not soft porn. You better not start playin with yourselves when the lights go out... that is, if you manage to get 'em to sell you a ticket. You've got to be sixteen before they let you in. I tell you what, boys,* Jungle Book *is on next week. Why don' you come back then?*'

Trodd Rhodri yn ei ôl heb ymateb iddi. Teimlodd e ddirmyg ei chariad yn ei serio er mai tawel fu hwnnw drwy gydol y ffrwydrad dirybudd. Cododd Gwyn ei aeliau a gwenu'n herfeiddiol mewn ymgais i ddiystyru sylwadau'r ferch ond rhythu ar war y bachgen yn syth o'i flaen a wnaeth ei ffrind. Ni ddywedodd y naill na'r llall yr un gair arall am rai munudau nes i'w traed gamu oddi ar y pafin ac i mewn i gyntedd art deco'r sinema.

Ers ymuno â chwt y rhes wrth dalcen yr adeilad, roedd hi wedi cymryd ugain munud dda iddyn nhw gyrraedd y drysau dwbl crand a nawr gallai Gwyn weld fod gwerth o leiaf pum munud arall o sefyllian cyn cyrraedd y swyddfa docynnau ym mhen draw'r grisiau mewnol. Edrychodd e ar y posteri eiconig yn y fframiau gwydr ac efydd ar hyd y parwydydd, pob un yn hysbysebu rhyw arlwy dihangol newydd a baratowyd gan Hollywood bell i lenwi pennau'r Cymry. Ond un ffilm yn unig oedd wedi mynd â'i fryd yntau ers dyddiau ac roedd e ar fin cael ei dywys i draflyncu ei rhyfeddodau. Edrychodd yn ddidaro ar yr wynebau yn y neuadd stwrllyd ond nid adwaenai neb er taw pobl ifanc oedd bron pawb. Roedd yn grediniol bod ambell un hyd yn oed yn iau nag e a Rhodri a chenfigennai wrth rai o'r merched am eu gallu i ymddangos yn hŷn. Fel yn achos y ferch y tu ôl iddo, roedd cyfuniad o golur tsiêp a chariad gobeithiol wrth ei hochr yn gwneud gwyrthiau os oedd rhywun am sicrhau mynediad i ddirgel fyd y Regal.

Cododd ei droed wrth i'r rhes gripad yn ei blaen yn boenus o araf a safodd ar ris isaf y grisiau. Roedden nhw'n agosáu. O'r man lle safai gallai weld pen y fenyw a weithiai yn y swyddfa docynnau'n codi ac yn disgyn wrth iddi gymryd yr arian a'i gyfnewid am docyn cyn gwneud yr un peth gyda'r nesaf yn y rhes. Yn sydyn, fe'i llenwyd â'r panig mwyaf dwys.

'Ffyc!' sibrydodd e a chrymu ei ysgwyddau.

Gwibiodd llygaid Rhodri tuag ato.

'Beth? Beth sy?'

''Onna yn y lle tocynna. Mae'n napod fi. Mae'n byw yn yr un strŷt â Myn-gu a mae'n gwpod bo fi'n ry ifanc i weld y ffilm.'

'Bydd ddistaw, achan, fydd hi ddim yn gwbod dy oedran. Ffact i ti. Ti'n becso heb ise.'

'Bydd, mae'n napod fi erio'd! O'n i'n arfar mynd i'r tŷ i wara 'da'i mab pan o'n i'n fach. Ond 'yd yn o'd os na fydd, sa i'n moyn iddi wpod bo fi'n dod i weld ffilm fel... yr un yma. *Shit*.'

'Reit, der â dy arian i fi.'

Edrychodd Gwyn mewn penbleth ar ei ffrind.

'Jest rho dy blydi arian i fi!'

Estynnodd Gwyn i'w boced a thynnu dau ddarn hanner coron ohoni. Daliodd Rhodri ei law allan a chrychodd ei dalcen yn ddiamynedd pan gymerodd yr arian gleision oddi arno.

'Ma ise swllt arall,' meddai a siglo'i fysedd yn anogol.

''Na gyd sy 'da fi.'

'Be ti'n feddwl?'

'Neu fydd dim dicon 'da fi i ddala'r bws nôl.'

'Wel bydd raid iti gerdded adre 'te. Penderfyna di: tits ynte tocyn bws.'

Rhoddodd Gwyn ei law yn ôl yn ei boced ond cyn iddo drosglwyddo gweddill ei arian i'w ffrind, daliodd hwnnw bapur chweugain o flaen ei wyneb a gwenu. Gwenodd Gwyn yn ôl a'i bwnio'n chwareus yn ei ysgwydd.

'Gwranda, cadwa dy ben lawr, reit, a jest cyn ein tro ni cer di i sefyll bwys y dyn 'na 'da'r het dwp a'r got hir... hwnna bwys y drws... a gad i fi brynu'r ddou docyn. Smo hi'n nabod fi.'

'Ond...'

'Ti ise gweld y ffycin ffilm 'ma neu beth?'

Nodiodd Gwyn fel plentyn ysgol gynradd a throdd fel cynt i wynebu cefnau'r ddau a safai o'u blaenau yn y rhes. Plygodd ei ben a syllu ar ei esgidiau swêd newydd a gawsai'n anrheg gan ei fam-gu yr union fore hwnnw am ei helpu i gadw trefn ar ei gardd fach. Yn sydyn, llifodd ton o euogrwydd drosto, a hwnnw'n gymysg â chywilydd, wrth iddo ystyried ei frad, wrth iddo ddychmygu ei hymateb pe gwyddai ymhle roedd ei hŵyr yr eiliad honno. Ond yr eiliad nesaf, herciodd pen y rhes ddau gam yn nes at y swyddfa docynnau a chamodd y pâr o'u blaenau at y ffenest fach er mwyn prynu eu tocynnau. Ar amrantiad, diflannodd siom dybiedig ei fam-gu ynddo ac fe'i disodlwyd gan adrenalin. Cafodd ei gymell gan Rhodri i adael y rhes, yn ôl eu cynllun, a mynd i sefyll wrth ochr y dyn â'r het dwp a'r lifrai crand. Gwnaeth ei orau glas i ymdoddi i ganol prysurdeb anhysbys y cyntedd ond, wrth wneud, gwyddai y gallai fod drwch blewyn o gael ei wrthod a'i ddinoethi, yno yn y fan a'r lle, o flaen pawb. Pe digwyddai hynny gwyddai fod gwaeth i ddod ac na allai edrych i fyw llygad ei fam-gu byth eto gan y byddai ei chymdoges o swyddfa docynnau'r Regal wedi clapan amdano a datgelu ei fwriad brwnt. Erbyn dydd Llun, byddai'n destun sbort drwy'r pentref cyfan a'i fuddugoliaeth chwedlonol dros Jeffrey James y llynedd yn racs ar lawr fel papur newydd ddoe.

Ni welodd e Rhodri'n dod tuag ato gan stwffio'r tocynnau i ddwrn y dyn â'r het dwp, ac ni sylweddolodd yn llwyr ei fod e wedi osgoi gwaradwydd nes iddo ddilyn ei gyfaill i lawr canol y sinema dywyll a mynd i eistedd yn un o'r ychydig seddi gwag a oedd ar ôl.

* * *

Rhythai Carys Bowen ar y lluniau du a gwyn ar y sgrin deledu yn y lolfa led dywyll, ond gwylio'n ddi-weld a wnâi heb geisio dilyn y stori; roedd ei drama bersonol ei hun yn ei thynnu'n ôl rhag ymgolli yn y ffilm. Y cyfan a welai ag unrhyw fesur o eglurder ers wythnos a mwy oedd yr awgrym yn ei lygaid y noson honno. Bu'n ddiymwad. Hyd yn oed wrth gerdded ar hyd y lôn tuag at y mans rhwng cau drws ei gar ac agor y drws i'w chartref, a'i meddwl ar chwâl, bu'n sicr nad camddehongliad mohono. Roedd e'n ei chwennych ac roedd e'n gofyn ei chaniatâd. Roedd e'n dangos iddi ei fod ar gael. Peth arall yn llwyr oedd ei pharodrwydd i ystyried y dewis arswydus a gynigiai.

Ar ôl camu trwy'r drws, a sŵn car yr athro ymarfer corff yn dal yn ei chlustiau, daethai wyneb yn wyneb â Rhodri yn y cyntedd a bu ond y dim i'w choesau blygu oddi tani. Gwelsai'r edrychiad disgwylgar ar ei wyneb wrth iddo aros am ei chanmoliaeth neu ei siom. Cofiodd ei hymdrechion dros ben llestri i dawelu ei bryder ac i'w longyfarch er gwaethaf ei berfformiad academaidd diddrwg didda gydol y flwyddyn. Gwridodd nawr wrth gofio'i pherfformiad ei hun wrth iddi geisio'n rhy galed i'w argyhoeddi o'i hunanfeddiant

– bod popeth fel y boi – yn union fel y byddai meddwyn yn ei gor-wneud hi mewn ymgais ofer i ymddangos yn sobor. A wnaethai ddigon? Wedi i Rhodri gyhoeddi yn y man ei fod am fynd i'w lofft, aethai hi i eistedd yn yr union gadair lle roedd hi'r eiliad hon ac ail-fyw holl gynildebau'r siwrnai enbyd. Roedd hi wedi aros ar ddi-hun tan yr oriau mân yn cwestiynu, yn pendilio. Yn ffantasïo. Roedd y posibiliadau'n ddi-ben-draw a'r peryglon yn rhai byw. Ond un i gael ei denu gan wynt perygl fu hi erioed. Hebddo, ni fyddai dim byd i'w ddifaru.

Edrychodd hi ar wyneb Gwilym yn cael ei oleuo bob hyn a hyn wrth i'r teledu daflu cysgodion gwyllt ar draws y parwydydd. Roedd hynny o oleuni a ddeuai trwy'r ffenest yn gynharach yn prysur ddiflannu. Croesodd ei meddwl y dylai godi a thynnu'r llenni ond ofnai y byddai gwneud hynny'n sarnu'r sioe; mwynheai nwyd y siapiau cyntefig. Crwydrodd ei llygaid draw tuag at ei gŵr drachefn. Doedd hi ddim yn difaru ei briodi ond difarai'r ffordd roedd pethau'n mynd. Roedd hi'n barod i dderbyn bod peth bai arni hi, ond y gwir amdani oedd ei bod hi'n ei chael yn anos byw o fewn eu *ménage à trois* dwyfol. Ymgollai Gwilym fwyfwy yn ei waith a llai a llai yn ei deulu. Yr hyn a godai fraw arni hi, ei wraig, oedd y modd y daethai i edrych ymlaen fwyfwy at ei weld yn mynd oddi cartref i gadw cyhoeddiad. Yn wahanol i'r athro ymarfer corff, o'r braidd bod Gwilym ar ei meddwl bellach.

'Paned?' gofynnodd hi.

'W, pam lai? Aros di fan'na, fy nhro i yw e,' meddai yntau a dechrau codi ar ei draed.

Gwenu a wnaeth Carys Bowen a gwenodd ei gŵr yn ôl. Suddodd hi'n ddyfnach i'w chadair wrth ei synhwyro'n mynd trwy'r drws. Roedd e mor blydi rhesymol. Mor neis. A dyna'r peth. Ond doedd bod yn briod â dyn neis ddim yn ddigon ynddo'i hun. Roedd hi'n disgwyl rhagor. Doedd hi ddim yn barod eto i dynnu'r llenni.

Gallai glywed y tegell yn cael ei lenwi a'r tân yn cael ei gynnau ar y stof, a thynhaodd y cyhyrau yn ei breichiau a'i gwar. Pa bryd y daethai i hyn? A oedd yr egin yno o'r cychwyn a'i bod hithau wedi dewis eu damsgen yn enw cyfleustra, a thrwy hynny, dagu ei thyfiant ei hun? Ynteu ai hi oedd wedi tyfu ar wahân o dipyn i beth wedi blynyddoedd o ddiffyg sylw? Dim ond y gwytnaf a ffynnai heb ofal. Neu chwyn. Doedd hi ddim yn berson hawdd. Doedd ond eisiau gofyn i'w mam i glywed hynny. Barn wahanol fyddai gan ei thad, wrth gwrs. Efallai mai dyna oedd wrth wraidd y broblem a bod ei magwraeth faldodus wedi'i hannog i fynnu gwell. Ond gellid dweud yr un peth am Gwilym yntau. Hwyrach ei fod e'n troi fwyfwy at y Goruchaf er mwyn llenwi'r gwacter ar ei aelwyd ei hun. Pechadur gwrthodedig yn deisyf gwedd fodern ar ymyrraeth ddwyfol, yn addas i'r ugeinfed ganrif. Gallai weld y pennawd tabloid yn y papur lleol: *Yr Hollalluog yn dod rhwng gŵr a gwraig!* heblaw mai yn Saesneg y byddai hwnnw. Gwenodd hi'n wan wrth ystyried ei ffraethineb rhyfygus. A oedd hi'n rhy hwyr i achub rhywbeth o'r lludu? A oedd hi eisiau achub rhywbeth?

'Dyma ti... a bisgïen siocled. Paid byth â gweud bo fi ddim yn dy sbwylo!'

Gwenodd hi a chodi ei llaw i'w daro'n chwareus ar ei ben-ôl ond cwympodd honno'n llipa yn erbyn braich y gadair, heb gyrraedd ei tharged, wrth iddo anelu am ei gadair ei hun.

'Wedodd Rhod beth o'r gloch o'dd e'n dod adre?' gofynnodd e a chymryd llymaid o'i de.

'Naddo, ond sa i'n credu bydd e'n hwyr.'

'Ble mae 'di mynd?'

'I'r dre, wi'n credu, gyda Gwyn.'

'Hen grwt ffein yw Gwyn.'

'Ody, mae e'n gariad.'

'Beth ma nhw'n neud yn dre?'

'Cwrdd â ffrindie o'r ysgol. Dyna wedodd e ta beth.'

Nodiodd Gwilym Bowen ei ben i gydnabod esboniad ei wraig cyn troi yn ôl i wylio'r ffilm ar y teledu. Gwnaeth hithau'r un fath er nad oedd ganddi'r un gronyn o ddiddordeb yn yr hyn a oedd ar y sgrin, dim mwy na chynt. O dipyn i beth, ildiodd o'r newydd i afael ei phenbleth ei hun. Gwibiodd wyneb Rhodri drwy ei meddwl a lledwenodd. Roedd hi'n falch, yn wirioneddol falch, bod ganddo gyfaill fel Gwyn. Yn sydyn, ymsythodd fymryn yn ei chadair wrth sylweddoli na allai roi ei llaw ar ei chalon a dweud bod ganddi hithau ffrind da erioed. Nid fel y nhw eu dau. Hwyrach y byddai rhywun agos wedi arafu ei hargyfwng presennol, ei helpu i'w osgoi hyd yn oed. Ond y gwir plaen amdani oedd nad adwaenai neb yng Nghwm Gwina a oedd yn agos at fod yn agos. Gadawodd iddi ei hun ddychmygu curo ar ddrws mam Gwyn a'i gwahodd i fynd gyda hi am baned yng nghaffi Lorenzo. Eistedd yno wedyn am oriau gan roi'r byd yn ei le. Trafod eu dyheadau. Caeodd ei llygaid yn syth er mwyn dileu'r fath wamalu ffuantus. Roedd bydoedd cyfain rhwng Evelyn Philips a hi.

Un wael oedd hi am drafod unrhyw beth o werth y tu hwnt i gerddoriaeth, erbyn meddwl, a doedd hi ddim yn siŵr mwyach i ba raddau y gallai ddibynnu arni hi ei hun i drafod hynny'n iawn. Yr unig sgwrs a fyddai'n sicr o danio'r aelwyd oedd gwleidyddiaeth y dydd. Ond roedd cwyno am gastiau brwnt cynghorwyr llwythol neu am amharodrwydd ei chyd-Gymry i gydnabod dyfodiad yr unfed awr ar ddeg yn bynciau digon saff am y gwyddai fod gan ei gŵr glust barod i wrando. Peth arall oedd tynnu crib fân trwy bron i ugain mlynedd o berthynas. Yn hynny o beth, doedd hi ddim gwahanol i neb arall. Difaterwch o fath oedd wrth wraidd ei chyndynrwydd i drafod cyflwr eu priodas yn agored â Gwilym. Tynerwch oedd e i ddechrau, rhag ei frifo. Llwfrdra. Ond ofnai ei bod wedi mynd y tu hwnt i hynny bellach. A oedd y dyn gwaraidd hwn a eisteddai hyd braich oddi wrthi hyd yn oed yn ymwybodol bod unrhyw beth o'i le? Doedd e ddim yn dwp ond roedd e'n hen law ar ochrgamu; roedd yn un o'r cymwysterau angenrheidiol er mwyn gwneud ei job. Am faint yn rhagor roedd e'n barod i ganiatáu i'r mân figitan beidio â chodi'n storm?

Yn sydyn, neidiodd hi ar ei thraed a chroesi'r ystafell dywyll. Ar ôl pendilio cyhyd, roedd hi'n bryd tynnu'r llenni.

Pennod 8

Yr hyn a'i trawsai o'r dechrau'n deg oedd ei newydd-deb. Daethai'r gwynt i gwrdd ag e y tro cyntaf erioed iddo agor drws y car: gwynt newydd, glân yn syth o'r ffatri, a dyna a lenwai ei ffroenau nawr. Roedd e ar bob arwynebedd ac ym mhob ffeibr. Gynnau, pan eisteddai'r tri arall yn y sedd gefn, roedd yn gymysg â'u chwys fel coctel o surni a sglein, ond yr eiliad yr agorwyd y drysau er mwyn iddyn nhw gael mynd gadawodd y drycsawr gyda nhw a dychwelodd y newydd-deb ar unwaith. Ofnai Gwyn, er hynny, y gallai surni ei chwys ei hun amhuro'r glendid. Wedi'r cyfan, doedd yntau ddim gwahanol i'r lleill. Roedd e dan ei geseiliau, yn nefnydd ei drowsus byr a'i esgidiau rhedeg. Cysurodd ei hun fod ei athro ymarfer corff yn gyfarwydd â gwynt o'r fath. Roedd yn un o hanfodion ei waith.

Edrychodd arno drwy gil ei lygad wrth iddo lywio'r car lan y cwm. Y rhan yma o'r siwrnai, ar ôl i'r lleill gael eu gollwng, oedd y rhan orau a'r rhan waethaf bob tro. Hoffai'r sylw unigol a gâi gan Mr Llewellyn a'r ffordd y byddai'n dadansoddi ei berfformiad ym mhob ras. Eto i gyd, roedd yn gas ganddo'r tawelwch afrwydd a syrthiai rhyngddyn nhw weithiau fel petai meddwl ei athro yn rhywle arall.

Gostyngodd Gwyn ei olygon a nododd y cyhyrau amlwg a oedd wedi ymffurfio uwch ei benliniau diolch i wythnosau o redeg ac ymarfer caled. Lledwenodd yn hunanfodlon. Yna sythodd ei goesau o boptu i'w fag wrth ei draed a chraffu ar y blewiach tywyll a dyfai bellach ar groen a fu'n gwbl lyfn chwe mis ynghynt. Ar fwy nag un achlysur, roedd e wedi dala ei rieni'n taflu cip bach cynnil arno wedi iddo ddod adref yn chwys diferu yn ei ddillad rhedeg a syrthio'n swp ar y soffa a'i goesau noeth ar led. Ond fydden nhw byth yn dweud dim byd wrtho, hyd yn oed mewn cellwair, rhag iddo deimlo'n annifyr. Doedd hynny ddim yn rhan o'u steil. Doedd newidiadau corfforol llanc a oedd bron â chyrraedd ei bymtheg oed byth yn mynd i fod yn destun trafod naturiol i rai fel ei fam a'i dad. Bwrw iddi'n dawel a gobeithio'r gorau oedd y drefn ar aelwyd y teulu Philips yn amlach na pheidio ac roedd e, Gwyn, yn wirioneddol falch o hynny.

Yn sydyn, gwridodd wrth gofio am ymdrech drychinebus ei dad i siarad ag e am bethau o'r fath un tro, fel tad a mab. Bu'n ei ddisgwyl ers wythnosau. Cawsai ddigon o rybuddion ymlaen llaw yn sgil y sylwadau bach ffwrdd-â-hi am ferched pan fyddai ei fam yn saff o'r ffordd, ond gwyddai bellach nad oedd dim byd ffwrdd-â-hi yn eu cylch o gwbl a bod y cyfan yn baratoad at y Sgwrs Fawr maes o law. Fe ddaeth honno'n hwyr ryw brynhawn Sadwrn yn ôl ym mis Mawrth ac yntau'n gwylio'r reslo ar y teledu ar y pryd. Cofiodd ei dad yn dod i mewn i'r ystafell yn ei ddillad gwaith ac yn gostwng y sain ar y teledu yn hytrach na'i ddiffodd yn llwyr. Cofiodd edrych arno'n syn cyn gweld y dychryn yn ei lygaid a sylweddoli taw hon oedd y foment y bu'n ei hofni ers misoedd. Yn y diwedd, ni pharodd y sgwrs lawer mwy na deg eiliad am iddo dorri ar draws ei dad a chyhoeddi'n ddiamwys ei fod e eisoes yn gwybod popeth yr oedd angen iddo'i wybod am ryw, diolch i wers – un ddigon shimpil, rhaid dweud – gan ei athro bioleg. Trodd ei dad ar ei sawdl heb yngan gair arall o'i ben, ei ddyletswydd drosodd. Cododd Gwyn y sain ar y teledu ac aeth yn ôl i wylio'r reslo fel cynt. Sylweddolodd e nawr taw dyna fu'r tro olaf, a'r unig dro hyd y cofiai, i ryw gael ei grybwyll ar aelwyd ei rieni nes i Gary dorri'r newydd am y beichiogrwydd.

Ceisiodd ddychmygu ei frawd a'i dad yn cael yr un sgwrs fawr bum mlynedd ynghynt. Os cafwyd y fath sgwrs o gwbl tybed a lwyddwyd i gynnal y ffars am fwy na deg eiliad? Beth bynnag fu cyngor ei dad yr adeg honno, roedd yn amlwg i Gwyn bellach fod unrhyw hadau o ddoethineb tadol wedi cwympo ar dir caregog. Ond wedyn, go brin y byddai geiriau ei dad yn flaenllaw ym meddwl Gary pan oedd e'n cnucho Janis Lloyd, a'r canlyniad fu i hadau ei frawd arwain at fabi.

Edrychodd e'n ddidaro drwy'r ffenest ac ymsythu fymryn yn ei sedd wrth weld y tai teras cyfarwydd a chaffi Lorenzo yng nghanol y rhes o adeiladau o gerrig llwyd. Roedden nhw wedi cyrraedd Cwm Gwina heb iddo sylwi. Plygodd er mwyn cydio yn ei fag rhwng ei goesau wrth i'r car agosáu at y man lle arferai gael ei ollwng ond, yn lle arafu, aeth yn ei flaen ar hyd y brif ffordd trwy'r pentref. Trodd Gwyn ei ben i gyfeiriad ei athro er mwyn chwilio am esboniad.

'Af i â ti rownd i'r tŷ,' meddai hwnnw heb dynnu ei lygaid oddi ar y ffordd.

'Sdim isha...'

'Na, mae'n iawn. Ond bydd raid iti weud wrtha i ble i droi.'

'Diolch, syr. Y strŷt nesa ar y dde, yr un lan man'na. Wedyn cerwch i'r pen ac i'r dde 'to.'

'Fe wnest ti'n dda iawn heddi 'to. Ail, ond ail agos. Caria di mla'n fel hyn i wella dy dechneg a fyddi di fawr o dro cyn dechre ennill. Gwd boi.'

Llywiodd Courtney Llewellyn drwyn y car i'r dde, yn ôl y cyfarwyddyd a gawsai, a gyrrodd ar hyd y stryd fach o dai brics coch nes cyrraedd y pen. Yna aeth i'r dde unwaith eto ac ymlaen at y clwstwr o dai mwy diweddar a safai mewn *cul-de-sac*, ar ei ben ei hun yn ymyl darn o dir diffaith lle roedd criw o blant yn chwarae. Pan glywson nhw'r car yn dod yn nes daeth y chwarae i ben yn ddramatig o sydyn a throdd pob pâr o lygaid i gyfeiriad y newydd-ddyfodiaid. Cododd un o'r bechgyn ei law pan welodd e Gwyn yn eistedd yn y sedd flaen a gwnaeth yntau'r un fath. Eiliad yn ddiweddarach, aeth y chwarae yn ei flaen fel cynt. Paratôdd Courtney Llewellyn i yrru i mewn i'r *cul-de-sac* ond pan welodd pa mor gul oedd yr hewl honno stopiodd e'r car wrth dalcen y tŷ cyntaf fel y byddai'n haws iddo droi a bwrw ymlaen ar ei siwrnai.

'Beth yw dy gynllunie am weddill y dydd 'te?' gofynnodd e wrth i Gwyn agor y drws a rhoi un droed ar y pafin.

'Sa i'n gwpod. Sa i 'di meddwl abythdu fe. Gwaith ca'tra walla.'

'Smo ti'n bwriadu mynd i weld Mr Bowen?'

'Mr… o, Rhodri chi'n feddwl? Nagw, mae e wedi mynd lan i Aberystwyth i aros 'da'i fyn-gu. Smo nhw'n dod nôl sbo nos yfory.'

'Jiw, dou ddiwrnod ar dy ben dy hun. Beth 'yt ti'n mynd i neud heb dy ffrind mynwesol?' gofynnodd Courtney Llewellyn dan wenu.

Gwenodd Gwyn yn ôl.

'Diolch yn fawr am y lifft, syr.'

'Croeso. Wela i di ddydd Llun.'

Trodd Courtney Llewellyn drwyn ei gar i wynebu'r ffordd arall a gyrrodd yn araf heibio'r criw o blant a oedd bellach yn taflu cerrig at res o hen duniau, eu bryd ar fwrw eu targed. Gan eu bod nhw wedi ymgolli yn eu gêm, ni thrafferthodd neb droi pen i edrych ag edmygedd ar gerbyd sgleiniog y dieithryn yr eildro. Aeth yn ei flaen ar hyd y stryd o dai brics coch a phan gyrhaeddodd y pen stopiodd ac arwyddo'i fwriad i fynd i'r chwith er mwyn gyrru'n ôl i lawr y cwm a thuag adref. Ac yntau bron â chwblhau'r symudiad syml, dyma fe'n troi llyw'r car i'r dde yn gwbl ddirybudd er mawr syndod iddo'i hun ac i'r ci a oedd ar ganol croesi'r ffordd ryw bumllath oddi wrtho. Rhedodd hwnnw bant ar ras i ystyried ei ddihangfa wyrthiol tra hoeliodd yr athro ymarfer corff ei holl sylw ar geisio dod i delerau â chanlyniad ei weithred annisgwyl. Teimlodd y gwaed yn codi yn ei wyneb wrth iddo sylweddoli'r hyn a wnaethai. Gwibiodd ei lygaid i'r chwith ac i'r dde rhag ofn bod tystion i'w ymddygiad anghyfrifol a allai siarad yn ei erbyn mewn llys barn. Trawodd gip yn y drych bach yn ymyl ei dalcen ac ochneidiodd yn dawel wrth gadarnhau nad oedd neb wedi'i weld, nad oedd neb yn gorwedd yn farw ar ganol yr hewl. Chwarddodd wrth ddibrisio'r angen iddo boeni am benawdau newyddion yfory. Ni chawsai neb ei frifo. Ni chawsai ei ddal.

Suddodd e'n ôl yn erbyn cefn ei sedd a bwrw yn ei flaen ond, cyn pen hanner canllath arall, tanseiliwyd ei hyder newydd gan don wahanol o euogrwydd. Ceisiodd ei hwfftio fel y gwnaethai'r tro cyntaf ond roedd hon yn bygwth ei draflyncu. Doedd hi ddim mor hawdd diystyru'r goblygiadau pan oedd y prif gymeriadau'n rhai hysbys.

Arafodd e'r car a daeth i stop wrth ochr y ffordd. Roedd ei galon ar ras a'i gynnwrf ar ffrwydro. Beth ffyc roedd e'n ei wneud? Beth ddiawl ddaeth drosto? Roedd hi wedi mynd i Aberystwyth… gyda'i gŵr a'i mab. Onid oedd Gwyn Philips newydd ddweud? Oni bai am ddiniweidrwydd ei ddisgybl, ni fyddai'n anelu am ei chartref nawr a'i gorff yn galed am ei fod yn ei hawchu. Brysiodd i blannu'r bai yn grwn ar ysgwyddau'r llanc am ei anfon ar gyfeiliorn ond gwgodd cyn i hynny gydio a throi'n gyfiawnhad cyfleus. Chwythodd y syniad ffuantus o'i ben ar unwaith a chydnabod ei gam. Roedd e'n ddigon craff i ddeall y gwahaniaeth rhwng twyll a hunan-dwyll. Y gwir amdani oedd bod ei dynged wedi'i selio yr eiliad y soniodd Gwyn ble roedden nhw. Sylw bach ar hap ac roedd e wedi'i rwydo. Hwn oedd y cyfle y bu'n ei chwennych ers dod â hi adref wedi'r noson rieni. Sawl gwaith roedd e wedi ystyried mynd yno eto ac aros ym mhen draw'r lôn yn y gobaith gwan o gael cip arni ond bod realiti wedi agor ei lygaid mewn pryd a'i atal rhag gwneud? Doedd e ddim yn gwbl dwp. Bellach doedd dim byd i'w rwystro rhag gwireddu ei ffantasi ond llwfrdra. Eto, pa ddiben mynd i flysio y tu allan i dŷ gwag?

Rhyddhaodd e'r brêc llaw a chychwynnodd y car o'r newydd. Synnai at ei allu i gofio'r ffordd er gwaethaf y troeon niferus oddi arni. Edrychai pob teras yr un fath. Ond i ddyn ar berwyl roedd gafael blys yn ddigymar; doedd dim byd tebyg iddo am ffocysu'r cof. Dilynodd e'r hewl wrth iddi droelli a dechrau codi ac wrth i'r tai fynd yn brinnach gan ildio'u goruchafiaeth i ambell ddafad strae. Funudau'n ddiweddarach diffoddodd yr injan, pwysodd yn ei flaen gan orffwys ei benelinoedd ar lyw'r car a syllodd ar y tŷ llonydd ym mhen draw'r lôn. Syllodd am beth amser; ni wyddai faint yn union. O dipyn i beth, gostegodd ei anadlu cyflym. Gwireddwyd y ffantasi. Erthylwyd y blys. Taflodd ei hunan yn ôl yn erbyn cefn ei sedd gan adael i'r edifeirwch lifo drosto. Teimlai'n frwnt. Efallai fod rheswm iddo boeni wedi'r cyfan; onid oedd y penawdau newyddion yn llawn sôn am ddynion fel fe? Dynion annigonol, brwnt. Y bastad gwirion! Beth oedd yn ei ben? Roedd hi'n briod, yn briod â gweinidog. Roedd e'n dysgu ei mab. Rholiodd y ffenest ar agor led y pen a chaeodd ei lygaid. Roedd yn bryd iddo fynd adref. Roedd yn bryd iddo fynd ymhell o Gwm Gwina a Carys Bowen.

Ac yntau ar fin torri'n rhydd rhag crafangau olaf ei hunangystwyo, daeth e'n ymwybodol o sŵn traed yn crensian ar hyd y lôn bridd. Agorodd ei lygaid ac ymsythu yn ei sedd. Ac yna fe'i gwelodd yn brasgamu tuag ato. Crychodd ei dalcen mewn syndod gwirioneddol. Sobrodd ar amrantiad a cheisio cuddio'i ddryswch fel arddegyn a gawsai ei ddala'n gwneud rhywbeth gwaharddedig, drwg ym mhreifatrwydd ei ystafell wely. Doedd hi ddim i fod yno, ond hi oedd hi ac roedd hi'n taranu. Gwthiodd ddrws y car ar agor er mwyn sefyll ar ei draed i'w hwynebu, i'w holi, ond stopiodd pan welodd ei breichiau'n ei siarsio i aros lle roedd e. Roedd popeth ynghylch ei hosgo'n anfon yr un neges ddiymwad: roedd hi'n gandryll. Camodd Courtney Llewellyn o'r car er gwaethaf ei hosgo a pharatôdd am lond pen.

'Mr Llewellyn,' meddai a goslef ei llais yn ei gwneud yn glir mai gosodiad moel yn hytrach na chyfarchiad cynnes oedd wrth wraidd ei geiriau.

'Mrs Bowen.'

'Ga i fod o help? Os mai ar goll y'ch chi, ffor 'na ma mynd nôl,' meddai ac amneidio â'i phen i gyfeiriad y cwm y tu ôl iddo. 'Dim ond ise troi rownd sy a byddwch chi ar yr hewl fawr mewn wincad.'

Cadw'n ddistaw a wnaeth Courtney Llewellyn gan anwybyddu ei gwatwar oeraidd. Safai'r ddau gyferbyn â'i gilydd, a blaen y car yn eu gwahanu, gan herio'i gilydd i fod y cyntaf i ildio.

'Wel?' meddai hi gan symud yn nes, bron fel y gallai gyffwrdd â'r cymhlethdod ar ei wyneb.

'Wel beth?'

'Wel os nage ar goll y'ch chi, wi'n ffaelu'n deg â deall pam y'ch chi'n sefyll tu fas i 'nghartre ar brynhawn Sadwrn fel hyn... hynny yw, oni bai bod gyda chi reswm arall dros ddod 'ma.'

Craffodd Courtney Llewellyn ar ei llygaid, ar y mân ystumiau o gwmpas ei cheg, a chwiliodd am arwydd a allai ei arwain. Tynnodd yn ddwfn ar ei gyneddfau cyntefig, a fu wastad mor driw yn y gorffennol, ond roedd y gwifrau yn ei ben yn bendramwnwgl ac yn tasgu negeseuon gwyllt i bob man. Un cam gwag, un sylw ffwrdd-â-hi a chwythai'r cyfan.

'Be chi'n moyn 'da fi, Mr Llewellyn?'

'O'n i'n meddwl bod hynny'n amlwg. Chi'n gwbod beth wy'n moyn. Wy'n moyn yr un peth â chi.'

Rhythodd arni am eiliadau hirion cyn rhoi caniatâd i'w lygaid wenu, ond diflannodd ei hyder llencynnaidd ar amrantiad pan welodd e'r natur yn codi yn ei hwyneb.

'Paid ti byth â dod 'ma eto! Ma 'na reole, ti'n deall? Ac rwyt ti newydd eu torri nhw. Nawr cer!'

Ar hynny, cododd ei llaw a phwyntio i gyfeiriad y pentref. Llamodd yntau'n ôl wrth ymateb i sydynrwydd ei gweithred gan dybio ei bod hi'n mynd i'w daro ar ei foch. Gafaelodd yn ei garddwrn yn reddfol. Gwelodd e'r ffyrnigrwydd yn ei lygaid a bu ond y dim iddo ei gwthio i ffwrdd ond, yn hytrach, fe'i daliodd hi hyd braich oddi wrtho.

'Fe dorron ni'r rheole y noson rhoies i lifft adre i ti ac rwyt ti'n gwbod hynny'n iawn. Fan hyn o'n ni, yn gwmws le y'n ni nawr. Fe gest ti dy gyfle i droi dy gefen arna i bryd hynny ond wnest ti ddim. O'dd hi'n amlwg beth o't ti'n moyn. O'n i'n gallu dy wynto di.'

'Shwd alle rhyw dipyn athro fel ti ddeall beth wi ise?' Taflodd ei phen yn ôl ac ochneidio ei gwawd. 'Smo ti'n gwbod dim... dim byd amdana i.'

'Paid â whare 'da fi. Wy'n dyall digon i wbod taw 'na gyd sy 'di bod ar dy feddwl ers y noson honno. Rwyt ti newydd fradychu dy hunan drwy sôn am reole. Tase 'na ddim byd rhynton ni fyddet ti ddim angen crybwyll hynny. Na, Carys, rwyt ti'n marco dy diriogaeth. Ti'n cydnabod bod rheole i'r gêm ac rwyt ti'n barod i whare.' Gwthiodd hi ei llaw arall yn erbyn ei ysgwydd mewn ymgais i dorri'n rhydd rhag ei afael, ond gwrthododd e adael iddi fynd. 'Wrth iti gerdded nôl at y tŷ o'n i'n ffilu cadw'n llygaid oddi arnat ti. Nage troi cefen o'dd hynny. O'dd mwy o swae i dy din nag o'dd gyda dy fag.'

'Fel hŵr, ife?'

'Ti wedodd 'na.'

'Dyna o't ti'n feddwl. Ond bod yr hwren arbennig yma'n digwydd byw yn y mans. Ody hynny'n rhoi mwy o fin i ti?

Mae siŵr o fod yn lanach na gorfod mynd i whilo am slwt lawr yn y docs.'

'Sa i'n mynd i dy dalu. Nage dyna'n steil. Ma beth sy gyda ni â'r potensial i fod yn werth mwy na 'ny.'

'Jiw, dyna weud mowr gan athro ymarfer corff! A beth yn hollol sy gyda ni 'te?'

'Ti'n gwbod yr ateb cystal â fi, achos fod ti'n gwbod hefyd beth sy *ddim* gyda ti… gyda dy ŵr. Rwyt ti'n moyn hyn gymaint â finne.'

'Beth bynnag wi'n moyn, Mr Llewellyn bach, wi ddim yn cachu ar 'y nhomen 'yn hun. Beth bynnag wi'n neud wi ddim yn mynd i neud e fan hyn. Beth o't ti'n ddisgwyl drwy ddod 'ma… i 'nghartre? Smo ti'n sylweddoli beth ma hynny'n feddwl? Dyma 'nghartre… lle ma 'ngŵr a'm mab yn byw!'

'O'n i jest â marw ishe dy weld ti ond o'n i ddim yn dishgwl i neb fod 'ma. O'n i'n meddwl bo chi 'di mynd i Aberystwyth.'

Yn sydyn, llenwyd Carys Bowen ag arswyd dilyffethair. Ffrydiodd drwyddi fel adrenalin iasoer. Tan nawr, gallai ei chysuro ei hun ei bod hi'n dal ei thir. Yn gam neu'n gymwys, roedd hi hyd yn oed wedi dechrau mwynhau eu hymryson, ond roedd hyn yn wahanol. Roedd clywed geiriau diwethaf y dieithryn hwn a afaelai ynddi gerfydd ei garddyrnau, achos dyna oedd e – dieithryn – yn mynd â nhw i fan arall.

'Pwy wedodd 'na wrthot ti?' gofynnodd hi heb dynnu ei llygaid oddi arno.

Edrychodd Courtney Llewellyn heibio iddi gan deimlo'i dirmyg yn ei daro yn ei foch lle cynt roedd hi wedi peidio ag anelu ei llaw.

'Pwy… wedodd?' Roedd hi'n gweiddi bellach.

'Gwyn Philips.'

'Pam o't ti'n trafod 'y nheulu gyda Gwyn Philips?'

'Gwranda, sdim tamed o fai ar Gwyn. Sgwrsio o'n ni yn y

car – mân siarad – dyna i gyd. O'n i'n rhoi lifft adre iddo fe a wedodd e fod Rhodri 'di mynd i weld ei fam-gu yn Aber.'

'Ie, Rhodri… a'i dad.'

'Wy'n gallu gweld 'na nawr ond ar y pryd wnes i jest cymryd bod y tri ohonoch chi 'di mynd… fel teulu.'

'Felly pam dod 'ma? Pam dod 'ma i sbio arna i os o't ti'n meddwl mod i yn Aberystwyth? Wyt ti 'di bod 'ma o'r bla'n? Wyt ti? Rhoi cic i ti, ody e? Ti'n afiach, ti'n gwbod 'ny?'

'Nagw, wy ddim yn afiach ond wy'n uffernol o falch fod ti heb fynd i Aber.'

Ar hynny, gollyngodd ei afael ynddi a chlosiodd at ei chorff gan dynnu ei phen i orffwys ar ei ysgwydd. Dechreuodd e fwytho'i gwallt a chusanu ei chlust. Rhedodd ei dafod ar hyd yr ymylon ac i lawr ar hyd ei gwddwg lle roedd y croen yn feddal ac yn fyw. Fe'i teimlodd hi'n ymsythu ac yn ei dynnu fwyfwy tuag ati. Teimlodd ei choes yn gwthio'n araf rhwng ei goesau yntau. Clywodd ei hanadlu rhythmig yn gymysg â'i anadlu ei hun. Cododd hithau ei phen a chynnig ei cheg iddo. Llowciodd hi ei dafod wrth iddo ymwthio'n ddwfn i'w cheg ac yn erbyn ei thafod ei hun. Gwelodd hi'r chwant cyntefig yn ei lygaid a chyflymodd ei hanadlu wrth i'w law lithro ar hyd ei chlun ac wrth i'w fysedd ymbalfalu am ei chont.

'Ddim fan hyn,' meddai hi a thorri'n rhydd. Edrychodd yn sydyn i gyfeiriad y mans cyn troi'n ôl ac amneidio â'i phen tua'r mynydd. 'Dere, gallwn ni fynd lan yn y car. Chawn ni mo'n gweld achos sneb byth yn mynd hibo ffor hyn.'

Aeth hi i sefyll yr ochr arall i'r car. Agorodd hi'r drws, eisteddodd yn y pen blaen ac aros iddo ymuno â hi.

Pennod 9

'Wela i chi nôl fan hyn am bump 'te,' meddai Carys Bowen. 'Pidwch â bod yn hwyr achos sdim byd yn wa'th na gadel i fenyw aros,' ychwanegodd hi gan farnu bod angen dogn o dwyll ysgafn er mwyn cuddio'r twyll cyflawn a oedd yn bygwth ei llorio. Cyfeiriodd ei geiriau atyn nhw eu tri ond ni allai edrych ar wyneb yr un ohonyn nhw. Yn hytrach, aeth ati i ymbalfalu yn ei bag. Am beth y chwiliai, ni wyddai, ond roedd hi'n fodlon cynnal y sioe a pharcio ei ffeministiaeth am ychydig eiliadau'n rhagor, waeth pa mor annidwyll oedd hynny.

'Go dda! Glywsoch chi 'na, fechgyn?' atebodd Gwilym Bowen gan chwilio am gefnogaeth y ddau lanc wrth ei ymyl. 'Gwranda, os digwyddith hynny, ti fydd y fenyw gynta erio'd i fynd drwy'r fath brofiad. Mi fyddwn *ni* 'ma am bump ar ei ben ond mi ddala i swllt na fydd dim golwg ohonot ti am o leia hanner awr arall nes bydd y siop ola wedi cau. Wi'n ffaelu dychmygu dim byd mwy diflas na mynd rownd hen siope. Sa i'n deall beth 'yt ti'n ffindo i neud am orie bwy gilydd.' Ar hynny, clodd ddrysau'r car ac edrychodd i wneud yn siŵr nad oedd yr olwyn flaen yn cyffwrdd â'r palmant.

'Paid anghofio'r fflasg a'r brechdane yn y cefen. Ma rhai caws a ham a...'

'Cer!'

'Joiwch y criced.'

Trodd Carys Bowen ei chefn a phrysurodd oddi wrthyn nhw ar hyd y pafin, ei chalon ar ras a'i meddwl ar chwâl. Beth oedd yn ei phen pan ddewisodd lynu wrth y cynllun gwreiddiol er bod pob greddf a feddai'n gweiddi'n groch arni ar y pryd i wneud fel arall? Pan gynigiodd Gwilym lifft iddi, yno ac yn ôl, am ei fod e wedi penderfynu mynd i wylio'r criced ar y funud olaf, fe ddrylliwyd ei threfn ond roedd amser o hyd i ganslo. Pan soniodd e fod y bechgyn yn dod hefyd dylai hi fod wedi ildio i ffawd a diolch am yr ymyrraeth am iddi ei hachub rhagddi ei hun. Clywodd eu lleisiau gwrywaidd yn mynd yn llai ac yn llai a bu ond y dim iddi blygu. Dyma'r realiti newydd a hi oedd ei phensaer. A oedd hi'n rhy hwyr i ddod â'r gwallgofrwydd i ben? Gallai'n hawdd droi'n ôl a'u bwydo ag esgusodion am ei newid meddwl sydyn a thrwy hynny gadw ei bwriad yn fwriad a dim byd mwy. Ond roedd hi eisoes yn rhy hwyr; doedd dim modd dad-wneud yr hyn a wnaethpwyd mor danbaid. A beth bynnag, onid oedd y bwriad i dwyllo lawn mor ddieflig â'r twyll ei hun? Gorfododd ei hun i arafu ac i gymryd pwyll ond ofnai ganlyniad pwyllo: byddai'n siŵr o afael ynddi a'i thywys yn ôl i drefn a oedd yn ei difa. Daliodd i fynd yn ei blaen gan wrthod mynediad i ragor o amheuon. Rhodri. Gwilym. Gwthiodd eu hwynebau o'r neilltu. Roedd hi wedi bod dros y dadleuon nes ei bod hi'n wan. Roedd hi eisoes wedi bwrw ei choelbren.

Dilynodd y pafin ar hyd ymyl yr adeilad gwyn, ysblennydd ar ei llaw chwith, heibio'r llysoedd barn ac yna ar hyd talcen Neuadd y Brangwyn. Teimlodd wres haul Mehefin ar ei hwyneb, diolch i doriad yn y cymylau, a chododd ei phen i'w gyfarch. Taflodd gip sydyn dros ei hysgwydd er ei gwaethaf, ond doedd dim golwg ohonyn nhw. Roedd hi wedi troi'r gornel heb sylwi. Roedd hi wedi eu gadael ar ôl. Teimlodd y tyndra'n llifo ar hyd ei choesau ac allan trwy ei thraed gan ildio'i le i gyffro pur. Hanner rhedodd heibio'r grisiau a arweiniai at ddrysau'r neuadd a chofiodd mai yn y fan honno y dechreusai'r cyfan ar noson lawen, lawog. Gwenodd nawr wrth ail-fyw'r cyfarfod tyngedfennol hwnnw a'r ffarwelio brysiog, penagored. Wrth iddi eistedd yn y car a'i gwallt yn diferu, fe'i gwelsai drwy gil ei llygad yn sefyll ar ben y grisiau gwlyb. Gwnaethai ei gorau i beidio â throi ei hwyneb i edrych arno'n iawn rhag ofn y byddai'r lleill yn sylwi, ond fe'i gwelsai'n blaen wrth i'r car ddechrau symud a mynd am adref. Ychydig a feddyliai bryd hynny y byddai'n hastu tuag ato wythnosau wedyn fel merch ysgol yn rhedeg i gwrdd â'i chariad cyntaf. Doedd dim diwedd i'w hunan-dwyll. Roedd ganddi *liaison* â dyn a oedd bedair, pum, chwe blynedd yn iau na hi. Gwenodd eto a chwythu'r fath faldod mawreddog o'i phen. Nid cymeriad yn un o ffilmiau Hollywood mohoni.

Croesodd hi'r ffordd ac ymuno â St Helen's Road. Brysiodd heibio'r arwydd du a gwyn a gladdwyd fry ym mhlastr craciog un o'r adeiladau ond, wrth iddi wneud, stopiodd yn ei hunfan a throi'n ôl i syllu'n syn ar yr enw. Roedd hi'n hen gyfarwydd â gweld arwyddion am y Santes Fair neu St Mary ac enwyd digonedd o strydoedd ar ôl St Margaret neu St Anne, ond dyma'r tro cyntaf erioed hyd y cofiai iddi weld Helen yn cael ei choffáu yn y fath fodd. Roedd unrhyw beth yn bosib. Lledwenodd wrth ddychmygu ei henw ei hun ar arwydd stryd ryw ddydd. Yna chwarddodd yn uchel ac ysgwyd ei phen. Roedd angen bod yn santes i haeddu'r fath anrhydedd; un ai hynny neu roedd gofyn bod yn benderfynol neu'n ystrywgar er mwyn taflu llwch i lygaid cymdeithas a chydio yn y wobr. Roedd gobaith felly, ond roedd Carys yn enw rhy Gymraeg o lawer i le fel Abertawe, meddyliodd.

Nawr roedd hi ar ei ffordd i stryd arall lle roedd menyw'n ben a lle roedd e'n aros amdani yn ei gar i fynd â hi i'w fflat yn Fforest-fach. I'w wely. Pan ofynnodd hi iddo: 'Pam Henrietta Street?' atebodd e: 'Pam lai?' Ei ddadl oedd ei bod yn ddigon di-nod. Doedd bron neb yn pasio drwyddi ar droed nac mewn cerbyd. Roedd yn berffaith ar gyfer cadw oed heb i neb o bwys eu gweld. Ond roedd arni hi, Carys, angen cael ei gweld. Roedd angen alibi arni er mwyn gallu edrych i fyw llygaid ei gŵr pan ofynnai hwnnw iddi ar ddiwedd y prynhawn sut roedd hi wedi treulio'r oriau.

Cyrhaeddodd y gornel rhwng St Helen's Road a Henrietta Street ond yn lle troi i mewn iddi penderfynodd fwrw'n syth yn ei blaen er mwyn mynd i siop Tŷ John Penry lle câi ei gweld gan siaradwyr Cymraeg eraill a lle câi ymarfer ei pherfformiad a pherffeithio'i llinellau. Gwenodd wrth ei chanmol ei hun am adael i'r fath ysbrydoliaeth fagu gwreiddiau. Âi yno i brynu cerdyn pen-blwydd i Gwyn ac i weld a oedd record newydd y Bara Menyn wedi ymddangos eto. Byddai'n werth y gost, a beth bynnag, roedd hi eisiau ei phrynu iddo. Roedd yn rhan o'i chrwsâd.

∗   ∗   ∗

Wrth i Gwyn wylio'r gêm yn araf ymagor, gallai deimlo'i war yn tynhau, ond nid y criced oedd yn gyfrifol am ei hwyliau brau. Roedd Morgannwg yn maesu ac yn gwneud jobyn da. Eto, doedd ganddo ddim amynedd gyda'r chwarae. Ni fedrai ddeall pam i ddechrau; wedi'r cyfan, bu'n edrych ymlaen ers dyddiau. Pan estynnodd Gwilym Bowen wahoddiad iddo fynd gyda nhw yn y car i faes San Helen neidiodd e ar y cyfle, a phan wasgodd ei dad werth pythefnos o arian poced yn ei law â gorchymyn iddo dalu dros Rhodri hefyd fe'i llenwyd â balchder. Nawr, fodd bynnag, wrth iddo eistedd rhwng Mr Bowen a Rhodri, teimlai ei ddiffyg amynedd yn tyfu. Hoffai dad ei gyfaill yn fawr; roedd e'n ddoniol ond nid mewn ffordd amlwg fel y digrifwyr stoc yn y Brangwyn y noson honno. Dyn tawel oedd e. Fel y gêm o'u blaenau, un i ymagor wrth ei bwysau oedd e. Teimlai weithiau ei bod yn haws siarad â Mr Bowen nag â'i dad ei hun. Roedd llai i'w brofi ac felly roedd yr ysfa i'w faglu a chael y gorau arno hefyd yn llai. Efallai fod yr un ysfa i'w gweld rhwng pob tad a mab. Gwyddai nad oedd fawr o ddiddordeb gan ei ffrind yn yr hyn a ddigwyddai ar y maes ond roedd e'n amau ambell waith fod a wnelo hynny fwy â'i awydd i frifo'i dad. Ni wyddai pam. Teimlad oedd e, ond roedd e wedi dod i feddwl fwyfwy bod Mr Bowen y Mans yn cael mwy na'i haeddiant o gam, yn enwedig o du ei fab. Gwgodd wrth synhwyro'r anesmwythyd yn cnoi'r naws hamddenol a daeth i'r casgliad y byddai'n well ganddo petai ei dad ei hun yn eistedd wrth ei ochr yr eiliad honno yn lle'r ddau hyn.

'Pam 'sech chi'n mynd am dro?' awgrymodd Gwilym Bowen fel petai e wedi darllen meddwl Gwyn. 'Rhodri bach, ma dy wyneb yn fwy diflas na cloc jael Abertawe lawr yr hewl.'

Gwenodd Gwyn a gwyro ymlaen yn ei sedd gan droi ei ben i edrych ar ei gyfaill am ymateb. Er mai fe a dalod am eu tocynnau, tueddai i feddwl taw gyda Rhodri roedd y gair olaf ar y mater yn rhinwedd ei statws fel mab y dyn a oedd wedi trefnu iddo fod yno yn y lle cyntaf. Byddai ei rieni'n browd ohono, meddyliodd; doedd dim yn well gan ei fam a'i dad na gwybod eu lle.

'Man a man ichi,' mynnodd Gwilym Bowen. 'Sdim lot o dân yn mynd i fod ynddi prynhawn 'ma. Sa i'n credu bo chi'n mynd i golli llawer. Rhowch hi fel hyn, dy'n ni ddim yn debygol o weld rhyw Garfield Sobers arall yn taro chwe chwech mewn pelawd heddi.'

Nodiodd Gwyn ei gytundeb fel hen ddyn yn ystyried un o bynciau llosg y dydd tra bo Rhodri eisoes ar ei draed ac yn barod i fynd.

'O'n i 'ma, ti'n gwbod, fwy neu lai lle y'n ni'n ishte nawr. Weles i hanes yn ca'l ei greu. Mis Awst y llynedd. Bachan, a'th hi'n wyllt 'ma!'

Gwenodd Gwyn unwaith eto. Oedd, roedd e'n hoffi Mr Bowen.

'Reit, off â chi ond beth bynnag wnewch chi, pidwch â bod yn hwyr neu bydd dy fam yn hwthu. Gwrdda i â chi nôl bwys y car am bump.'

* * *

Cerddodd Gwyn yn hamddenol ar draws y tywod gwlyb gan igam-ogamu ei lwybr bob hyn a hyn er mwyn osgoi'r pyllau dŵr bach niferus a adawyd gan y llanw. Roedd y môr yn bell i ffwrdd erbyn hyn ond daliodd i fynd tuag ato'n ddiwyro fel aelod o ryw lwyth cynhanesyddol yn cael ei ddenu at gysegrfan cudd yng nghanol y tonnau. Man gwyn man draw lle gallai olchi ei feiau i gyd. Gwenodd wrth synnu at ei allu i greu'r fath ffantasi. Yn un peth, doedd dim tonnau i'w gweld yn unman, dim ond dŵr llonydd yn pefrio fel miliynau o ddiemwntau wrth i'r haul wneud ei orau i ymwthio drwy'r llen o gymylau llwyd. A hyd y gwyddai doedd ganddo ddim beiau eto a oedd mor fawr fel bod angen eu golchi. Gallai ddeall apêl yr olygfa, er hynny; roedd rhywbeth hudolus yn ei chylch. Doedd e erioed wedi cerdded ar y traeth hwn o'r blaen er iddo'i basio fwy nag unwaith wrth fynd i'r Mwmbwls gyda'i rieni a'i frawd pan oedd e'n iau. Roedd yn rhan o chwedloniaeth ei deulu ei fod e wedi cael ei wahanu oddi wrthyn nhw un tro, ac yntau'n grotyn ifanc iawn, wrth aros i ddala'r tram a arferai redeg ar hyd y glannau rhwng Abertawe a'r Mwmbwls. Yn ôl ei rieni, wrth i'r dorf hyrddio yn ei blaen tuag at y cerbyd, cawsai ei gario ar ei fwrdd gan adael ei fam yn ei dagrau ar y platffform isel. Clywsai'r stori hyd at syrffed mewn dathliadau teuluol prin neu ar ôl i'w dad ddod adref o'r clwb, ei fola'n llawn cwrw a'i ben yn llawn cachu, a mawr fyddai'r chwerthin ar yr aelwyd. Os oedd unrhyw wirionedd i'r stori doedd ganddo fe, Gwyn, mo'r gronyn lleiaf o gof am yr helynt a oedd wedi achosi cymaint o ofid i'w fam a'i dad. Roedd y profiad heb adael unrhyw graith seicolegol, ddofn arno ac roedd hynny'n ddigon i awgrymu ei fod e wedi mwynhau ei bum munud o antur, os digwyddodd yn y lle cyntaf. Peth niwlog oedd y cof ar y gorau; roedd mwy nag un fersiwn yn bosib.

Edrychodd ar draws y bae nawr a rhyfeddu at ei ehangder. Trodd ei gorff mewn hanner cylch fel View-Master dynol. Unwaith, dwywaith, tair. Clic, clic, clic. Yn y pen gorllewinol, roedd y Mwmbwls a'i dwy ynys fach yn eistedd yn y dŵr llonydd fel dwy fron mewn bàth. Enw od oedd y Mwmbwls. Swniai'n gomic o anghymreig, fel enw gwneud. Trodd ei gorff yn ôl ac ymlaen unwaith yn rhagor a glaniodd ei lygaid ar y pier yn ymestyn allan tua'r môr. Yn y pen yma roedd yr hwyl i gyd, fe gofiodd. Yma roedd hyd yn oed siop ar ffurf afal mawr crwn â hollt yn y canol er mwyn i ddarpar gwsmeriaid weld a phrynu'r pleserau a oedd ar werth. Edrychodd o'r newydd ar draws y dŵr i'r cyfeiriad arall a gwyliodd y colofnau melynllwyd yn chwydu o ffwrneisi'r gwaith dur lle roedd ei dad a'i frawd yn gweithio. Roedd hwnnw hefyd yn ddigon o ryfeddod. Yn sydyn, cofiodd broffwydoliaeth ei fam-gu ac fe'i llenwyd â phangfeydd o frad. Y fe fyddai'r cyntaf i dorri ar batrwm cenedlaethau pe na bai'n dilyn gwrywod ei deulu i drin y metel. Roedd copr yn eu gwythiennau a dur yn eu hesgyrn. Craffodd ar y colofnau melynllwyd yn gwasgaru wrth godi'n uwch cyn ymdoddi i'r llen o gymylau, ond dim ond eu pennau a ddiflannai o'r golwg. Roedd y ffwrneisi'n gweithio ddydd a nos a'r mochyndra'n hollbresennol. Gollyngodd e'r olygfa'n fwriadol a theimlo'r rhyddhad wrth wneud. Dechreuodd gerdded ar draws y tywod gwlyb o'r newydd gan igam-ogamu ei ffordd tuag at ymyl y dŵr.

Ac yntau wedi ymgolli yn ei fyfyrdod, roedd e heb glywed Rhodri'n nesáu y tu ôl iddo. Ar ôl i hwnnw wrthod ei awgrym eu bod yn mynd am dro, fe'i gadawsai'n eistedd ar y wal isel rhwng y ffordd fawr a'r traeth a bu'n falch o'r cyfle i grwydro ar ei ben ei hun. Felly pan deimlodd e'r diferion cyntaf yn ysgeintio'i war ni chymerodd fawr o sylw. Dim ond pan dasgodd y diferion caletach o dywod gwlyb ar hyd ei gefn y trodd i weld ei gyfaill yn wên o glust i glust. Gwenodd Gwyn yntau wrth ymateb i'r her a phlygodd ar unwaith er mwyn codi dyrnaid o'r tywod, ond cyn iddo gael cyfle i'w daflu at ei blagiwr glaniodd twlpyn arall a'i daro ar ei ysgwydd. Canolbwyntiodd ar ryddhau ei daflegryn ei hun a thrawodd Rhodri yn ei fol. Plygodd drachefn i gasglu rhagor o fwledi gwlyb cyn llwyddo i ddianc rhag yr ymosodiadau di-ildio. Rhedodd yn ôl tuag at y wal a'r ffordd fawr gan droi bob hyn a hyn i weld y pellter rhyngddo a'i ffrind yn tyfu. Yna stopiodd ac aros i'r bwlch gau o'r newydd cyn anelu dyrnaid arall o dywod ato ond glaniodd ymhell o'i darged. Trodd yn ei ôl a rasio am ddiogelwch y tywod sych yn ymyl y wal gan wybod bod y gwaethaf drosodd.

'Bastad!' galwodd e.

Chwarddodd Rhodri a dod i eistedd wrth ei ochr gan stryffaglu i gael ei wynt ato.

'Ti'n glou,' meddai.

'Dyna sy'n dod o ymarfar ers wthnosa tra fo titha'n ishta ar dy din yn wara'r piano.'

'Ti ond yn neud e er mwyn llyfu tin Courtney.'

''Na beth ti'n feddwl, ife? Grinda, sa i'n llyo tin neb.'

Brwsiodd Gwyn y tywod gwlyb oddi ar ei ysgwydd ac ysgwyd ei ben er mwyn siglo'r tywod o'i wallt.

'Wedodd Courtney helô wrtha i yn y coridor ddoe,' meddai Rhodri.

Edrychodd Gwyn yn ddidaro ar ei gyfaill.

'Sa i'n gwpod pam ti'n synnu. Ma Courtney'n foi iawn, wy'n gweu'tho ti.'

'Walle fod e'n iawn 'da *ti* ond dyw e 'rio'd wedi gweud dim byd wrtha i heb weiddi.'

'Beth arall wetws e?'

'Jest gofyn beth o'n i'n neud penwthnos 'ma, 'na gyd.'

'Walle fod e'n ffansïo ti.'

'Ha blydi ha.'

'Mae e'n fachan iawn, o ddifri. Wy wedi dod i lico fe'n fawr.'

'Mae e'n arwr i ti, ody e?'

'Elen i ddim mor bell â gweud 'na, ond ma fe'n athro da a ma fe 'di mynd mas o'i ffordd i 'elpu fi.'

'Mae'n swno i fi fel 'set ti'n ei ystyried e'n dipyn o arwr felly.'

'Ma gwa'th arwyr i ga'l.'

Eisteddodd y ddau yn dawedog yn eu bydoedd bach eu hunain gan syllu allan i'r môr. O bryd i'w gilydd, câi llygaid Gwyn eu tynnu i gyfeiriad y gwaith dur yn y pellter a byddai'n troi ei olygon oddi wrtho ar ei union er mwyn dileu'r ddelwedd o'i ben, o'i gydwybod. Ond yr eiliad y diflannai'r ddelwedd honno byddai llond pair o rai newydd yn ymgiprys i lenwi ei feddwl yn ddi-ffael: ei dad a Gary yn eu huffern sylffwraidd a oedd hefyd yn noddfa i ddynion fel nhw, ei fam-gu a Courtney Llewellyn a'u disgwyliadau mawr ar ei gyfer, Mr a Mrs Bowen a chyffro eu cyfleoedd amgen. Gostyngodd ei ben ac edrychodd ar ei esgidiau. Gwgodd wrth weld y llinellau gwyn a oedd eisoes wedi dechrau ymffurfio wrth i'r swêd a wlychwyd gan y dŵr hallt ddechrau sychu. Llithrodd ei ben-ôl oddi ar y wal yn fwriadol a glaniodd ei draed ar y tywod meddal, sych. Byddai ei fam yn siŵr o wybod sut i gael gwared â'r staen, meddyliodd.

'O't ti'n gwpod bod train yn arfar trafaelu ar 'yd man 'yn?' gofynnodd e.

'Fan hyn?' meddai Rhodri gan grychu ei drwyn mewn anghrediniaeth a phwyntio â'i ben ar hyd yr arfordir.

'Ia, y train cynta yn y byd i gyd i gario teithwyr.'

'Yn Abertawe?'

'Ia, o'dd e'n mynd o Abertawe i'r Mwmbwls a nôl. Tram o'dd e erbyn y diwadd.'

'Ble ma'r trac nawr 'te?'

'Geson nhw warad ag e.'

'Pam?'

'Achos bod nhw'n rhy dwp i weld ei werth e. Ma Dad wastod yn gweud taw fel 'na y'n ni'r Cymry. O'dd lot o brotesto'n erbyn tynnu'r trac lan ond o'n nhw ddim yn folon gwrando. Yn ôl Dad, ddaw e byth nôl. Siwrna ma rwpath wedi'i golli, dyna fe.' Trodd ei gefn ar y môr yn sydyn. 'Awn ni?'

Dringodd Gwyn ar ben y wal unwaith yn rhagor a neidio ar y pafin yr ochr draw er mwyn ymuno â Rhodri. Croesodd y ddau y ffordd lydan, gan herio'r traffig a chan anwybyddu'r bont droed bwrpasol heb fod ymhell i ffwrdd, ac aethon nhw yn eu blaenau i gyfeiriad ysblander y Guildhall. Dangosai'r cloc ar y tŵr uchel ei bod hi'n tynnu at chwarter i bedwar a barnodd Gwyn fod ganddyn nhw ddigon o amser i gerdded yn gyflym i ganol y dref am ryw awr ac i fod yn ôl wrth y car erbyn pump yn unol â'r trefniadau. Wrth iddyn nhw ddynesu at dalcen y Brangwyn, daethon nhw'n ymwybodol o sŵn torfol yn codi ac yn gostwng ond roedd hi'n anodd dweud o ble yn union y deuai. Ymlaen yr aethon nhw a'r sŵn yn cynyddu ac yn troi'n fwy hwyliog gyda phob cam. Gwelson nhw griw bychan o bobl ifanc, debyg i fyfyrwyr, yn rhedeg o'u blaenau tuag at y dwndwr anweledig. Yn fuan wedyn, ymddangosodd dau heddwas o gefn fan a barciwyd wrth ochr y ffordd a oedd, fel arall, yn dawel. Taniwyd dychymyg Gwyn a rhuthrodd e ar hyd y pafin gan dorri'n rhydd oddi wrth ei gyfaill, ei chwilfrydedd yn ei yrru tuag at y prysurdeb tybiedig.

Cyn iddo gyrraedd pen draw'r adeilad hir, roedd y sŵn wedi chwyddo'n fwy croch. Croesodd rhagor o blismyn ei lwybr gan anelu at darddle'r cynnwrf ond, yn wahanol i'r ddau swyddog arall, roedd y rhain yn rhedeg a daliai un bastwn yn ei law. Edrychodd Gwyn dros ei ysgwydd ac annog Rhodri i gatsio. Brysiodd hwnnw ar hyd y palmant ac ymuno â'i ffrind mewn pryd i'r ddau droi'r gornel gyda'i gilydd cyn stopio'n stond. Yno ar y gwair o flaen yr adeilad, roedd tyrfa fawr o brotestwyr wedi ymgynnull, rhai yn sefyllian ar y cyrion ond y mwyafrif helaeth yn eistedd mewn cylch gwasgarog yn llafarganu'r un sloganau drosodd a throsodd. Gwibiodd llygaid Gwyn rhwng y baneri Cymraeg a'r plismyn a'r protestwyr. Pobl ifanc oedden nhw'n bennaf ond gallai weld fod nifer sylweddol yn hŷn ac yn gwisgo dillad capel fel petaen nhw wedi taro ar achos teilwng ar hap a damwain ar ôl colli eu ffordd ar ddiwedd un o orymdeithiau'r Sulgwyn. Ond nid parti crefyddol, diniwed mo hwn, sylweddolodd Gwyn. Roedd yma heddweision cydnerth a rhai yn eu plith yn ysu, wrth eu golwg, am esgus hawdd i roi profiad gyrfa hir o gynnal cyfraith a threfn ar waith yn enw diogelwch ac undod y deyrnas gan wybod taw glo mân oedd eu gwrthwynebwyr y prynhawn hwnnw. Ond roedd gwres glo mân â photensial i droi'n wenfflam, a gwyddai'r heddlu hynny hefyd.

Yn sydyn, dechreuodd y dorf ganu a symudodd Gwyn yn nes. Camodd dros goesau rhai o'r protestwyr ac aeth i eistedd yn eu plith yn reddfol. Gallai glywed ei galon yn curo'n uchel yn ei glustiau. Doedd e erioed wedi bod mewn protest o'r blaen ac roedd y profiad yn wefreiddiol. Gwenodd rhyw ferch a chanddi lond pen o wallt coch, cyrliog a'i annog i gymryd poster ganddi. Cydiodd e yn y poster a gwenodd yn ôl. O fewn eiliad, daeth Rhodri i eistedd wrth ei ochr a dechrau canu'r emyn gyda'r lleill. Adwaenai Gwyn y dôn a'r rhan fwyaf o'r geiriau ond roedd Rhodri'n sicrach am ei fod yn fab y mans. Dechreuodd Gwyn yntau ganu ac edrych o'i gwmpas yn awchus. Teimlai'n fyw. Pan ddaeth y canu i ben cododd y protestwyr ar eu traed yn un corff er mwyn gwrando ar ddyn barfog a oedd wedi dechrau eu hannerch â chymorth corn siarad. Roedd ganddo ddawn gyfathrebu naturiol a gallu i weithio'r dorf gan oedi bob hyn a hyn er mwyn rhoi cyfle iddyn nhw borthi a dangos eu gwerthfawrogiad.

Wrth i'r areithio gydio ac addo cyrraedd rhyw fath o benllanw, gwelodd Gwyn ohebydd teledu a'i griw camera'n gwthio'u ffordd drwy'r cylchoedd bach allanol er mwyn mynd yn nes at y siaradwr. Yna, megis o blaned arall, dyma res o ddynion ifanc yn ymddangos, un ar ôl y llall, gan dorri llwybr clir trwy'r dorf. Yn eu breichiau roedd llwyth o arwyddion ffyrdd. Yn sydyn, cododd lleisiau'r protestwyr a symudodd llawer yn nes er mwyn gweld yn well wrth i'r newydd-ddyfodiaid ollwng yr arwyddion ar risiau'r adeilad a chamu o'r neilltu. Bloeddiodd y gwrthdystwyr eu cymeradwyaeth. Gwyliodd Gwyn wynebau difynegiant yr heddlu a safai mewn grwpiau o ddau neu dri yn ddigon pell oddi wrth y pentwr cynyddol o fetel drylliedig fel na chaen nhw eu cyhuddo o ochri gyda neb, ond yn ddigon agos i ymateb pe deuai'r arwydd i wneud. Pendiliai'r criw camera rhwng ffilmio'r domen ar y grisiau a chynnwrf y dorf ar y gwair. Dim ond pan ddechreuodd rhai o'r dynion ifanc sathru ar yr arwyddion a'u plygu y rhuthrodd yr heddlu o'u safleoedd ar y cyrion. Arestiwyd nifer a'u cludo i res o faniau a barciwyd ar hyd y ffordd. Cododd y canu eto a hyrddiodd pawb tuag at y grisiau i amgylchynu'r pentwr mawr o arwyddion a orweddai blith draphlith ar ben ei gilydd. Aeth Gwyn a Rhodri hefyd ac eistedd ar y llawr wrth ymyl pâr canol oed a ganai'n fwy angerddol na'r lleill. Pan ballodd y canu trodd y wraig at Gwyn.

'Alwena 'dw i a hwn 'di Gwyn, 'y ngŵr,' meddai'n frwd. 'Pwy 'dach chi?'

'Gwyn yw'n enw inna 'efyd a dyma Rhodri, 'yn ffrind gora.'

'Gwyn hŷn, dyma Gwyn iau,' meddai'r fenyw dan wenu a throi at y dyn wrth ei hochr.

'Ew, enw da. O ble 'dach chi 'di dŵad heddiw?'

'Cwm Gwina,' atebodd Gwyn.

'Wn i,' meddai'r dyn, ond gwyddai Gwyn wrth dôn ei lais nad oedd dim clem ganddo.

Yn sydyn, fflachiodd wynebau ei rieni drwy ei feddwl. Ceisiodd eu dychmygu'n eistedd lle roedd e nawr, yng nghwmni Alwena a Gwyn hŷn, a chwythodd y fath syniad chwerthinllyd o'i ben. Cwynwyr hyd braich oedd ei fam a'i dad, fel bron pawb arall, yn fwy na pharod i gonan o ddiogelwch lolfa'r tŷ neu lolfa'r clwb. Doedd ei dad ddim yn fwy tebygol o godi'i lais i achub hen reilffordd y Mwmbwls nag oedd e i achub ei famiaith er ei awydd tawel i gadw'r ddwy, meddyliodd. Ond dyna'r peth: pobl dawel oedd ei rieni. Pobl neis a oedd yn neis tuag at eraill ac yn disgwyl i'r sawl oedd mewn grym beidio â'u gorfodi i godi llais nac i herio'r drefn er bod eu trefn eu hunain dan fygythiad. Gwyliodd e'r criw camera'n prowlan ar hyd y cyrion fel llewod yn llygadu eu prae a throdd i wynebu'r ffordd arall rhag iddo gael ei weld ar y newyddion yn nes ymlaen, a thrwy hynny, dynnu nyth cacwn yn ei ben. Barnodd na allai ei rieni ymdopi â'r fath sgandal. Pobl dawel oedden nhw wedi'r cyfan a'u parch at awdurdod yn ddigwestiwn.

Yn sydyn, cododd Alwena ar ei thraed a dechrau chwifio'n egnïol ar rywun y tu hwnt i'r dorf.

'Carys!'

Saethodd llygaid Gwyn i gyfeiriad y llais cyn taro cip ar Rhodri wrth ei ochr ond roedd pen hwnnw wedi'i blygu wrth iddo syllu ar y llawr rhwng ei goesau.

'Carys! Draw fa'ma,' galwodd Alwena'n frwd.

Yn sefyll y tu ôl i'r criw camera, heb fod mwy na rhyw ugain llath i ffwrdd, roedd Carys Bowen. Pwniodd Gwyn ei gyfaill yn ei ochr â'i benelin a chododd Rhodri ei ben yn anfoddog.

'Wi'n gwbod,' sibrydodd hwnnw. 'Weles i hi'n dod o bell ond o'n i'n gobitho fydde hi ddim yn gweld ni.'

'Well inni fynd,' cynigiodd Gwyn.

'Pam?'

'Ti 'di gweld ei gwynab? Mae fel symans.'

'Nag yw ddim, mae hi wrth ei bodd, coela di fi. Ma 'di bod yn breuddwydio am hyn ers blynydde. Mae'n golygu caiff hi showan off o'r diwedd fod ei mab di-ddim yn rebel Cymraeg… a gwell na hynny, fod e wedi recriwto un arall i'r achos. Bydd y G&Ts yn llifo heno.' Ar hynny, cododd Rhodri ar ei draed yn barod i gyfarch ei fam.

Wrth i Carys Bowen ddod yn nes, gwibiodd ei llygaid rhwng ei mab a adawsai oriau ynghynt a'r fenyw wrth ei ochr nas gwelsai ers pymtheg mlynedd. Perthynai'r ddau i fydoedd cwbl wahanol, eto safai'r ddau wrth ochr ei gilydd nawr fel petaen nhw'n rhan o gynllwyn afreal, fel cymeriadau mewn hunllef-oriau-mân a hithau'n gaeth yn ei gafael. Doedd hi ddim yn barod am hyn, am y posibilrwydd y gallai rhywbeth fynd o'i le. Y bitsh wirion. Beth oedd yn ei phen yn y lle cyntaf? Oni bai am ei chwilfrydedd byddai wedi dod drwyddi a'i thwyll yn gyfan. Fyddai neb damaid callach, ond roedd hyn yn rhy gignoeth. Roedd hi heb ei ragweld. Ceisiodd roi trefn ar y darlun chwil o'i blaen, ond roedd amser yn brin. Roedd hi fodfeddi i ffwrdd o gael ei chyhuddo'n gyhoeddus gan ei mab a'i dedfrydu i oes o burdan, yno yn y fan a'r lle. Cawsai ei dal a hithau'n meddwl ei bod hi mor gyfrwys. Roedden nhw ar fin dinoethi ei godineb. Ond ble roedd Gwilym? Os oedden nhw wedi gweld drwyddi o'r cychwyn, ble roedd ei gŵr? Ai cwcwallt trugarog oedd e, yn disgwyl amdani wrth y car ac yn barod i droi boch? Ynteu cadw ei ddirmyg yn ôl nes eu bod nhw'n cyrraedd y mans roedd e a'i ollwng ger ei bron y tu ôl i ddrysau caeedig?

'Alwena! Shwd wyt ti ers lawer dydd? Jiw, ma golwg dda arnat ti. Ma siŵr o fod pymtheg mlynedd ers… ond shwd wyt ti'n nabod fy mab?' meddai gan droi at Rhodri ac yna yn ôl at y fenyw ganol oed a ddaliai ei dwylo, yn barod i'w thynnu tuag ati.

Yn sydyn, gollyngodd Alwena ei gafael ynddi a chamodd hi'n ôl er mwyn craffu mewn syndod ar Rhodri.

'Be? Ma hwn yn fab i chdi?'

'Ody, dyma Rhodri ni.'

'Wn i, ond wyddwn i ddim ei fod o'n fab i chdi. Newydd gwarfod ydan ni, ychydig funuda'n ôl. Wel am gyd-ddigwyddiad! A mae o'n fab i chdi?' meddai unwaith yn rhagor fel petai clywed y geiriau eto'n fwy tebygol o gadarnhau'r gwir.

'Ody a dyma Gwyn, ei…'

'Dw i'n gwbod hynny hefyd. 'Dan ni'r protestwyr 'di bod drwy hyn i gyd tra dy fod ti'n gwario dy bres,' cellweiriodd Alwena a thaflu cip awgrymog ar y bag a ddaliai Carys Bowen yn ei llaw.

'O'n i ddim yn gwbod fod y Gymdeithas wedi trefnu protest yn Abertawe heddi neu 'swn i wedi bod 'ma o'r dechre.'

'Mi oedd dy fab yn gwbod… a Gwyn… on'd oeddach chi, hogia? Hei, tyrd i ddeud helô wrth y gŵr.'

Ar hynny, plygodd Carys Bowen ac eistedd ar y llawr yn ymyl Alwena gan wyro drosti er mwyn estyn ei llaw i'r dyn barfog yr ochr draw iddi.

'Braf iawn cwrdd â chi. Wi'n ffaelu credu bod ni i gyd yn ishte fan hyn, yn ffrindie gore ers ychydig eiliade. Mae'n hollol abswrd,' meddai gan gyfeirio ei geiriau at Alwena ac yna at ei mab a Gwyn. 'Clywed y canu wnes i a penderfynu dod i weld beth o'dd yr holl ffwdan, a'r peth nesa dyma fi'n dy weld ti, Alwena, yn wafo dy freichie fel plisman traffig gwallgo. Ar 'yn ffordd nôl i gwrdd â Gwilym a'r ddou 'ma o'n i ac…'

Yn sydyn, daeth hi'n ymwybodol iawn o'i baldordd a stopiodd ei pherfformiad ar ei hanner. Gwelodd hi wyneb y dyn barfog yr oedd hi newydd ysgwyd ei law yn gwenu arni a'i geg yn ymateb i'w ffrydlif ond ni chlywodd unrhyw eiriau. Trodd ei phen i'r cyfeiriad arall er mwyn ceisio cynnwys y ddau fachgen yn yr ysgyfander arwynebol a lleddfu rywfaint ar ei hargyfwng ond, ar yr un pryd, cadwodd ei chorff fel roedd e, yn wynebu oddi wrthyn nhw, a hithau'n grediniol bod gwynt eu hathro'n amlwg arni. Gwibiodd ei llygaid yn ôl ac ymlaen rhwng y ddau. Am beth yn union y chwiliai, ni wyddai. Sicrwydd? Maddeuant? Roedd eu diniweidrwydd bron â'i threchu.

'A sut *ma* Gwilym? Lle mae o heddiw 'ta? Rhag ych cwilydd, y ddau ohonach chi, yn gadal i'ch mab a'i ffrind wneud gwaith y genedl drostoch chi,' meddai Alwena'n ffug-gyhuddgar.

Gwenodd Carys Bowen ar ei hwyneb rhadlon a gadawodd iddi ei hun ddychwelyd drachefn i ddwndwr y brotest o'i chwmpas.

'Paid â gofyn! Mae e wrthi'n gwylio'r criced ar faes San Helen prin cwarter milltir o fan hyn.'

'Yn gwylio'r blydi criced? Aros di nes mod i'n cael gafal arno fo! Fa'ma ddylia fo fod yn melltithio enw'r hen George Thomas 'na… gas gynno i'r cynffonnwr. Na, nid Gwilym… y llall! Be oedd enw'r boi 'na ddaru ffidlo tra bo Rhufain yn llosgi'n ulw, dwed? Nero? Wel dyna dw i'n mynd i alw Gwilym o hyn allan.'

'Dio'm busnas i chdi lle mae o na be mae o'n neud! Tydio ddim yn brifo neb drwy wylio'r criced.'

Anwybyddu ple ei gŵr a wnaeth Alwena, felly trodd e at y ddau lanc am gefnogaeth i'w achos.

'Genod! Does dim plesio arnyn nhw. Mi ddowch chi i sylweddoli hyn yn ddigon buan, hogia.'

Gwenodd y ddau wrth ymateb i'r cellwair ystrydebol tra canolbwyntiodd Carys Bowen ac Alwena ar wasgu gwerth pymtheg mlynedd o glecs i'r ychydig funudau a oedd yn weddill o'u cyfarfod ar hap. Pwysodd Gwyn yn ôl ar ei benelinoedd a gadawodd i'w lygaid grwydro heibio i Gwyn hŷn a draw i gyfeiriad y pentwr o arwyddion drylliedig. Roedd llai o brotestwyr yn eu gwarchod bellach a gallai deimlo bod dwyster y dorf yn dechrau gostegu. Bu'n ddiwrnod rhyfedd. Yn y funud, byddai'r cyfan ar ben a'i gyffyrddiad â Chymru arall yn gwasgaru i gorneli ei gof yn union fel y colofnau melynllwyd yn chwydu o ffwrneisi'r gwaith dur cyn ymdoddi i'r cymylau. Byseddodd y poster a roddwyd iddo gan y ferch â gwallt coch a darllenodd ei neges ddiflewyn-ar-dafod. Gwyliodd un o faniau'r heddlu'n dechrau ymadael ac edrychodd ar y papurach a'r sbwriel a adawyd ar y llawr o'i gwmpas yn anterth y brotest. Am faint y byddai'r cyngor lleol yn caniatáu i'r fath weddillion lygru'r pafinau cyn eu sgubo i ffwrdd a dileu'r heresi? Go brin y bydden nhw'n dal i fod yno yn y bore, meddyliodd.

Fe'i dihunwyd o'i synfyfyrio pan welodd e fod Alwena a'i gŵr yn dechrau codi ar eu traed. Roedden nhw'n paratoi i fynd. Parti drosodd. Cododd yntau ar ei draed a sefyll gyda Rhodri wrth i'r oedolion gofleidio'i gilydd ac addo peidio â gadael i bymtheg mlynedd arall fynd heibio tan eu cyfarfod nesaf. Cododd ei law ar y gŵr a gwraig hoffus wrth iddyn nhw droi a mynd am ganol y dref.

'Well i ninne fynd hefyd,' meddai Carys Bowen a chydio yn ei bag. 'Dyna beth *o'dd* prynhawn a hanner.'

Ond doedd ar Gwyn ddim gronyn o awydd mynd yn ôl at y car er mwyn ystyried ei rwystredigaethau yr holl ffordd adref. Yn sydyn, roedd angen mwy na Chwm Gwina arno. Wrth iddo gerdded gyda Rhodri a'i fam ar hyd y pafin llydan, ychydig a wyddai fod Carys Bowen hithau'n teimlo'r un fath.

Pennod 10

Eisteddai Gwyn ar y pafin o flaen ei gartref gan wylio'r fyddin o forgrug yn rasio i bob cyfeiriad ar y fflags cynnes. Beth yn gwmws oedd pwrpas eu llafur, ni wyddai, ond roedd eu gweld yn gwibio fel hyn – yn ddiamcan i bob golwg – yn ddigon i'w ddifyrru. Glaniodd ei lygaid ar un o blith y cannoedd o weithwyr a phenderfynodd ei ddilyn i weld ble roedd pen draw ei siwrnai, ond roedd yn amhosib canolbwyntio arno'n hir cyn i'w sylw gael ei ddenu at un arall ac un arall. Ar un olwg, roedd rhywbeth braf ynglŷn â bod yn un o'r lliaws, meddyliodd. Roedd yn braf cael ymgolli yn y dorf; mynd gyda'r llif heb orfod cwestiynu pob peth bach a mawr. Roedd e wedi mynd i gwestiynu llawer o bethau'n ddiweddar, nid yn agored o reidrwydd ond yn dawel fach, a byddai hynny'n ei flino weithiau. Ond gwell hynny na dilyn y dorf yn slafaidd heb deimlo'r angen i gwestiynu dim oll. Gallai weld y ddwy ochr. Fe ddibynnai ar ei hwyl.

Yn y parti stryd ddoe, byddai wedi bod yn haws petai e'n forgrugyn anhysbys gan dderbyn ei ffawd yn ddigwestiwn yn lle mynd yno'n anfoddog, yr hynaf o blant y *cul-de-sac*, a gwarafun rhywbeth nad oedd ganddo'r un iot o ddiddordeb ynddo. Yn ôl mam Rhodri, roedd y Cymry'n rhy awyddus i gael eu swyno gan 'shwd hen jamborî' ac i anghofio eu hunan-barch. Pan glywsai hynny doedd e ddim yn siŵr a oedd e'n cytuno i ddechrau. I'r rhan fwyaf o drigolion y stryd, gan gynnwys ei deulu ei hun, roedd y cyfan yn esgus am barti a dim byd arall. Bu ei fam yn rhy brysur ddoe yn cludo hambyrddau'n llawn brechdanau neu Angel Delight yn ddiddiwedd rhwng ei chartref a'r bordydd a lenwai'r stryd i boeni pam ei bod hi'n ei wneud e. Roedd hi ac Anti-Ceinwen-drws-nesaf a phob anti arall wedi neidio i'r adwy a sicrhau gwledd dywysogaidd ar ôl llyncu penawdau'r papurau newydd fu'n pedlera eu propaganda ers wythnosau. Roedd e'n amau a fyddai pobl mor barod i adael i'r papurau eu harwain ar faterion o bwys ymhen hanner can mlynedd. Oni fydden nhw'n fwy call? Edrychodd yn ddidaro ar y meini ar hyd ymyl y pafin a'r rheiny wedi'u lliwio'n wyn, coch a gwyrdd neu'n wyn, coch a glas am yn ail. Agorodd ei geg a gadael i dalp trwchus o boer lanio ar un ohonyn nhw. Roedd fel pisho dryw yn y môr, meddyliodd. Fe gymerai gawod o law go galed i olchi'r cyfan i ffwrdd.

Trwy gil ei lygad, gwelodd e bêl-droed yn rholio tuag ato. Sythodd ei goesau'n reddfol a'i stopio â'i draed. Cododd ei ben a chydnabod y bachgen a safai ryw bumllath oddi wrtho cyn tapio'r bêl yn ôl ato. Hwn oedd yr un a oedd wedi glynu wrtho fel gelen yn y parti, gan chwerthin am ben pob un o'i jôcs a chytuno â phob un o'i sylwadau coeglyd er na ddeallai ystyr eu hanner nhw. Alun oedd ei enw. Edrychodd Gwyn arno nawr a synhwyro'r cais a oedd heb ei lefaru eto. Dechreuodd baratoi ei esgusodion gan wybod ei fod ar fin torri ei galon.

'Ti'n moyn dod i wara 'da ni?' gofynnodd Alun. Trawodd gip dros ei ysgwydd i gyfeiriad y grŵp o fechgyn eraill a oedd wedi ymgasglu ymhellach y tu ôl iddo yng ngheg y stryd fach, pob un yn gwylio'r cyfarfod yn ofalus er mwyn ceisio asesu ymateb Gwyn.

'Wy'n mynd miwn i ga'l te nawr,' atebodd Gwyn yn gelwyddog.

'Beth am weti 'ny?'

'A weti 'ny, wy'n mynd i weld 'yn ffrind.'

Ar hynny, trodd y bachgen heb bwyso rhagor a cherdded yn ôl i ymuno â'r lleill.

''E said 'e's goin in to 'ave 'is tea,' meddai. Yr eiliad nesaf, ciciodd e'r bêl draw tuag at y tir diffaith y tu hwnt i'r stryd a rhedodd pawb ar ei hôl.

Gwyliodd Gwyn nhw'n diflannu o'r golwg cyn plygu ei ben a rhythu ar y tarmac llychlyd dan ei draed. Tynnodd ei esgidiau'n ôl ac ymlaen dros y cerrig mân a oedd wedi crynhoi yn erbyn ymyl y pafin. Chwe mis yn ôl, byddai wedi derbyn gwahoddiad y bachgen heb feddwl ddwywaith, er bod hwnnw a gweddill y criw gryn dipyn yn iau nag e. Ond cawsai ddigon ar gwmni plant iau y stryd yn y parti ddoe. Bu'n eistedd yn eu plith ond eto ar ei ben ei hun, rhwng dau fyd a oedd yn tynnu ar wahân fwyfwy. Byddai'n teimlo weithiau nad oedd yn perthyn i'r un o'r ddau. Roedd Cwm Gwina'n ei draflyncu ac eto'n ei chwydu ar lawr. Yn sydyn, fflachiodd wyneb Nina Price drwy ei feddwl ac, am y tro cyntaf, roedd e'n siŵr ei fod yn deall sut roedd honno'n teimlo bob dydd.

Edrychodd e ar y llinyn o faneri Jac yr Undeb yn hongian yn llipa ar draws y stryd rhwng y tŷ drws nesaf a'r polyn lamp gyferbyn, ac ochneidiodd. Am ba hyd y byddai'n rhaid iddo ei oddef cyn i natur wneud ei gwaith? Cododd ar ei draed ac wrth iddo gamu at y gât haearn las o flaen ei gartref gwelodd Gary yn troi i mewn i'r *cul-de-sac* yn ei ddillad gwaith, bocs bwyd yn ei law a phryder ar ei wyneb. Arhosodd Gwyn lle roedd e gan synnu gweld ei frawd yr adeg yna o'r dydd.

'O'n i'n meddwl fod ti'n gwitho dou-i-ddeg,' meddai.

'Na, shifft bora. Wy 'di bod miwn ers wech,' atebodd ei frawd a gwthio heibio iddo.

Camodd Gwyn o'r neilltu a'i ddilyn ar hyd y llwybr concrid a dorrai ar draws y pwt o ardd.

'Ti'n 'wyr yn dod sha thre. Le ti 'di bod 'te?'

Hanner rhedodd e y tu ôl i Gary ar hyd talcen y tŷ nes cyrraedd drws y cefn. Roedd amharodrwydd ei frawd i amlhau geiriau yn ddiarhebol ymhlith y teulu ond synhwyrai Gwyn fod drama arall ar fin ymagor. Roedd y tŷ cyngor â'r perthi prifet taclus yn prysur droi'n gyrchfan ar gyfer sioeau beunyddiol.

'Le ddiawl ti wedi bod? O'n i'n dechra becso,' meddai Evelyn Philips gan fynd ati i osod plât ar ben y plât a ddaliai ginio ei frawd a rhoi'r cyfan yn y ffwrn i aildwymo.

'Etho i lan i weld Janis.'

Ymsythodd Evelyn Philips ar unwaith a throi tuag at ei mab hynaf gan adael drws y ffwrn ar agor led y pen.

'Sdim byd yn bod, o's e? Oty Janis yn iawn?'

'Ma Janis yn iawn.'

'A'r babi?'

'Ma'r babi'n iawn 'efyd.'

Gwelodd Gwyn ysgwyddau ei fam yn ymlacio ar amrantiad a throdd hi'n ôl at ei thasg o gynnau'r nwy yn y ffwrn. Erbyn iddo weld ei hwyneb eto, sylwodd e fod cwestiwn newydd wedi dod i fygwth ei threfn, ond gwyddai o brofiad taw ei gadw heb ei ofyn y byddai ei fam. Un fel 'na oedd hi. Roedd diogelu tangnefedd ac undod y teulu wastad yn uwch ar ei rhestr o flaenoriaethau na chwarae i'r galeri a phryfocio atebion dig. Gwyliodd ei frawd yn dodi ei focs bwyd yn y bosh ac yna'n mynd i hongian ei siaced ar y banister wrth droed y grisiau. Trawodd Gwyn gip sydyn ar ei fam a chrychu ei drwyn fel arwydd o empathi, ond ysgwyd ei phen a wnaeth Evelyn Philips cystal â'i rybuddio mai gwell fyddai peidio â holi rhagor.

'Welas i ddim o Janis yn yr ysgol 'eddi,' meddai fe pan ddaeth Gary yn ôl i mewn i'r gegin.

Fflachiodd ei fam ei llygaid arno ond trodd Gwyn ei ben oddi wrthi gan farnu iddo wneud cymwynas â nhw eu dau drwy fynnu dyfalbarhau.

'O'dd 'i ddim 'na, dyna pam. Mae 'di cwpla.'

'Mae 'di cwpla'i *exams* i gyd?' gofynnodd Evelyn Philips a chodi ei dwylo mewn syndod.

'O'dd yr un ola dydd Llun.'

'Diolch i Dduw am 'na. Shwt a'th…'

'Le ma Dad? Wy angan gair 'da fe,' meddai Gary ac edrych o'i gwmpas yn brysur fel petai'n grediniol y byddai'n dod o hyd iddo'n llercan yn y pantri neu yn y cwtsh dan stâr.

Gostyngodd Gwyn ei ben er mwyn cuddio'r wên a oedd wedi rhwygo ar draws ei wyneb. Ffin denau iawn fu rhwng digrifwch a difrifwch erioed, meddyliodd, a'r cyfleoedd ar gyfer hysteria yn rhemp.

'Yn gwely, ond cer i ddi'uno fe. Mae'n bryd iddo fe gwnnu,' atebodd ei fam.

'Na, gad e fod. Mae e'n gwitho 'eno, nag yw e?'

Anwybyddu ei ble a wnaeth Evelyn Philips. Yn hytrach, ymwthiodd heibio iddo a brasgamu ar hyd y cyntedd cul at waelod y grisiau gan awgrymu i Gwyn fod tangnefedd y teulu'n llai o beth yn ei golwg wedi'r cyfan.

'Mansel! Ma Gary ni'n moyn gair 'da ti,' galwodd hi a chodi siaced ei mab hynaf oddi ar y banister lle cawsai ei gadael ganddo funud ynghynt.

Roedd unrhyw olion o wên a oedd ar ôl ar wyneb Gwyn wedi diflannu erbyn iddi ddod i mewn i'r gegin eto. Ers ei fod yn fachgen bach, un o'r ychydig reolau a blannwyd yn ei ben – ond yr un y disgwylid iddo'i chadw yn anad yr un arall – oedd yr angen am dawelwch drwy'r tŷ pan oedd ei dad lan llofft yn cysgu cyn gorfod mynd i weithio shifft nos. Roedd gweld ei fam yn sathru ar y rheol sanctaidd honno nawr, cyn hawsed â phe bai'n difa blacpaten dan droed, yn brawf o'i gallu cyntefig i wynto perygl, meddyliodd. Un ai hynny neu roedd hi'n dechrau colli ei phwyll. Clywodd ei dad yn cerdded yn drwm ar draws y landin ar ei ffordd i'r tŷ bach. Gwrandawodd arno'n pisho. Clywodd e'r tsiaen yn cael ei thynnu a'r dŵr o'r tap yn tasgu'n erbyn porslen y sinc. Eiliadau'n ddiweddarach, ymddangosodd Mansel Philips yn y drws rhwng y cyntedd a'r gegin, ei wallt yn wyllt a chrychau clustogau'r gwely wedi creithio'i foch. Syllodd Gwyn ar y blew trwchus yn ymwthio dros ymyl fest ei dad a gostyngodd ei olygon. Rhythodd ar y teils finyl llwyd ar y llawr ac ymdawelodd fel petai e newydd gymryd ei le yn rhes flaen rhyw theatr ac yn disgwyl i'r llenni agor.

'Ta beth sy gyta ti i weu'tho i, wy'n gobitho fod e'n uffernol o bwysig,' meddai Mansel Philips gan hoelio'i holl sylw ar ei fab hynaf.

'Ti 'di clywad?'

'Clywad beth?'

'Mae'n dew drw'r gwaith.'

'Beth sy'n dew? Iesu mawr, Gary, ti'n gwpod shwt ma godro rwpath.'

'Y streic.'

'Pwy blydi streic?'

Ar hynny, camodd Mansel Philips i ganol llwyfan y gegin a dechrau chwilota ym mhocedi ei drowsus.

'Evelyn, ti 'di gweld le gadewas i'n ffags?' gofynnodd e.

Cyn iddi gael cyfle i ateb ei gŵr, rhuthrodd Gwyn drwodd i'r ystafell ganol a mynd yn syth at y seidbord lle gwyddai i sicrwydd fod ei dad bob amser yn eu gadael. Cydiodd yn y paced ac roedd e ar fin mynd â nhw'n syth at ei dad pan arafodd yn sydyn rhag ofn i'w frys ei fradychu. Yn hytrach, aeth ati i esgus chwilio am ychydig eiliadau'n rhagor cyn barnu ei bod hi'n dderbyniol iddo ymuno â'r lleill eto. Estynnodd y paced a'r matshys i'w dad a mynd i sefyll yn ôl lle'r oedd e o'r blaen.

''Na gyd y'n ni'n moyn yw streic,' cyhoeddodd ei fam a rhedeg ei bysedd yn ôl ac ymlaen ar hyd y clwtyn llestri a ddaliai yn ei llaw.

'Beth sy 'da'r undab i weud? Ti 'di gweld Emlyn Griffiths?' gofynnodd Mansel Philips a thynnu'n hir yn ei sigarét.

'Nagw ond ma'r bois yn grediniol y bydd streic. Ma collad arnyn nhw. Mae'n depyg bod y cwmpni'n moyn ca'l gwarad ar dair mil o swyddi.'

'*Tair mil*?'

'A'r rhai dwetha a'th miwn fydd y cynta i orffod dod mas,' ymyrrodd Evelyn Philips. 'Watsiwch chi beth wy'n weud.'

'Aisht nawr, Evelyn, cwat lawr am funad,' meddai ei gŵr ac yntau'n rhagweld i ble'n union roedd llwybr y sgwrs am fynd.

'Ond mae'n wir… a'r babi'n dod ar ben popath.'

'Sdim isha becso am 'ny. Caiff y babi bob gofal… ma dou deulu i neud yn siwr o 'na – ni a'r Lloyds.'

'Walla bydd y tri o chi mas ar eich tina… ti, Gary a Dilwyn Lloyd.'

'Co blydi cysurydd Job! Be ti'n moyn inni neud 'te, rhoi lan cyn dechra? Evelyn fach, dyna pam ma 'na sôn am streic.'

'Ia, colli arian wrth fynd ar streic cyn colli dy job!'

'Witha ti'n gorffod dangos i'r jiawlid. Ti'n ffilu jest gatal iddyn nhw gered drostot ti.'

Yn sydyn, cofiodd Gwyn sut y bu mor barod i gondemnio'i dad yn ystod y brotest yn Abertawe a theimlodd y gwres yn llenwi ei fochau. Nid cwynwr hyd braich mohono o gwbl, fe sylweddolodd. Llwybr amgen a'i gwahanai oddi wrth rai fel Alwena a Mrs Bowen. Yr un oedd pen draw'r daith. Edrychodd arno nawr, ar gadernid ei ên arw ac ar ei lygaid yn fflachio trwy'r cwmwl o fwg sigarét, ac roedd e eisiau ymddiheuro iddo. Roedd y dyn teulu anghymhleth hwn yn cuddio haen ar ben haen o gymhlethdod y tu ôl i'r llygaid hynny.

'Beth wetws Janis?' gofynnodd Evelyn Philips gan godi i ddiffodd y ffwrn.

'Ti 'di bod lan i weld Janis, 'yt ti?' gofynnodd Mansel Philips. 'Beth o'dd gyta 'i i weud?'

'Dim lot. Beth *sydd* i weud?'

'Wel, o't ti lan 'na'n ddicon 'ir bo fi'n gorffod twymo dy gino eto, ta beth. O'dd bown o fod rwpath mawr ar dy feddwl,' meddai ei fam a gosod ei fwyd o'i flaen.

Cadw ei ben i lawr a wnaeth Gary a chanolbwyntio ar hwpo'i ginio o gwmpas y plât â blaen ei fforc.

'Iesu, mae fel trio tynnu gwa'd o garreg. Beth fuoch chi'n drafod, achan? Achos sdim isha becso cyn bod – '

Stopiodd Mansel Philips ei berorasiwn ar ei hanner pan welodd y deigryn lleiaf yn rholio ar hyd boch ei fab. Gwthiodd Gary'r plât oddi wrtho a chododd ar ei draed, yn barod i ddianc. Cododd Mansel Philips yntau, ei lygaid yn gwibio rhwng ei wraig a'i fab.

'Wow, wow, wow, beth sy'n bod, Gary bach?' meddai a chamu tuag ato. Yr eiliad nesaf, clymodd ei freichiau am ysgwyddau ei fab a'i dynnu tuag ato. Gwelodd Gwyn law fras ei dad yn annog pen ei frawd i orffwys ar ei ysgwydd â thynerwch tad ifanc yn cwtsio babi deufis. Rhuthrodd ei fam i ymuno â'r cylch bach, a safai'r tri ar ganol llawr y gegin gan adael i Gwyn dystio i argyfwng ei deulu o'i safle ger drws y cefn.

'Walla fod y bois yn gwaith yn iawn... taw dyna'r peth gora... y peth calla i bawb,' meddai Gary yn y man, ei lais yn diffygio'n erbyn corff ei dad. 'O'dd e ddim i fod fel 'yn. Ma gormodd yn dicwdd 'run pryd... y babi a... a Janis yn ffilu mynd i'r colej... a nawr walla bydda i mas o waith.'

Ar hynny, gollyngodd Mansel Philips ei afael yn ei fab a chymerodd gam yn ôl oddi wrtho. Edrychodd i fyw ei lygaid, ei ddychryn yn bradychu unrhyw arwydd o'r cadernid tadol gynt.

'Beth 'yt ti'n feddwl... "walla taw dyna'r peth gora"?'

Plygu ei ben a wnaeth Gary a syllu ar y teils finyl.

'Wy'n gobitho fod ti ddim yn awgrymu… beth *'yt* ti'n awgrymu, Gary?'

Cododd Gary ei law a sychu'r lleithder am ei lygaid ond dychwelodd y dagrau'n fwy o lif na chynt, gan foddi ei allu i ffurfio geiriau. Safai o flaen ei rieni, ei ysgwyddau'n dirgrynu.

'Ife dyna beth *'yt* ti'n moyn? Gwêd wrtha i. Ife dyna beth ma Janis yn moyn?'

Cymerodd Evelyn Philips gam tuag at ei mab ond cododd ei gŵr ei fraich i'w hatal rhag mynd yn nes.

'Gwêd wrtha i,' mynnodd hwnnw, ei lygaid yn rhwygo trwy dawedogrwydd ei fab fel *zip* yn agor copish.

Edrychodd Gary ar ei dad drwy ei ddagrau ac ysgwyd ei ben, a'i ysgwyd eto. Rhedodd y dagrau ar hyd ei wyneb nes mynd yn un â'r llysnafedd o'i drwyn. Roedd e'n chwil. Cododd ei freichiau at ei ganol a magu ei fol. Gadawodd i'w gorff blygu yn ei hanner ond dal i lifo'n ffrwd wnaeth y dagrau gan olchi wythnosau o arswyd yn lân, yno ar ganol cegin ei fam a'i dad.

'Wel dyna ni 'te, dyna'i diwadd 'i. Mae wedi'i setlo. *Redundancies* neu bido, smo'r ffycin lle 'na'n mynd i strwo'r teulu 'ma. Nes bydd streic, awn ni miwn i witho bob shifft ma nhw'n twlu aton ni, y ddou o ni – o fora gwyn tan nos – ond gewn nhw ddim mwy na 'na. Byddwn ni'n iawn a byddi di a Janis a'r babi'n iawn. Ti'n clywad?'

Trodd Mansel Philips ac aeth trwy'r drws rhwng y gegin a'r cyntedd. Clywodd Gwyn ei dad yn dringo'r grisiau a chlywodd y dŵr yn rhedeg yn yr ystafell ymolchi. Clywodd lefain ei frawd yn araf ostegu a choesau'r gadair las yn crafu ar hyd y teils finyl wrth i'w fam fynd i eistedd o flaen ei mab hynaf a dala'i ddwylo yn ei dwylo ei hun. Ond yr hyn a glywodd e'n uwch na phob un o'r rhain oedd rheg ei dad yn atseinio drwy'r tŷ. Onid oedd rheol ymhlith dynion fel ei dad na châi'r gair hwnnw byth mo'i yngan o flaen menywod y llwyth? Gair i'r gwaith oedd e, neu i'r clwb, i'w lefaru rhwng ffrindiau neu gydweithwyr. Dynion yn unig. Dyna'r drefn erioed. Ond roedd Gwyn yn ddigon call i wybod bod y drefn honno'n prysur newid. Roedd ei fywyd ei hun yn sicr yn newid. Teimlai weithiau fel petai'n teithio y tu mewn i swigen a honno'n cael ei chario gan y gwynt, gan fynd ag e'n uwch ac yn uwch cyn plymio tua'r ddaear a chodi fry o'r newydd. Ond doedd 'na'r un swigen oedd yn para am byth. Ac roedd e'n ddigon call i wybod hynny hefyd.

'Wy'n mynd lan i weld Rhodri,' cyhoeddodd e'n sydyn.

Cododd Gary ei ben a rhythu'n flinedig ar ei frawd iau. Gwelodd Gwyn y cochni am ei lygaid chwyddedig a'r cysgod ar wyneb ei fam. Gwenodd e'n wan cyn troi a mynd trwy'r drws. Dilynodd e'r llwybr concrid ar hyd talcen y tŷ ac allan i'r pafin. Roedd y criw o fechgyn yn dal i gicio'r bêl ar y tir diffaith ym mhen draw'r stryd gan weiddi bygythiadau ar ei gilydd a chwerthin am yn ail. Pasiodd o dan y llinyn o faneri plastig oedd yn hongian yn llipa ar draws y ffordd heb sylwi ei fod e yno. Roedd pethau pwysicach ar ei feddwl bellach.

Pennod 11

Pwysodd Courtney Llewellyn ei gefn yn erbyn y sedd ffug-ledr goch a gwgodd pan welodd y trwch o fwg sigarét yn hofran fel cwmwl niwcliar uwchlaw'r byrddau yn y caffi prysur. Ei syniad hithau oedd cyfarfod yn y fan hon, fe gofiodd. Pan awgrymodd e y dylai fynd i ddisgwyl amdani wrth allanfa'r orsaf reilffordd, fel y gallen nhw bicio'n syth yn y car draw i'w fflat heb wastraffu eiliad o'u prynhawn o flys arfaethedig, daeth ei hateb fel mellten.

'Wyt ti'n meddwl mod i'n gwbwl wallgo? Bydde'r stori'n dew drwy Gwm Gwina cyn i fi ddala'r trên nôl adre fod Mrs Bowen y Mans wedi ca'l ei gweld yn mynd mewn i gar rhyw ddyn diarth yn Abertawe… fel putain ar ochor stryd! Bydde'n cadw nhw i fynd am flynydde.'

'Ond pa mor debygol yw hi y bydde rhywun o Gwm Gwina'n dy weld ti?'

'Tebygol iawn! I Abertawe ma nhw'n mynd i siopa.'

'Ond gallen i fod yn frawd i ti… beth ma *nhw'n* wbod?'

'Bydde rhywun neu rywrai'n siŵr o dy nabod di fel y boi 'na sy'n dysgu eu plant a wedyn bydden nhw'n 'y ngweld inne. Neu beth 'se rhai o dy ddisgyblion yn dy weld ti… eu hathro P.E. yn llanc i gyd, yn cwrdd â mam un o'u ffrindie o'r ysgol? Ti'n gallu bod yn ddiniwed iawn weithie. Pan ma pobol ise gweld sgandal fe ffeindian nhw sgandal.'

Yn y mudandod a ddilynodd, gallai glywed ei diffyg amynedd ben arall y ffôn yn bygwth troi'n ddirmyg a chwalu eu cynlluniau. Ond llifodd y cyffro'n ôl pan brysurodd hi i guddio'i hanesmwythyd trwy honni bod y math o berthynas a oedd ganddyn nhw yn mynnu eu bod yn mynd i lefydd anhyfryd ambell waith. Roedd yn rhan o'r apêl. Byddai'r caffi seimllyd ger yr Albert Hall, mewn rhan anhyfryd o'r dref, yn fan cyfarfod delfrydol, meddai: lle da i iro'u nwyd, tamaid bach i aros pryd.

A dyna lle roedd e nawr yn disgwyl amdani. Gwenodd wrth gofio ei geiriau. Yr hen slwt shwt ag oedd hi a hithau'n wraig i weinidog!

Fyddai Rhiannon byth wedi mentro dweud y fath beth. Yn un peth, onid oedd e wastad wedi gofalu ei bod hi'n cael digon o sylw ganddo yn ystod eu dyweddïad hir fel na fu angen iddi feddwl fel 'na? Ni fu'n ddigon i'w chadw, er hynny. Efallai y byddai dogn o siarad brwnt wedi gwneud byd o wahaniaeth, erbyn meddwl, a thanio perthynas a oedd wedi dechrau colli ei sbarc. Edrychodd e'n ddidaro ar y cwsmeriaid eraill yn yfed eu te neu'n llowcio eu sglodion, eu holl sylw wedi'i hoelio ar eu tasg, a gwrthododd y demtasiwn i lyncu llond pen arall o hunandosturi. Roedd hynny wedi hen droi'n sur yn ei geg. Roedd e'n derbyn ei realiti newydd ynghyd â'r bai. Anghenion amgen oedd wrth wraidd parodrwydd ei ddarpar wraig i godi ei phac a mynd at ddyn arall; fe wyddai hynny bellach. Fe wyddai ar y pryd hefyd ond ei fod wedi dewis claddu ei ben. Wrth i fwy a mwy o'i ffrindiau godi mur o gwmpas eu dyddiau coleg a bodloni ar agor y porthcwlis bob hyn a hyn am benwythnos o feddwdod adeg gemau rhyngwladol, dewisodd yntau fwrw yn ei flaen yn ddiwyro ar hyd llwybr llencyndod a thwyllo'i hun bod digon o amser o hyd ar gyfer cyfrifoldebau teuluol. Ond roedd cloc Rhiannon yn tician. Yn y diwedd, cafodd hi lond bol – yn llythrennol. A chafodd yntau ei adael i lyo'i glwyfau.

Edrychodd drwy'r ffenest ar y llif cyson o siopwyr yn cerdded heibio. Roedd hi'n dechrau prysuro. Crwydrodd ei lygaid draw i adeilad hanesyddol yr Albert Hall ar draws y ffordd a chrychodd ei dalcen wrth ystyried yr enw rhodresgar. Dim ond lle fel Abertawe fyddai'n ymhyfrydu mewn enw mor anghymreig. Lledwenodd ar unwaith wrth ei gywiro ei hun: onid oedd enwau anghymreig drwy Gymru benbaladr a hynny ar gais neu drwy gydsyniad y boblogaeth leol yn amlach na pheidio? Go brin bod yr un o'r degau ar ddegau a oedd yn ffrydio trwy ei ddrysau yr eiliad honno erioed wedi gadael i'r fath ystyriaeth eu poenydio, meddyliodd. Roedd e'n sicr, er hynny, y byddai gan Carys rywbeth i'w ddweud. Edrychodd e ar y poster lliwgar uwchben y drws yn hysbysebu ffilm yr wythnos honno a gwenodd yn fwy agored. Ai dyna oedd e a hi: *The Odd Couple*?

Byddai hi yno yn y funud. A munud yn ddiweddarach bydden nhw'n gwibio ar hyd Walter Road i'w fflat yn Fforest-fach i ymdrybaeddu yn eu chwys ac, ar ei ddiwedd, byddai hi'n diflannu o'i fywyd tan y tro nesaf, eu chwant wedi'i ddiwallu. Roedd y cyfan mor anhysbys, mor ddi-lol. A oedd e wedi disgwyl mwy? A oedd e *eisiau* mwy? Ychydig iawn a wyddai amdani mewn gwirionedd heblaw ei bod hi'n briod a bod ganddi fab. A dyna, o bosib, oedd yr apêl. Roedd gwybod na allai hi ei rhoi ei hun yn llawn iddo yn siwtio dyn fel fe. Annibynnol fu e erioed – hunanol yn ôl Rhiannon – ond roedd gan honno hawl i feddwl hynny. Am ba hyd y byddai chwant yn unig yn ddigon cyn i natur wneud ei gwaith a chyn i emosiynau eraill bylu'r darlun? Chwant a rhyw dirgel, achlysurol, twyllodrus. A oedd e eisiau mwy?

A beth amdani hi? Am ba hyd y byddai eu prynhawniau cocwyllt yn ddigon i lenwi ei gwacter amlwg cyn i edifeirwch neu ddiflastod gnucho'u trefniant a'i gyrru i lapio'i choesau am ddyn arall? Efallai mai casglu dynion er mwyn cymharu eu campau cnawdol oedd ei diléit ac nad oedd hi'n chwilio am ddim byd dyfnach na hynny. Ond roedd e wedi gweld y tristwch yn ei llygaid wrth iddi wisgo ac ymbincio cyn gorfod hastu'n ôl at ei gŵr. Eto, roedd e'n amau a fyddai hi'n ei adael, waeth pa mor anfodlon ei byd oedd hi. Gwilym oedd ei enw. Gwyddai gymaint â hynny. Ond fyddai hi byth yn sôn amdano, ac roedd e'n falch. Doedd dim lle i dri yn ei wely dwbl a doedd dim lle yn ei ben i ystyried teimladau ei gŵr. Byddai'n meddwl weithiau fod a wnelo hynny fwy â rhyw awydd a blannwyd yn ddwfn yn ei isymwybod i dalu'r pwyth yn ôl i holl ddynion priod y byd am fod un o'u plith wedi dwyn ei ddarpar wraig. Dyma'i gyfle i unioni'r cam. Lledwenodd ac wfftio'r fath syniad ffuantus. Doedd dim bai ar neb arall am i Rhiannon fynd a'i adael. Os oedd unrhyw fai ar Gwilym Bowen am esgeuluso ei wraig, eu busnes nhw oedd e a'u dewis nhw oedd penderfynu sut i'w ddatrys.

Yn sydyn, fe'i gwelodd hi drwy'r ffenest. Safai yn ei ffrog felen a gwyn o batrwm *paisley* ar y palmant gyferbyn â'r caffi anhyfryd gan chwilio am fwlch yn y traffig er mwyn croesi'r ffordd ato. Cododd yntau ar ei draed ac amneidio arni i aros lle roedd hi. Gwenodd hi arno a gwenodd e'n ôl. Clywodd ei galon yn curo yn ei glustiau a theimlodd ei awydd yn dechrau ystwyrian. Beth ddiawl oedd yn bod arno, y bastad gwirion? Chwiliodd ym mhocedi ei siaced am allweddi'r car ac ymwthiodd heibio i'r byrddau eraill ac allan i'r awyr agored. Cerddodd ar hyd y pafin heb groesi'r ffordd nes cyrraedd pen draw'r stryd a gwnaeth hithau'r un fath. Dilynodd y ddau eu llwybrau ar wahân, y naill mor ymwybodol â'r llall o arwyddocâd pob cam.

*　　*　　*

Gadawodd Carys Bowen i'w phen suddo'n ddyfnach i'r glustog wen wrth wrando ar eu cydanadlu tawel. Roedd rhywbeth llesmeiriol yn ei gylch. Llesmeiriol a lliniarol. Daliodd ei gwynt am eiliad er mwyn ceisio torri ar y patrwm ond buan y dychwelodd y rhythm fel cynt. Dylai'r Eisteddfod Genedlaethol ystyried cyflwyno cystadleuaeth newydd, meddyliodd: Cydanadlu Rhythmig i Rai dros Ddeugain (Parau Anffyddlon yn Unig). Gwenodd wrth ystyried ei ffraethineb tila a gwywodd ei gwên yn syth pan gofiodd mai dim ond hi fyddai'n gymwys. Roedd y dyn hwn a orweddai wrth ei hochr heb gyrraedd y degawd cymhleth hwnnw eto. Roedd e heb ddechrau teimlo'r angen i dorri ar batrwm byw a oedd yn ei ddifa ychydig yn fwy bob dydd.

Trodd ei phen y mymryn lleiaf tuag ato gan ofalu peidio â tharfu ar ei lonyddwch. Roedd e'n gorwedd fel y byddai wastad yn gorwedd ar ôl un o'u sesiynau caru: ar ei fol, a'i ben yn wynebu oddi wrthi tra bod ei fraich yn dal i gusanu ei bronnau. Ai edifeirwch oedd wedi'i gymell i droi oddi wrthi a chladdu ei feddyliau yng nghrombil y glustog? Gadawodd i'w llygaid wledda ar ei wallt trwchus, du a gwenodd eto wrth weld ambell flewyn gwyn yn dechrau ei fritho. Roedd hi heb sylwi arno o'r blaen ond o'r fan hyn, a hithau'n rhydd i graffu arno, roedd yn fwy amlwg. Erbyn iddo gyrraedd ei ddeugain, byddai'n anodd iddo guddio'i gyfrinach, meddyliodd. Edrychodd hi ar y cysgod garw yn ymwthio trwy groen ei foch a'i gern a cheisiodd ei ddychmygu'n deffro wrth ei hochr bob bore cyn iddo orfod codi a mynd drwodd i'r ystafell ymolchi i eillio. Roedd defodau dynion wastad wedi bod yn destun syndod a chwilfrydedd iddi. Roedd eu byd yn llawn dirgelion. Llithrodd ei golygon dros ei wddwg nes glanio ar ei ysgwydd gyhyrog a gwrthododd y demtasiwn i redeg blaen ei bys ar hyd-ddi. Mewn oes arall, byddai un o'r meistri Eidalaidd wedi neidio ar y cyfle i'w ddal hyd dragwyddoldeb mewn llun neu mewn cerflun a'i arddangos i'r byd am genedlaethau i ddod. Ond yma, fel hyn, hi yn unig a'i gwelai. Ei dangosiad preifat. Mewn oes arall, sut y byddai hi'n edrych yn ôl ar haf 1969? Wedi'r cyfan, roedd gallu pobl i lurgunio'r cof i siwtio'u hangen yn ddihysbydd.

Yn sydyn, trodd e ei ben i'w hwynebu a gwenodd cyn cusanu ei chlust yn ysgafn.

'Ti'n iawn?' gofynnodd.

Nodiodd hithau a gwenodd yn ôl. Gallai deimlo ei goes yn gorwedd dros y man lle bu'n symud y tu mewn iddi funudau ynghynt. Oedd, meddyliodd, roedd hi'n iawn. Roedd hi'n fwy cyflawn nag y bu ers amser maith. Caeodd ei llygaid a gwrando ar eu cydanadlu fel cynt. Beth yn union a ddisgwyliai ganddo, ni wyddai. A oedd ambell brynhawn llechwraidd bob hyn a hyn yn mynd i fod yn ddigon i ddiwallu ei gobeithion? Pa blydi obeithion? Y gwir amdani oedd nad oedd ganddi ddim clem. Efallai mai dyna a welsai ynddi o'r dechrau'n deg: dynes ganol oed, ddosbarth canol na ddeallai ei chanol llonydd ei hun. Byddai'n haws trin menyw fel 'na fel chwaraebeth cyfleus, i'w defnyddio yn ôl yr angen, cyn i un arall nes at ei oedran droi ei ben. Ac ni fyddai menyw ddiolchgar yn disgwyl ymddiheuriad ar ôl i'r cyfan droi'n sur.

Ychydig a wyddai amdano heblaw ei fod e'n byw ar ei ben ei hun ac yn enedigol o ardal Llanelli, ond ei acen a ddywedodd hynny wrthi, nid fe. Ac roedd hynny'n ei siwtio. Eto i gyd, roedd hi wedi gofyn iddi ei hun fwy nag unwaith pa graith oedd wedi rhwygo'i orffennol fel bod dyn a oedd heb fod ymhell iawn o'i ddeugain yn dal â'i draed yn rhydd. A dyna'r peth: roedd e'n rhydd i wneud fel y mynnai ond doedd hithau ddim. Roedd hi'n fam i un o'i ddisgyblion. Roedd yntau'n dysgu ei mab. Iesu mawr, beth ddiawl roedd hi'n ei wneud? Roedd hi'n chwarae â thân.

Trodd ei phen oddi wrtho. Am ba hyd y gallai perthynas a seiliwyd ar dwyll bara cyn i gydwybod droi'r cyfan yn yfflon racs? Byddai hynny – neu rywun – yn siŵr o'u bradychu. Fel arall, fe'i tynghedwyd i flynyddoedd o ddiflastod wrth iddi drwco celwydd am hunanymwad mewn brwydr gyson.

Byddai gadael Gwilym yn ddigon i'w ddinistrio. Byddai mynd i fyw gyda'r dyn wrth ei hochr yn dinistrio ei pherthynas â'i mab. Brawd mogi oedd tagu. Ond roedd hi'n cael ei mogi a'i thagu'n feunyddiol.

Yn sydyn, cododd ar ei heistedd a gwthiodd y cwrlid ysgafn yn ôl gan adael i'w choesau ddisgyn dros erchwyn y gwely.

'Ble ti'n mynd?'

'Ble ti'n feddwl? Mae'n bryd i fi fynd adre.'

'Ddim 'to. Sdim rhaid iti fynd am awr arall o leia,' mynnodd e gan godi ei gorff i bwyso ar ei benelin a'i hannog â'i fraich arall i orwedd yn ei hôl fel cynt.

'Well i fi fynd nawr neu golla i'r trên,' atebodd hi gan lwyddo i wynebu'r ffordd arall o hyd.

'Ond ma digon o drene, a ta beth, alla i fynd â ti nôl yr holl ffordd yn y car os o's rhaid.' Ar hynny, cododd e ar ei draed a cherdded i ochr arall y gwely cyn mynd i swatio o'i blaen. 'Beth sy, Carys? Gwêd wrtha i beth sy'n bod.'

Cododd hithau ei phen ac edrych arno drwy'r lleithder a oedd yn bygwth gorlifo ar hyd ei hwyneb. Ni fu ganddi fawr o amynedd erioed â'r rheiny a oedd yn barod i ildio'n wasaidd i ddagrau. Gallai weld y braw bachgennaidd yn ei lygaid a gorfododd ei hun i sobri ar amrantiad. Cododd ei haeliau cystal ag awgrymu eu bod ar drothwy rhywbeth mawr, ond ni ddywedodd yr un gair. Cydiodd e yn ei dwylo a'i thynnu tuag ato, ei bronnau'n cyffwrdd â'r blewiach ar ei frest. Daliodd e hi'n dynn yn ei erbyn a gadawodd i'r panig oresgyn pob gewyn yn ei gorff.

'Beth y'n ni'n neud?' gofynnodd hi, ei geiriau'n boddi yn ei wallt. 'Pam 'set ti wedi mynd ar ôl rhywun arall? O'dd raid iti rwydo menyw briod?'

'Carys fach, o't ti'n barod i ga'l dy rwydo, a ta fel mae, o'n i'n ffilu help. O'n i'n gwbod o'r cyfarfod cynta. Weithie sdim dewis 'da ti.'

'Allwn ni ddim neud hyn i Rhodri. Mae'n rhy gymhleth, rhy agos. Dyw e ddim yn deg â'r crwt.'

Llaciodd ei afael ynddi a gostyngodd ei lygaid.

'Ti ddim yn meddwl bo fi'n hollol ymwybodol o hynny? Ond dyw glynu wrth briodas sy wedi hen farw ddim yn deg chwaith... i ti nac i Rhodri.'

'Fy mhroblem i yw hynny.'

'A 'mhroblem inne fydd hi os cerddi di mas o 'mywyd y prynhawn 'ma. Paid â mynd, Carys. Ffindwn ni ffordd drwy hyn ond plis paid â mynd nes bod ni wedi rhoi cynnig arni o leia.'

Cododd e'n araf ac eistedd wrth ei hochr ar y gwely, eu geiriau'n hofran gydag ôl ei phersawr yn awyr drymaidd y diwetydd. Yn yr hanner goleuni, gallai weld ei ffrog yn hongian ar gefn y gadair bren o flaen y llenni caeedig a'i drowsus a'i drôns yn gymysg â'i hesgidiau a'i dillad isaf mewn pentwr anniben ar y llawr lle roedden nhw wedi'u diosg ar frys prin ddwyawr ynghynt cyn bod unrhyw sôn am broblemau. Rhoddodd ei fraich amdani a thynnu ei phen yn dawel fach i orffwys ar ei ysgwydd. Chwiliodd hithau am ei law a'i gwasgu'n dynn. Eisteddon nhw felly gan adael i'r delweddau ddisodli unrhyw eiriau a fu. Gwyrodd y ddau yn ôl yn erbyn y clustogau a thynnu'r cwrlid tenau drostyn nhw. Doedd hi ddim yn barod i fynd adref eto a doedd yntau ddim yn barod i adael iddi fynd.

Pennod 12

Agorodd Gwyn ei lygaid a chraffu'n ddisgwylgar ar y nenfwd. Gadawodd i'w olygon wibio ar draws y sgwaryn gwyn a edrychai yn yr hanner goleuni a ymwthiai drwy'r llenni caeedig yn debycach i'r lliw melyn brwnt a geid mor aml ar dudalennau hen lyfr. Symudodd ei ben yn araf o'r naill ochr i'r llall ar y glustog er mwyn i'w lygaid fedru archwilio pob modfedd o'r gofod uwch ei ben. Am beth yn hollol y chwiliai, ni wyddai. Doedd yr eiliadau ers iddo ddihuno o'i drwmgwsg ddim yn ddigon niferus eto iddo gael ffurfio barn. Yna, ac yntau ar fin rhoi'r gorau i'w chwilio seithug, fe gofiodd taw heddiw oedd ei ben-blwydd, a gwenodd ar unwaith. Roedd e'n bymtheg oed, y disgybl olaf yn ei flwyddyn i gyrraedd yr oedran hwnnw, ond roedd e wedi dala'r lleill o'r diwedd. Cyn i'r blaned gael ei chwythu i ebargofiant ac yn ôl, cyn i'r ffynnon olaf boeri'r diferyn olaf o olew ar dywod proffidiol Sawdi Arabia, roedd e wedi cyrraedd ei bymtheg oed. Roedd e ar drothwy gweddill ei fywyd, meddyliodd, yn ddigon hen i adael yr ysgol pe dymunai. Roedd Jeffrey James newydd wneud yr union beth wythnos ynghynt, gan ymuno â byd dynion fel Gary a'i dad, ond roedd ganddo fe, Gwyn Philips, gynlluniau eraill. Gwyn Philips, 3 Tai'r Berllan, Cwm Gwina, De Cymru, Prydain Fawr... na! Gwyn Philips, 3 Tai'r Berllan, Cwm Gwina, Cymru, Ewrop, y Ddaear, y Bydysawd. Byddai Mrs Bowen yn browd ohono. Roedd e ei hun yn browd ohono. Roedd y ffordd yr edrychai ar y byd wedi newid yn ddirfawr yn ystod y misoedd diwethaf. Yn amlach na pheidio, roedd fel petai e'n edrych i mewn arno o'r tu fas.

Trodd ar ei fol a mwynhau teimlo'i galedwch boreol yn gwasgu'n erbyn y matras cynnes. Caeodd ei lygaid drachefn a gadael i'w gorff suddo'n ddyfnach i feddalwch y gwely. Fe godai cyn hir, ond ddim eto. Ac yntau'n syrthio'n is ac yn is i ryw fan rhwng cwsg ac effro, fe'i siglwyd o afael ei lesmair heb rybudd a'i orfodi i agor ei lygaid led y pen. Cododd ar ei eistedd a phwyso ar ei benelinoedd gan ystyried yr ymyrraeth a lenwai ei feddwl bellach. Tra oedd e a hanner y blaned yn y gwely'n breuddwydio'u breuddwydion du a gwyn roedd dau Americanwr yn gwefreiddio'r hanner arall ac, ar yr un pryd, yn diffodd yr hud fu'n destun dirgelwch a rhyfeddod i drigolion y blaned ers bore oes. Ar ei ben-blwydd yn bymtheg oed, roedd dau ddyn wedi cerdded ar wyneb y lleuad am y tro cyntaf, a chysgodd e drwy'r cyfan! Roedden nhw yno'r eiliad honno y tu mewn i'r modiwl yn ystyried anferthedd eu camp, yn edrych i lawr ar y byd o'r tu fas.

Heb feddwl rhagor, ciciodd e'r dillad gwely oddi ar ei goesau, neidiodd ar ei draed a rhuthrodd am y drws, ei fryd ar fod yn dyst i'r diwrnod hanesyddol diolch i wyrth y teledu. Hanner rhedodd ar draws y landin ond cyn iddo ddisgyn mwy na dwy ris stopiodd yn ei unfan pan welodd yr hanner dwsin o gardiau pen-blwydd a orweddai blith draphlith ar y mat wrth ddrws y ffrynt. Eisteddodd ar ben y grisiau a rhythu ar y goleuni a ffrydiai i mewn i'r cyntedd trwy'r gwydr swigog yn ffenest y drws gan daflu siapiau ysgafn ar hyd y walydd a'r llawr. Gwibiodd ei lygaid yn ôl at y cardiau a cheisiodd ddyfalu pwy oedd wedi anfon beth. Byddai un ohonyn nhw'n sicr o fod oddi wrth Anti Joan a'r teulu ac un arall oddi wrth Wncwl Sel ac Anti Lyd gyda phapur punt dilychwin wedi'i osod yn ofalus y tu mewn i'r garden a llun pêl-droediwr neu bysgotwr ar ei blaen a hwnnw hefyd wedi'i ddewis â'r un gofal.

Yn sydyn, gwywodd ei awydd i wylio'r teledu; gallai aros tan y prynhawn. Bryd hynny, byddai Gary a'i dad wedi

dod adref o'r gwaith ac, ar ôl brysio trwy'r defodau pen-
blwydd arferol, gallai pawb fynd drwodd i'r rŵm ganol i
synnu a rhyfeddu at y lluniau a anfonwyd chwarter miliwn
o filltiroedd i ffwrdd i rwmydd canol ym mhedwar ban byd.
Ond tan hynny, fe oedd piau heddiw, yr unfed ar hugain o
Orffennaf, a doedd e ddim am ei rannu â'r un digwyddiad
arall, bach na mawr, nes bod rhaid. Gwgodd wrth ystyried ei
safiad plentynnaidd. Ar un olwg, dylai fod yn falch o rannu
ei ddiwrnod mawr personol â diwrnod mawr i'r byd ond,
trwy ei gydnabod unwaith, ofnai y digwyddai hynny am
weddill ei oes a deuai ei ben-blwydd yn eilbeth i ddathliad
torfol tra byddai. Gellid troi'r ddadl ar ei phen hefyd. Cofiodd
drafod rhywbeth tebyg â bachgen yn ei ddosbarth dro yn ôl
a meddwl ei fod e'n hollol hunanol pan ddywedodd hwnnw
na allai faddau i'w dad-cu am iddo farw ar ddydd Nadolig a
difetha'r diwrnod i'r teulu bob blwyddyn am byth bythoedd.
Er iddo feddwl o hyd fod y bachgen wedi mynd dros ben
llestri, roedd e'n llai parod i'w gondemnio'n ddigwestiwn
bellach am fod mwy nag un lliw i bob llun, fe sylweddolodd.
Gwyrodd Gwyn yn ei flaen a phwyso'i freichiau ar ei
benliniau. Edrychodd i lawr ar ei gardiau drachefn. O hynny
ymlaen, fe ddewisai gofio'r hyn a ddigwyddodd dros nos
fel rhywbeth a gyflawnwyd ar yr ugeinfed o Orffennaf yn
hytrach na thrannoeth gan mai dyna oedd y dyddiad yn yr
Unol Daleithiau pan ddigwyddodd e! I bobl y wlad honno
dyna pryd y camodd y ddau ar y lleuad. Arian ac ymffrost
Americanaidd oedd y tu ôl i'r fenter; eu canrif nhw oedd
hon, felly roedd ganddyn nhw'r hawl, ac yn sicr y dylanwad, i
ddewis pryd i'w goffáu. Lledwenodd wrth ystyried ei resymu
arwynebol. Oedd, roedd mwy nag un ffordd o gofio pethau.

Torrwyd ar draws ei wamalu pan glywodd lais ei fam yn
galw arno o lawr llawr. Rhedodd e i lawr y grisiau, plygodd

i godi ei gardiau oddi ar y mat ac aeth drwodd i'r gegin gefn lle roedd Evelyn Philips yn golchi fest ei dad yn y sinc.

'Jiw, ma'r gŵr boneddig wedi cwnnu o'r diwadd! Ma pobol yn marw yn eu gwelya, ti'n gwpod.' Ar hynny, trodd hi oddi wrth ei gorchwyl o flaen y sinc, ei dwylo'n wlyb ac yn binc, ac aeth draw i gofleidio'i mab a safai yn ei byjamas o flaen y cwpwrdd bwyd tal. 'Bora da, cariad. Pen-blwydd 'apus,' meddai a'i ddala'n dynn yn erbyn ei chorff. 'Rho ddwy funad i fi a wna i frecwast i ti.'

'Na, alla i neud e'n 'unan, Mam. Ti'n fishi.'

'Smo ti'n ca'l neud dy frecwast dy 'unan ar dy ben-blwydd, y jiawl twp. Nawr cer o'r ffordd cyn i fi newid 'yn feddwl.'

Dychwelodd Evelyn Philips at ei thasg ac aeth Gwyn i eistedd wrth y ford yn unol â'i hanogaeth. Gwyliodd ei fam yn cydio yn y fest y bu'n ei golchi ynghynt a'i rhedeg o dan y tap dŵr oer er mwyn cael gwared ar y cannydd y byddai bob amser yn ei ychwanegu at ddillad isaf ei dad a'i frawd a gadael y cyfan i socan dros nos. Yna gafaelodd yn dynnach yn y dilledyn gwlyb cyn ei wasgu a'i wasgu eto yn ei dwylo nes bod pob diferyn o ddŵr wedi mynd ohono. Wedyn, fe'i dododd ar ben y pentwr bach o ddillad a olchwyd yn barod, sychodd ei dwylo mewn clwtyn a thynnodd gadair yn ôl oddi wrth y ford ac eistedd gyferbyn ag e.

'Pymthag o'd 'eddi. Mae'n bryd i fi symud mas... ma'r tŷ'n llawn dynon nawr,' meddai a gwenu.

'Bydd un yn llai 'ma ar ôl i Gary fynd,' meddai Gwyn a difaru ei ateb parod yn syth.

Chwiliodd e yn ei hwyneb am ymateb ond doedd dim byd amlwg i'w weld. Gwyrodd hithau yn ei blaen ac estyn ei braich ar draws y ford cyn gafael yn llaw ei mab. Gallai Gwyn wynto ôl y Parozone ar ei chroen. Roedd yn wynt cyfarwydd. Rhy gyfarwydd. Roedd yn wynt cysurlon, di-lol ond gwyddai Gwyn yn ei galon ei bod hi'n haeddu gwell.

Roedd hi'n haeddu gwisgo persawr fel Mrs Bowen a'i thebyg. Fe ddeuai pen-blwydd ei fam hithau cyn hir ac, yn sydyn, gwyddai'n union beth i'w brynu iddi.

'Wel, shwt mae'n timlo i fod yn bymthag 'te?' gofynnodd Evelyn Philips. ''Yt ti'n timlo'n fwy... yn fwy be-ti'n-galw?'

'Mae'n timlo'n gwmws 'run peth ag o'n i'n timlo ddoe.'

'Gad dy gelwdd, Gwyn Philips! Ti 'di bod jest â marw isha gweld 'eddi'n dod ers wthnosa er mwyn iti ga'l bod yr un peth â Rhodri a pawb arall.'

Gwenodd Evelyn Philips ac edrych yn hen ffasiwn arno a gwenodd Gwyn yn ôl.

'Pryd ti'n mynd i acor dy gardia?'

'Ar ôl i Dad a Gary ddod sha thre.'

'Ma minadd 'da ti, fe weta i 'na amdenat ti. Flwyddyn yn ôl o't ti 'di acor bob un cyn brecwast! So beth yw dy blans am weddill y dydd? Ti 'di colli'r dynon yn cered ar y lleuad. Ma'r telefisiwn wedi stopid dangos y llunia am y tro. O'n i'n mynd i alw ti ond benderfynas i y bydde dicon o gyfla i weld nhw 'to.'

'Mae'n iawn achos o'n i ddim yn mynd i watsio nhw sbo Dad a Gary'n dod sha thre ta beth. Wy'n meddwl mynd lan i weld Rhod yn nes mla'n a wetws Myn-gu bod 'i'n moyn i fi alw.'

'Ma Myn-gu'n dod i ga'l te 'da ni.'

Edrychodd Gwyn yn holgar ar ei fam.

'Ond o'n i'n medd–'

'A'th e lan i gweld 'i nithwr cyn mynd i'r gwaith.'

'A'th Dad lan i'r tŷ?'

'Do. Ma nonsens yr wthnosa diwetha 'di bod yn ei fyta fe. Ma fe'n difaru ei en'id fod e wedi gweud rhai o'r pethach wetws e wrthi. Amsar da'th e nôl i newid o'n i'n gallu gweld cyn iddo fe ddod trw'r drws fod popath yn well. Sneb yn lico cwmpo mas, yn enwetig dy dad. Mae 'di bod yn amsar od,

Gwyn bach. A gyta'r 'oll sôn am streic ar ben popath arall, wy'n cretu bod 'wnna wedi'i 'ala fe i ddishgwl ar ei fywyd miwn ffordd newydd.'

Nodiodd Gwyn ei ben y mymryn lleiaf heb sylweddoli ei fod e'n gwneud. Yn sydyn, gwibiodd cwestiwn ei fam drwy ei feddwl eto, pan ofynnodd iddo sut roedd e'n teimlo i fod yn bymtheg oed. Er iddo wadu i ddechrau ei fod yn wahanol i'r hyn oedd e gynt, gwyddai bellach ei fod yn teimlo'n llawer mwy be-ti'n-galw.

* * *

'Rhodri, ma Gwyn 'ma!' galwodd Carys Bowen o'r man lle safai o flaen y ffenest fae yn y parlwr. Gwyliodd hi gyfaill ei mab yn agosáu ar hyd y lôn fach gul a arweiniai at y mans, a phan gyrhaeddodd e'r glwyd cododd ei llaw arno'n frwd cyn diflannu i'r cyntedd er mwyn ei gyfarch wrth y drws.

'Gwyn! Pen-blwydd hapus iawn i ti,' meddai cyn camu o'r neilltu a'i annog i groesi'r trothwy i mewn i'w chartref. Yna caeodd hi'r drws allanol a'r un mewnol a galwodd ar ei mab o'r newydd. 'Rhodri, ma Gwyn 'di cyrraedd! Beth yn y byd mawr 'yt ti'n neud?' Cododd Carys Bowen ei haeliau mewn protest ffug. 'Mae e fel heddi a fory ambell waith.'

Gwenodd Gwyn a'i dilyn hi drwodd i'r parlwr. Safodd y ddau ar ganol y carped trwchus led braich oddi wrth ei gilydd, hithau'n ei archwilio'n edmygus fel petai'n ei weld am y tro cyntaf wedi absenoldeb maith.

'Dere 'ma,' meddai a chodi ei breichiau tuag ato.

Ar hynny, rhoddodd Carys Bowen ei dwy law ar ei ysgwyddau a phlannodd gusan ar ei foch: cusan ysgafn, gyflym fel y byddai Anti Joan yn ei rhoi iddo yn hytrach na'r anwyldeb maldodus a gâi gan ei fam neu ei fam-gu, ond ni allai wadu ei didwylledd, meddyliodd. Doedd dim eisiau iddi wneud ond fe wnaeth. Yn wahanol i'w fam ei hun, roedd gan Mrs Bowen yr hyder i beri'r annisgwyl. Roedd ganddi'r gallu i wneud iddo anghofio ei fod e'n ymdrin â mam ei ffrind gorau. Rhywsut neu'i gilydd, roedd ganddi'r gallu i wneud iddo deimlo'n hŷn.

'Ti'n gynnar.'

Trodd Gwyn i gyfeiriad y llais a nodio'i ben i gydnabod dyfodiad ei gyfaill.

'Na, ti sy'n hwyr,' meddai Carys Bowen cyn i Gwyn gael cyfle i ateb drosto'i hun.

'Welest ti'r llunie o'r lleuad?' gofynnodd Rhodri ac anwybyddu ei fam.

'Ife dyna i gyd sy gyda ti i weud? Bydde "Pen-blwydd hapus, Gwyn, neis i weld ti" yn fwy priodol,' meddai honno eto.

'O ie... Pen-blwydd hapus,' meddai Rhodri a gwenu, ar ei ffrind yn gyntaf, ac yna ar ei fam.

'Blincin bechgyn. Y'ch chi i gyd yr un peth.'

Yna aeth Carys Bowen draw at y ddesg lle byddai ei gŵr yn gwneud ei waith gweinyddol. Agorodd un o'r dreiriau a thynnodd amlen a pharsel bychan allan. Croesodd hi'r carped trwchus drachefn a hwpodd y ddau i ddwylo ei mab a'i gymell â'i llygaid i'w rhoi i Gwyn. Gwibiodd llygaid hwnnw rhwng y fam a'r mab.

'Diolch,' meddai a chymryd yr amlen a'r parsel oddi ar ei ffrind fel petai'n derbyn bom ganddo.

'Ishta lawr, Gwyn bach,' meddai Carys Bowen a pharcio'i hun ar y gadair esmwyth arall. Eisteddodd Rhodri ar y llawr â'i gefn yn erbyn ochr sedd ei fam. Edrychai'r ddau arno'n hunanfodlon.

Rhwygodd Gwyn yr amlen ar agor â'i fys a thynnu'r garden allan.

'Sori am y llun,' meddai Carys Bowen a gwgu. 'Ma cardie

Cymraeg hanner canrif ar ei hôl hi. Fe neith rhywun yn rhywle ddihuno ryw ddiwrnod a sylweddoli y gallai neud ffortiwn fach.'

'Dylech chi weld y rhai wy'n ca'l wrth 'yn antis,' atebodd Gwyn a phrysuro i agor y garden yn ei law.

Yr hyn a'i trawodd yn syth oedd yr ysgrifen hyderus, aeddfed. Nid ôl gwaith Rhodri mo hwn. Darllenodd y neges, ei lygaid yn hofran dros yr enwau ar ei diwedd. Ni theimlai'n iawn rywsut, eto roedd e'n falch ar yr un pryd. Ar un olwg, doedd ganddi ddim dewis ond gwneud yr hyn a wnaeth. Byddai 'oddi wrth Rhodri a Mr a Mrs Bowen' wedi bod yn rhyfedd, eto roedd rhoi eu henwau cyntaf yr un mor rhyfedd, yn fwy rhyfedd na fel arall, os rhywbeth. Ni allai byth ddychmygu ei hun yn galw Gwilym ar dad ei ffrind, felly pam rhoi hynny ar y garden? Roedd yn arwydd amlwg, beiddgar. O beth yn union, doedd e ddim yn siŵr. Efallai nad oedd yn ddim byd mwy nag ymgais ganddi i fod yn fodern: yn gydnabyddiaeth o'r ffaith nad plentyn mohono mwyach. Ond roedd yn ddiangen. Byddai 'oddi wrth Rhodri' wedi bod yn well, waeth pa mor llipa. Doedd bechgyn pymtheg oed ddim yn hala cardiau at ei gilydd. Dyna'r gwir amdani. Ond doedd Carys ddim yn ei daro fel rhywun a barchai gonfensiwn o unrhyw fath. Roedd hon yn un i ddilyn ei thrywydd ei hun.

'Diolch yn fawr,' meddai. 'O'dd dim isha i chi.'

'Ti'n mynd i agor dy anrheg 'te, neu beth?' meddai Rhodri.

'Rho gyfle iddo,' meddai ei fam. 'Dyw pawb ddim 'run peth â ti!'

Piliodd Gwyn y tâp gludiog yn ôl yn ofalus er mwyn osgoi torri'r papur lapio. Roedd hi'n hawdd gwybod taw record oedd y tu mewn i'r parsel bychan ond, mwy na hynny, doedd ganddo ddim clem. Gwthiodd ei fysedd o dan y papur a thynnu'r anrheg allan. Gwenodd pan welodd e'r clawr coch a phinc chwareus a'r tri cherddor a welsai yn y Brangwyn yn morio canu.

'Tries i ga'l eu record newydd i ti ond fydd hi ddim yn y siope tan fis nesa,' meddai Carys Bowen a thynnu gwep ymddiheurol.

'Na, mae'n wych,' atebodd Gwyn a throi'r record drosodd i archwilio'r cefn.

'Dere. Awn ni lan i fy stafell wely i rhoi ddi ar y *record player*,' cynigiodd Rhodri a chodi ar ei draed.

Yr eiliad nesaf, rhedodd e a Gwyn drwy'r drws a tharanu i fyny'r grisiau gan adael Carys Bowen ar ei phen ei hun i ystyried ei gorchest fach. Lledwenodd pan glywodd eu chwerthin ac yna'r gerddoriaeth yn hidlo trwy estyll y llawr uwch ei phen, ond cymylodd ei hwyneb bron yn syth. Cododd ei llaw at ei boch mewn ymgais i'w hatal ei hun rhag ail-fyw ei siwrnai ar hyd St Helen's Road yn Abertawe wythnosau ynghynt pan gerddodd hi i mewn i'r siop Gymraeg, ei neges yn ddiffuant waeth pa mor gyfleus, ond ei thwyll yn gyfan. Gwrandawodd hi nawr ar eu lleisiau gwrywaidd, dwfn yn llenwi'r ystafell wely wrth i'r ddau bryfocio'i gilydd er mwyn ceisio goruchafiaeth a rhannu eu cyfrinachau arddegol nad oedd ganddi ran yn eu gwneuthuriad. Pa mor hir y byddai cyn iddyn nhw deimlo'r angen i addasu'r cyfrinachau hynny a'u llurgunio er mwyn dod i ben â bywyd bob dydd? Cododd hi ar ei thraed a gwthiodd garden Gwyn yn ôl i'w hamlen. Aeth allan i'r ardd o flaen y tŷ er mwyn teimlo'r haul ar ei chroen.

Crwydrodd rhwng y clystyrau o lilis oren a oedd wedi ymledu ers y llynedd ac a oedd bellach yn bygwth tagu'r petwnias a'r pincs a'r rheiny eisoes wedi dechrau chwythu eu plwc. Cerddodd draw at y toreth o flodau'r enfys yng nghornel y clwt o dir a thorrodd ambell flodyn anystywallt oddi ar y llwyn cyn mynd â nhw draw a'u gosod ar y fainc wrth ochr y ffenest. Eisteddodd â'i chefn yn erbyn cerrig llwyd y tŷ a chodi ei hwyneb at yr haul. Byddai Gwilym gartref cyn hir, fe gofiodd, a byddai'r perfformiad cwrtais, gofalus yn ailddechrau. Am faint y gallai hi barhau cyn y deuai'n amlwg iddo fod rhywbeth ar goll? Pa mor hir y byddai cyn iddo rolio oddi arni yn ystod un o'u sesiynau caru achlysurol a gofyn beth oedd yn bod? Roedd e'n haeddu gwell. Roedden nhw eu dau yn haeddu gwell. Dyn da oedd e. Fe oedd ei gŵr a thad ei fab, ond ofnai fwyfwy fod angen mwy nag arferiad a statws teuluol o fewn priodas os oedd y glud am wneud ei waith.

Agorodd ei llygaid pan glywodd hi sŵn traed yn crensian ar hyd y lôn bridd a gwelodd Gwilym yn nesáu. Cododd e ei law arni a chododd hithau ei llaw yn ôl. Ie, meddyliodd, dyn da oedd e.

'Ti 'di bo'n fisi,' meddai yntau ac edrych ar y blodau ar y fainc cyn eu symud er mwyn iddo gael eistedd wrth ochr ei wraig.

'Nagw, ddim fel 'ny. Newydd ddod mas 'ma ydw i. O'n i ise tamed bach o haul. Shwd a'th y cyfarfod? O'dd lot 'na?'

'O, yr un llond dwrn ag arfer. Sa i'n gwbod pam wi'n boddran weithie. Ond dyna fe, 'y mai i o'dd e am fod yn ddigon hunandybus i feddwl y gallen i gystadlu â Neil Armstrong a Buzz Aldrin ar ddiwrnod mor fawr. Dyna'r unig sgwrs o'dd gyda nhw.'

'Ambell waith mae'n rhaid i bethe ysbrydol blygu glin i gyffro'r foment,' meddai hi a gwenu.

'Cyhyd â'i fod e'n gyffro dros dro. Ble ma Rhod?'

'Yn ei stafell gyda Gwyn.'

'Ma Gwyn 'ma? Ody e'n lico'i anrheg?'

'Ody. Ma nhw wedi mynd lan i wrando arni.'

'Whare teg iti, fe wnest ti'n dda i feddwl am ga'l record y Bara Menyn iddo fe. Ti'n llawn syniade da. Ti'n well na fi.'

'Walle fod gyda fi fwy o amser na ti i feddwl am ddifyrrwch a themtasiyne'r byd hwn. Ma dy feddwl di ar bethe uwch.'

''Na gyd sy ar 'yn feddwl i heddi yw shwd wi'n mynd i ddod â phobol nôl i realiti bob dydd fel bod eu tra'd yn sownd ar y ddaear 'to. Diolch yn dwlpe, Neil. *Nice one*, Buzz!'

Chwarddodd Carys Bowen a chodi i fynd yn ôl i'r tŷ. Cododd Gwilym Bowen a'i dilyn i mewn i'r cyntedd.

'Wyt ti wedi gofyn iddo fe 'to?' gofynnodd e'n dawel i'w wraig.

'Gofyn beth?'

Trodd y ddau eu pennau i gyfeiriad y llais ar ben y grisiau a gweld Rhodri'n edrych i lawr arnyn nhw.

'Ma clustie mowr 'da moch bach,' meddai Gwilym Bowen. Yna gwelodd e Gwyn yn sefyll ychydig gamau y tu ôl i'w fab. 'Jiw, byddi di'n ddigon hen i hawlio dy bensiwn cyn bo hir. Pen-blwydd hapus, 'y machgen i,' meddai wrth i'r ddau lanc ddisgyn y grisiau ac ymuno â'r oedolion.

'Gofyn beth?' gofynnodd Rhodri eto gan anwybyddu ysgafnder ei dad.

'Y peth 'na o'n ni'n ei drafod neithiwr.'

'O, reit.' Trodd Rhodri i wynebu Gwyn a safai wrth ei ochr. 'Ti ise dod ar wylie gyda ni i Iwerddon?'

'Wow, wow, wow! Nage fel 'na ma gwadd rhywun. Dyma'r cynta i Gwyn wbod amdano fe,' protestiodd Gwilym Bowen. 'Gwyn, ry'n ni'n mynd ar wylie fel teulu fis nesa… gyrru rownd de Iwerddon a bwrw draw i'r gorllewin. Beth ma Rhodri'n trio'i weud yw bod croeso iti ddod gyda ni.'

'Byddwn ni'n croesi ar yr Innisfallen o Abertawe i Cork, so sdim ise –'

'Gad i Gwyn fod. Anwybydda fe, Gwyn. Meddyla am y peth. Myn air gyda dy rieni ond bydde croeso mawr i ti.'

Nodiodd Gwyn ei ben.

'A sdim ise pasbort arnat ti i fynd i Iwerddon. Dere gyda ni,' ymbiliodd Rhodri. 'Gawn ni sbort.'

Nodio'i ben unwaith eto a wnaeth Gwyn er nad oedd ganddo ddim bwriad yn y byd i drafod y mater gyda'i fam a'i dad.

*　　*　　*

Eisteddai Gwyn wrth ochr ei fam-gu ar y soffa finyl frown, y crys rhedeg gwyn a gawsai'n anrheg ganddi yn dal i orwedd ar draws ei benliniau. Daliai Nel Philips law ei hŵyr gan ei gwasgu bob hyn a hyn wrth chwerthin ar ei mab yn mynd trwy ei bethau yn y gadair freichiau gyferbyn. Daethai'r adferiad yn gynt na'r disgwyl ac roedd hi'n falch; cawsai'r cysgodion eu chwythu i gorneli'r cof teuluol.

'Wy'n mynd nôl ffaint... wyth... naw mlynadd, siwr o fod. Ta beth, dyna le o'n i a cwpwl o'r bois erill yn ca'l peint bach tawel yn y clwb ryw ddiwetydd cyn dod sha thre ar ôl gwitho shifft bora, ac yn sytan reit dyma'r drws yn acor... wwwsh fel 'na... fel 'se car wedi bwrw'n ei erbyn e. Y peth nesa, pwy dda'th miwn yn llond ei chot a cered lan at y bar ond Nina blydi Price!' Stopiodd Mansel Philips ar ganol ei stori er mwyn godro ymateb ei gynulleidfa. 'Wil Och o'dd yn gwitho tu ôl i'r bar a chi'n gwpod shwt atal sy gyta 'wnna. Ta beth, 'co ni off. "Dyw, dyw, dyw – " dechreuws Wil a'i wynab yn troi'n goch i gyd. "Sa i 'di dod i weld Duw," medde Nina fel lluchetan. "Der â peint o *mild* i fi." Os do fe. "*Members only* sy'n ca'l ifad man 'yn. Sdim menwod fel ti yn ca'l eu syrfo 'ma," galwodd un o'r bois o'r llawr. "Wel syrfa i'n 'unan 'te," medde Nina a dyna wna'th 'i gyta Wil yn dishgwl yn dwp arni a'i geg ar acor. Da'th nôl o fla'n y bar – o'dd yn dawel fel y bedd erbyn 'yn – a sefyll 'na nes bod ei *glass* yn wag a bob diferyn wedi mynd.'

'Wara teg iddi,' meddai Nel Philips a chwerthin yn uchel. 'Odd isha shiglad ar y lle 'na.'

'Yn gwmws! A diolch i Nina Price ma menwod nawr yn ca'l mynd i'r clwb... dim ond i'r *lounge* wrth gwrs... ond fentren i ddim doti tro'd yn unman arall ta beth. Ych a fi, chi 'di gweld golwg y carped yn y bar? Ma'r lle'n drewi,' meddai Evelyn Philips a dod i eistedd yr ochr arall i Gwyn ar ei soffa finyl.

'Welas i Nina nawr jest,' meddai Nel Philips. 'Pason ni'n gilydd ar y ffordd lawr.'

'Shwt ma ddi?' gofynnodd Gwyn.

'Fel y boi. Nina yw Nina. Mae'n cofio atat ti.'

'Shwt 'yt ti'n napod Nina Price?' gofynnodd Mansel Philips a chrychu ei dalcen.

Cyn i Gwyn gael cyfle i ateb ei dad, rhuthrodd Gary i mewn i'r ystafell â phum cornet wedi'u gwasgu yn erbyn ei gilydd yn ei ddwylo fel bwnsiad o flodau.

''Co chi. Dalas i fan Lorenzo mas tu fas. *Ninety-nine* i'r *birthday boy* a cornet i bobun arall,' cyhoeddodd e gan ddadlwytho'r hufen iâ i bawb yn eu tro.

'Gewn ni ddim trêt fel 'yn am sbel 'to os bydd streic,' meddai Evelyn Philips a llyo'i bysedd lle roedd yr hufen iâ wedi rhedeg ar hyd ei llaw.

'Arglwdd annwl, gad e fod, wnei di. Sa i'n moyn clywad neb yn sôn am y blydi streic 'to. Walla aiff e ddim mor bell â 'na, ond os bydd raid streico dyna wnewn ni,' meddai Mansel Philips a fflachio'i lygaid ar ei wraig.

'Le ma Janis 'da ti?' gofynnodd Nel Philips.

'Ga'tre, mae 'di blino'n ofnadw.'

'Sdim byd yn bod, o's e?'

'Nag o's, wedi blino mae, 'na gyd.'

Ar hynny, gadawodd Gary yr ystafell a tharanu i fyny'r grisiau. Eiliadau'n ddiweddarach, dychwelodd â pharsel bach sgwâr yn y naill law a'r cornet yn y llall a mynd i sefyll o flaen Gwyn.

''Wra, dyma ti,' meddai a chyflwyno'r anrheg i'w frawd yn ddiseremoni cyn ei wthio'n ôl yn erbyn cefn y soffa a rhwto'i law'n chwareus dros ei foch. 'Paid byth ag iwso'n un i 'to.'

'Beth yw e?'

'Acor e i ga'l gweld.'

Rhwygodd Gwyn y papur oddi ar y blwch heb y gofal a ddefnyddiodd i ddadlapio anrheg Rhodri yn gynharach. Rhythodd ar y llun du a gwyn ar flaen y clawr a gwridodd. Gwibiodd ei lygaid rhwng ei frawd a'i dad a theimlodd y gwres yn llosgi ei fochau. Llyodd ei hufen iâ a oedd yn prysur doddi gan fygwth gorlifo ar hyd y cornet a sarnu ei grys rhedeg newydd sbon. Edrychodd unwaith eto ar y blwch a orweddai yn ei arffed. Roedd e am ddianc i breifatrwydd ei ystafell wely i archwilio'r cynnwys ar ei ben ei hun, o olwg pawb, ac ystyried cydnabyddiaeth ei deulu heb i'w llygaid ei wylio mewn arena mor gyhoeddus. Roedd e am flasu ei foment fawr ar ei delerau ei hun, a'i rheoli.

'Wel?' gofynnodd Gary a gwenu arno.

Cododd Gwyn ei olygon a llwyddo i gynnig rhyw fath o wên yn ôl, ond pan welodd y disgwylgarwch ar wyneb ei frawd tyfodd y wên yn sicrach cyn gwywo eto. Daeth yn ymwybodol bod pawb arall yn yr ystafell yn gwenu hefyd. Ers faint roedden nhw'n gwybod am ei gyfrinach? Ers faint y buon nhw'n cynllwynio y tu ôl i'w gefn? Bellach roedd y cyfan yn hysbys. Eto, roedd e'n dal yn fyw. Ni ddaethai'r byd i ben yno yn ystafell ganol ei fam a'i dad ar ddiwrnod ei ben-blwydd yn bymtheg oed. Yn sydyn, diflannodd y lletchwithdod. Teimlodd law ei fam-gu yn gwasgu ei fraich. Roedd ei gyfnod o gyfrwystra drosodd. Edrychodd o'r newydd ar y llun ar y clawr cyn mynd ati i dynnu'r raser drydanol o'r blwch. Byseddodd lafnau'r tair olwyn fach o fewn eu triongl.

'Paid â dishgwl mor ofnus. Awn ni lan i drio fe weti 'ny,' meddai Gary.

Nodiodd Gwyn ei ben. Yr eiliad nesaf, trodd sylw ei deulu at y lluniau du a gwyn aneglur ar y sgrin yng nghornel yr ystafell. Roedd ei dad wedi deffro'r teledu heb iddo sylwi. Gwyliodd e'r delweddau swrealaidd a'r gofodwr yn sefyll wrth ochr baner Unol Daleithiau America, a honno'n edrych fel petai'n herio'r amhosib trwy gwhwfan lle nad oedd gwynt. Gwnaeth ei orau i ildio i arwyddocâd y foment fawr i ddynol-ryw tra'n rhedeg ei fys ar yr un pryd dros y llafnau tro o fewn y triongl ar y raser a ddaliai o hyd yn ei law.

Pennod 13

Gwyliai Carys Bowen wyneb y ferch yn bywiogi bob hyn a hyn cyn sobri eto ac, eiliadau'n ddiweddarach, yn torri'n wên eto fyth. Yr un fuasai'r patrwm ers chwarter awr a mwy. Â phwy y siaradai a beth oedd union gynnwys ei sgwrs, ni wyddai, ond barnodd ei bod yn rhesymol tybio mai ei chariad oedd ben arall y ffôn, yn llenwi ei chlustiau â'i eiriau mwyn ynghyd â'i awgrymiadau mwy beiddgar, siŵr o fod. Onid dyna pam roedd y ferch wedi dewis y caban ffonio diarffordd hwn ar gyrion y pentref? I'r fan hyn y byddai hanner ieuenctid Cwm Gwina'n dod i gyfnewid eu cyfrinachau gan wybod y gallen nhw ddisgwyl rhyw gymaint o breifatrwydd ond gan wybod hefyd fod y weithred o ddod i'r fath le ynddi ei hun yn eu bradychu. Dim ond y sawl a chanddyn nhw rywbeth i'w guddio fyddai'n dewis y caban ffonio hwn. Taflodd gip sydyn wysg ei chefn er mwyn gwneud yn siŵr nad oedd neb yn ei gwylio hithau ac yn meddwl felly tybed pa gyfrinach oedd ganddi hi i'w rhannu. Tynnodd wep ar unwaith a dwrdiodd ei hun am adael i'r fath wiriondeb gael gafael ynddi. Plagiwr enbyd oedd euogrwydd.

Crwydrodd ei llygaid yn ôl i gyfeiriad y ferch. Gallai weld drwy'r paneli gwydrog bychain ei bod hi'n bert. Fel y rhan fwyaf o ferched y pentref, perthynai rhyw harddwch naturiol iddi ond bod hon heb ddifetha'r harddwch hwnnw trwy blastro trwch o golur dros ei chroen. Rhaid bod beth bynnag a oedd gan ei chariad i'w ddweud wrthi yn werth ei glywed, meddyliodd Carys Bowen; roedd hi'n cymryd oes. Edrychodd hi'n frysiog ar ei horiawr a chodi ei haeliau'n ddiamynedd. Penderfynodd fynd i sefyll ychydig gamau'n nes yn y gobaith y byddai gwneud hynny'n deffro rhyw ymdeimlad o gyfrifoldeb at eraill yn y ferch ac yn ei phrysuro i ddod â'i sgwrs hirfaith i ben, ond ni ddangosodd honno unrhyw arwydd ei bod hi hyd yn oed wedi sylwi. O dipyn i beth, ildiodd Carys Bowen i realiti ei sefyllfa a derbyn bod gan y ferch gymaint o hawl â hithau i ddefnyddio'r ffôn. Pwy bynnag oedd hi a phwy bynnag oedd ei chariad, go brin fod ganddyn nhw gyfrinach mor fawr â'r un a oedd ganddi hi, wedi'r cyfan.

Roedd hi heb siarad â'i chariad ei hun ers wythnos, fe nododd. Yn sydyn, gwingodd am iddi adael i'r fath air gael lle yn ei meddyliau. Roedd yn rhy ddof, rhywsut, yn rhy annigonol i'w ddefnyddio yn eu hachos nhw. Nid cariad mo Courtney Llewellyn ond y dyn oedd yn ei charu. Roedd gwahaniaeth. A doedd e ddim yn ei charu chwaith, o ran hynny, ond yn ei chnucho. Gwingodd eilwaith. Hen air ych a fi. Roedd y Gymraeg yn gallu bod mor... Yn sydyn, fe'i hachubwyd rhag ymgolli ymhellach yn y fath semanteg pan wthiodd y ferch ddrws y caban ffonio ar agor a chamu ar y pafin. Gwenodd Carys Bowen arni ond ei hanwybyddu a wnaeth y ferch a gadael i'r drws trwm gau o'i hôl. Eiliadau'n ddiweddarach, safai gwraig y gweinidog ar yr un darn o goncrid sgwâr a feddiannwyd cyhyd gan y ferch a pharatôdd i gyfnewid ei chyfrinachau ei hun.

'Carys!'

'Ie,' atebodd hi a synnu at ei syndod yntau.

'Diolch byth. Lle ddiawl ti wedi bod?'

'Pam? Beth sy?' gofynnodd hi gan wynto gofid.

'Dim... dim byd, ond wy jest â mynd off 'y mhen ishe clywed dy lais.'

'Am ddrama! Sôn am fynd dros ben llestri. O'n i'n dishgwl iti weud bod rhwbeth mawr yn bod.'

'*Ma* rhwbeth mawr yn bod. Wy angen dy weld ti... dy

deimlo di. Rwyt ti ar 'y meddwl o fore gwyn tan nos, Carys Bowen.'

'Cawod oer sydd ei hangen arnat ti felly... naill ai hynny neu ma ise iti fynd i weld doctor.'

Gwenodd hi pan glywodd ei chwerthin ben arall y lein.

'Ond o ddifri, ble ti 'di bod tan nawr cyn codi'r ffôn?' mynnodd e.

'Gwranda, Mr Llewellyn bach, yn wahanol i ti, wi'n byw gyda dou arall ac yn gorfod ffito rownd eu symudiade nhw. Rwyt ti'n rhydd i neud beth bynnag ti ise pryd bynnag ti ise.'

'Sdim byd yn stopo ti rhag codi'r ffôn pan fydd y ddou o nhw wedi mynd mas.'

'Ti'n gwbod cystal â fi nad yw hynny'n mynd i ddigwydd. Sawl gwaith ma ise i fi weu'tho ti? Ma beth bynnag sy rhyngon ni'n dou'n gorfod bodoli y tu fas i 'nghartre. Ti'n gwbod y rheole. A ta beth, ma mynd i gaban ffono'n fwy cyffrous.'

'Yr hen slwt!'

'Slwt? Ma hynny'n gweud lot amdanat tithe hefyd, felly.'

'Ody e, wir? A beth yn gwmws mae'n ei weud?'

'Héi, ffona fi nôl. Ma'r amser ar fin dod i ben a sdim rhagor o newid 'da fi.'

'Ar fin dod i ben? Diwedd y byd neu jest...? Beth yw dy rif yn fan'na?'

'Cwm Gwina tri chant.'

'Tri chant? Pa fath o rif yw hwnna?'

'Ie, tri chant! Ffona fi!'

Rhoddodd Carys Bowen y derbynnydd yn ôl yn ei nyth ac edrychodd yn reddfol i wneud yn siŵr nad oedd neb arall yn disgwyl y tu allan. Yna pwysodd ei chefn yn erbyn y paneli gwydrog ac aros. Y cyfan yr oedd arni ei eisiau i gwblhau'r ddelwedd arddegol oedd gwm cnoi neu sigarét, meddyliodd. Gwenodd wrth ystyried ei ffraethineb arwynebol. Rhedodd ei llygaid yn freuddwydiol ar hyd y rhestr o enwau llefydd a'u codau deialu o fewn y ffrâm arian o'i blaen a phan ganodd y ffôn o'r diwedd saethodd ei llaw i'w ateb.

'Fe gymerest ti dy amser!' meddai hi'n ffug-ymosodol.

'Dwyt ti ddim yn cwyno fel arfer pan fydda i'n cym–'

'Paid â gweud rhagor!'

'Pam? Dim ond ti sy'n gallu clywed.'

'Hisht!'

Chwarddodd y ddau.

'Felly pryd wy'n mynd i dy weld ti nesa?' gofynnodd e, ei lais yn difrifoli.

Aros yn dawel a wnaeth Carys Bowen gan syllu'n ddi-weld ar y rhestr o enwau llefydd o'i blaen fel cynt.

'Carys?'

'Beth?'

'O'n i'n meddwl fod ti wedi mynd.'

'Nagw.'

'Wel 'te? Be ti'n neud wthnos nesa? O's gobaith y gallen ni gwrdd?'

'Dyna'n rhannol pam wi'n ffono. Y peth yw… y peth yw ry'n ni'n mynd ar wylie wthnos nesa… i Iwerddon.'

Clywodd hi'r mudandod ben arall y ffôn yn trywanu'r ysgafnder blaenorol. Doedd ei hathro ymarfer corff ddim gwahanol i'r un dyn arall wrth ymdopi â siom.

'Pryd o't ti wedi meddwl gweu'tho i?' gofynnodd e o'r diwedd.

'Wi'n gweu'tho ti nawr.'

'Ond ers faint wyt ti'n gwbod?'

'Newydd gwblhau'r trefniade ydyn ni.'

'Nage dyna ofynnes i.'

'Gwranda, sa i 'di bod yn cynllwynio y tu ôl i dy gefen di os taw dyna ti'n feddwl. Syniad Gwilym yw e. Fe sy ise mynd. Ges i gymaint o sioc â ti.'

'Rhaid bod cyfloge pregethwyr Cwmrâg wedi saethu i'r entrychion yn ddiweddar 'te neu bo chi 'di bwrw'r jacpot ar y Premium Bonds.'

Crychodd Carys Bowen ei thalcen ac ochneidio.

'Paid, wnei di. Paid â gadel inni gwmpo mas dros rwbeth twp fel hyn.'

'Jest gweud ydw i. Dyna i gyd ma dyn yn glywed yw pa mor glawd ma pregethwyr, ond mae'n amlwg bod ambell un yn yr uwch-gynghrair.'

'Iti ga'l gwbod, ei fam e sy'n talu, reit. Hi fydd yn talu am y rhan fwya o'n plesere bach ni. Cred ti fi, dyw beth ma Gwilym yn ei ennill ddim yn mynd yn bell a dw inne fawr o help. Ond ma'r hen fenyw'n graig o arian, hen arian sy wedi bod yn ei theulu ers can mlynedd a mwy. Gwilym yw popeth... cannwyll ei blydi llygaid, ond dyw hi ddim mor ffond ohona i. Bydde fe'n ei lladd hi 'se hi'n gwbod taw hi sy'n talu am 'yn G a Ts bob hyn a hyn!'

'A, wy'n gweld nawr pam ma fe'n rhedeg nôl a mla'n mor amal i Aberystwyth.'

'Ma fe'n mynd achos bod hi'n fam iddo.'

'Yn fam gyfoethog.'

'Boed hynny fel y bo ond ma hi'n ddigon parod i rannu ei chyfoeth fel bod ei mab yn ca'l brêc bach yn Iwerddon gyda'i deulu.'

'Walle bod hi'n synhwyro rhwbeth... bod angen brêc arnoch chi fel teulu. Cyfle i ailgynne'r fflam.'

'Gwranda, sa i'n credu y bydde lot o ots 'da honna 'se'r fflam yn diffodd am byth fory nesa. Na, oddi wrth Gwilym ma hyn wedi dod.'

'Walle ei fod yntau'n synhwyro rhwbeth.'

Edrychodd Carys Bowen drwy baneli gwydrog y caban ffonio ond ni welodd y gwyrddni toreithiog yn ymestyn ar draws y cwm na'r ddwy ddafad yn crwydro'n ddi-hid ar ganol y ffordd. Y cyfan a welodd oedd wyneb ei gŵr a hwnnw'n disgwyl ei hymateb i'w gynnig brwd i grwydro Iwerddon.

'Beth? Bod ei wraig yn pysgota mewn llyn arall ac mai ymgais yw hyn i'w denu'n ôl? Ife dyna ti'n feddwl?' gofynnodd hi, er ei gwaethaf.

'Neu walle ei fod ynte hefyd yn pysgota mewn llyn arall. Walle taw euogrwydd sy wrth wraidd y cyfan.'

Gwgodd hi wrth glywed yr awgrym lleiaf o ddiawlineb yn ei lais a hwnnw'n ymylu ar fod yn wawd. Roedd yn ei siwtio fe i blannu'r fath amheuaeth yn ei phen. Un dygn oedd Courtney Llewellyn; gwyddai sut i chwarae'n frwnt.

'Ma dy ddychymyg di'n ddigymar.'

'Am 'y *mod* i'n ddigymar ac am 'y mod i'n cysgu 'da chymar dyn arall!'

'Ti'n gwbod shwd ma trin geirie, Mr Llewellyn.'

'O gofio taw athro bach ymarfer corff ydw i. Ife dyna ti'n feddwl?'

'Ma gan athrawon ymarfer corff eu donie.'

'Fel y gwyddost ti'n iawn, Mrs Bowen. Pryd chi'n mynd i Iwerddon 'te?'

'Dydd Llun nesa.'

'Teulu'r Mans yn colli'r Eisteddfod? Wy'n synnu.'

'Dyna ti, ti'n gweld, nage dim ond athrawon ymarfer corff sy'n gwbod shwd i ochrgamu *clichés*!'

'*Touché!*'

Gwenodd Carys Bowen. Roedd hi'n mwynhau eu cymŵedd ysgafn.

'A beth 'yt *ti'n* bwriadu neud wthnos nesa?'

'Ife gwahoddiad i ddod gyda chi yw hwnna?' gofynnodd e.

Clywodd hi'r un diawlineb yn ei lais o'r newydd a phenderfynodd taw gwawd oedd e wedi'r cyfan.

'Rhy hwyr, sori. Ma Gwyn Philips wedi mynd â'r sedd sbâr yn barod.'

'Ody e nawr? Ma'r cyfan wedi'i drefnu, alla i weld, a finne'n ffilu neud mwy na gwylio o'r cyrion.'

'O, ma Mr Llewellyn bach yn pwdu, ond y cyrion yw'r unig le ambell waith i rai fel ni. Dyna'n tiriogaeth a well iti dderbyn hynny. Dyna sy'n dod o redeg ar ôl menyw briod, ti'n gweld. Mae'n rhaid iti ddisgwyl dy dro. Wela i di ar ôl dod adre.'

Rhoddodd Carys Bowen y derbynnydd yn ôl yn ei nyth a chamodd ar y llain o darmac y tu allan i'r caban ffonio gan adael i'r drws trwm gau y tu ôl iddi.

* * *

Taranodd Gwyn i lawr y goleddf ym mhen draw'r platfform segur a thynnu'n galed ar frêc ei feic fel bod yr olwyn gefn yn sgidio ar y shindrins gan daflu cwmwl ysgafn o lwch i'r awyr. Yna aeth yn ôl a gwneud yr un peth eto ac eto cyn blino ar berfformio'i gampau heb fod cynulleidfa i'w wylio. Roedd e'n gynnar. Ynteu Rhodri oedd yn hwyr? Rhoddodd ei feic i orwedd ar ben y chwyn a ymwthiai drwy'r craciau ar hyd llawr carreg yr hen blatfform ac aeth i eistedd ar ei ymyl gan adael i'w goesau hongian i lawr tuag at y cledrau rhydlyd. I'r fan hyn yr arferai ddod yn amlach na pheidio i gael mwgyn gyda Rhodri cyn iddo roi'r gorau i'r ddefod arddegol a throi at ddirwest; llwyrymwrthodiad â swyn y sigaréts. I Courtney Llewellyn roedd y diolch am ei droi at lwybr iach; roedd e'n hollol barod i gyfaddef hynny. Pan ganodd e glodydd ei athro ymarfer corff wrth Rhodri un tro, ei ddibrisio a wnaeth hwnnw a mynnu cadw at yr un rhagfarn â chynt. Brathu ei dafod a wnaeth yntau a chytuno i anghytuno. Bydden nhw'n anghytuno ynghylch mwy a mwy o bethau'n ddiweddar ond y rheswm am hynny, fe dybiai, oedd bod mwy a mwy o bethau'n chwarae ar feddwl ei ffrind. Er na fyddai fe ei hun byth yn ysmygu mwyach, byddai'n dal i ddwyn ambell Benson oddi ar ei dad bob hyn a hyn a'i rhoi i Rhodri. Dyna'r lleiaf allai ei wneud.

Edrychodd Gwyn ar hyd y cledrau llonydd ac yna dros ei ysgwydd. Byddai'n dda ganddo petai e'n dod bellach, meddyliodd. Roedd e eisiau cael gwared â'r baich. Bu'n pwyso arno ers dyddiau, ers diwrnod ei ben-blwydd, ac roedd yn bryd iddo ei ollwng er lles pawb. Crychodd ei dalcen wrth sylweddoli nad ar feddwl Rhodri'n unig roedd pethau'n pwyso. Tynnodd sigarét o boced ei jîns a lledwenodd. Fe'i stwffiodd yn ôl i'w boced ac, eiliad yn ddiweddarach, trodd i wylio'i ffrind yn sgrialu tuag ato ar gefn ei feic.

'Ti'n 'wyr! Le ti 'di bod?' gofynnodd Gwyn yn ddidaro.

Dringodd Rhodri oddi ar ei feic a'i barcio wrth ochr un ei gyfaill heb drafferthu cynnig ateb.

'O's ffag 'da ti?' gofynnodd e a phenlinio ar y llawr carreg yn ymyl Gwyn.

Tynnodd Gwyn y sigarét o'i boced drachefn a'i hestyn i'w ffrind. Chwiliodd yn ei boced arall am fatsien a'i tharo yn erbyn y llawr i'w chynnau. Plygodd Rhodri ei ben yn ei flaen fel bod y fflam yn cyffwrdd â blaen y sigarét yn ei geg a sugnodd y mwg i'w ysgyfaint.

'Dy'n nhw ddim yn dda iti, ti'n gwpod.'

'Ma lot o bethe sy ddim yn dda i fi,' atebodd Rhodri cyn rhyddhau cwmwl o fwg o'i geg. 'Dyw byw gyda'n rhieni ddim yn dda i fi.'

'Dy rieni y'n nhw. Wy'n gwpod nace ti sy wedi'u dewish nhw ond ti sy'n dewish smoco.'

Edrychodd Rhodri'n ddiamynedd arno cyn troi ei ben i'r cyfeiriad arall. Edrychodd Gwyn ar hyd y cledrau fel cynt a dirmyg ei gyfaill yn llosgi ei groen. Roedd e'n haeddu cael ei losgi. Difarai ei agwedd hunangyfiawn yn syth. Roedd e'n haeddu teimlo'r sigarét yn cael ei diffodd ar ei law, ar ei foch, ar ei dafod. Y bastad rhagrithiol. Y lleidr dan din a oedd yn dwyn oddi ar ei dad er mwyn bwydo dibyniaeth ei ffrind. Culhaodd ei lygaid fel petai'n ystyried ystyr y gair. Roedd yn rhy eithafol. Peth chwerthinllyd oedd haeru bod Rhodri'n ddibynnol. Ddim ar sigaréts ta beth. Eto, roedd ei ddibyniaeth arno fe, Gwyn Philips – y boi a'i wreiddiau'n ddwfn yn nhir Cwm Gwina – yn ddiymwad. Roedd yn gyfrifoldeb mawr ac un a oedd yn tyfu. Nawr, fodd bynnag, roedd e ar fin ei brofi i'r eithaf.

'Rhod?'

Ffliciodd Rhodri'r llwch oddi ar flaen ei sigarét a syllu ar y man lle glaniodd heb droi ei ben.

'Sori...'

'Gad e, mae'n iawn. Anghofia fe.'

'Na, smo ti'n dyall... ma 'da fi rwpath i weu'tho ti. Ynglŷn â'r gwylia yn Iwerddon. Mae'n flin 'da fi, ond wy'n ffilu dod gyta chi.'

Clywodd Gwyn ei galon yn curo'n uchel yn ei glustiau gan lenwi'r mudandod rhyngddyn nhw eu dau. Roedd e am dynnu ei eiriau'n ôl a chwerthin, neidio ar ei draed a chyhoeddi taw jôc oedd y cyfan cyn gorfod rhedeg rhag y gawod o gerrig mân a fyddai'n sicr o gael eu taflu ato wrth i Rhodri dalu'r pwyth yn ôl am iddo ei bryfocio. Ond gwyddai Gwyn nad oedd lle i'r fath chwarae bachgennaidd y tro hwn. Roedd arno gywilydd ac roedd arno angen maddeuant. Edrychodd yn ymbilgar ar ochr wyneb ei gyfaill ond syllu o hyd ar y cledrau rhydlyd a wnâi hwnnw heb droi ei olygon. Cododd Rhodri'r sigarét at ei geg a thynnu'r mwg i'w ysgyfaint cyn ei ryddhau trwy ei drwyn. Yna fe wasgodd y stwmpyn i mewn i garreg y platfform nes bod dim ohono ar ôl ond llwch a malurion a gwynt cas. Safodd ar ei draed ac aeth draw i'r man lle gadawsai ei feic wrth ochr beic Gwyn. Gwyliodd Gwyn yr olygfa'n araf ymagor fel petai'n gwylio argyfwng rhyw gymeriad diarth mewn ffilm.

'Le ti'n mynd?'

'Nôl i'r tŷ hapus. Sdim dewis arall gyda fi. Cofio?'

'Paid â bod fel'na. Paid â mynd, Rhod. O leia gad i fi esbonio.'

'Beth sydd 'na i weud?'

'Y rheswm pam wy'n ffilu dod. Nag 'yt ti'n moyn gwpod pam?'

Ond doedd Rhodri ddim yn gwrando. Yr eiliad nesaf, dringodd ar gefn ei feic a tharanodd i lawr y goleddf ym mhen draw'r platfform segur gan adael cwmwl o lwch o'i ôl. Agorodd Gwyn ei geg. Gollyngodd ddiferyn trwchus o boer ar ben gweddillion maluriedig y sigarét a ddygodd oddi ar ei dad yn gynharach tra ei fod yntau yn y gwely yn aros i fynd i weithio shifft nos ac i glywed a fyddai ar streic yn y bore.

Pennod 14

Eisteddai Carys Bowen ar y fainc yn ei gardd flaen gan sipian ei the o'r cwpan porslen cain. Pwysodd ei chefn yn erbyn cerrig llwyd y tŷ ac ochneidiodd. Bydden nhw yn Aberaeron erbyn hyn, siŵr o fod, neu ar fin cyrraedd Llanrhystud, a dibynnu pa ffordd yr aethon nhw. Pan soniodd hi wrth Gwilym ddoe na fyddai hi'n mynd gyda fe a Rhodri, derbyn ei chyhoeddiad moel heb unrhyw bwyso arni a wnaeth ei gŵr. Ni fu'n rhaid iddi ffugio tostrwydd na rhaffu celwyddau ynghylch rhyw drefniant dychmygol, blaenorol. Y cyfan a wnaeth e oedd nodio'i ben a mynd drwodd i weithio wrth ei ddesg yn yr ystafell arall gan ei gadael i ystyried goblygiadau'r datblygiad newydd. Cofiodd nawr sut y llenwyd hi â chwithdod i ddechrau cyn i hwnnw gael ei ddisodli gan flinder: ton o flinder iachaol yn sgubo drosti gan olchi'r holl ffugesgusion i ffwrdd. Ond buan y daeth y dychryn yn ei dro i'w hatgoffa eu bod wedi cyrraedd man lle na fuon nhw o'r blaen. Roedd yn eiliad fawr. Y peth mwyaf brawychus fu parodrwydd Gwilym i ildio i'r gonestrwydd newydd. A oedd e'n ei groesawu? A oedd e wedi'i gynllunio hyd yn oed? Ysgydwodd ei phen yn ddiamynedd gan ryfeddu at ei gallu i gofleidio'r fath hunan-dwyll. Pa blydi onestrwydd? Roedd llond gwlad o gelwyddau'n llechu y tu ôl i'r un cyhoeddiad moel hwnnw nad oedd hi am chwarae'r gêm rhagor, nad oedd hi am fynd i dalu gwrogaeth i hen fenyw yn Aberystwyth nad oedd erioed wedi'i derbyn i'w llwyth. Gonestrwydd ai peidio, roedd yn wir, er hynny, bod eu priodas wedi cyrraedd man lle na fu o'r blaen.

Gosododd hi'r cwpan a'r soser ar y fainc bren a chrwydrodd draw at y clwstwr o flodau'r enfys yng nghornel yr ardd, eu lliw wedi dechrau pylu'n syndod o gynnar, eu sioe bron â bod drosodd am flwyddyn arall. Rhaid bod yr haul dros Gymru'n danbaid er mwyn medru achosi'r fath anfadwaith tra oedden nhw eu tri'n gyrru ar hyd lonydd Cork a Kerry dan awyr lwydaidd. Llwydaidd fu'r gwyliau ar eu hyd, erbyn meddwl. Do, fe lwyddwyd i osgoi trychineb teuluol diolch i ofal a sensitifrwydd ar y ddwy ochr ond ni fu fawr o le i angerdd yn y briwsion a oedd yn weddill. Fe wnaeth Gwilym ei orau i fod yn hwyliog ac ymatebodd hithau. Cafwyd ugain munud o garu digon tyner un noson a'i cadwodd hi ar ddi-hun am oriau wedyn tra bod ei gŵr wedi ymollwng i fyd breuddwydion wrth ei hochr, ond ni fu fawr o angerdd. A fore trannoeth wrth y bwrdd brecwast yn y gwesty bach glân a thwt ar gyrion Killarney, bu Gwilym yn anghyffredin o serchus tra bod ôl eu cyplu yn dal i iro'i lwynau. Ond diserch a digalon fu Rhodri drwy gydol yr wythnos.

Yn sydyn, cododd ei llaw at ei cheg mewn sioc fel petai newydd glywed newyddion syfrdanol. Rhythodd yn ddi-weld dros furiau'r ardd ar wyrddni'r caeau yr ochr draw i'r cwm a gadawodd iddi ei hun dreulio'r fath sylweddoliad. Beth bynnag oedd yn mynd trwy feddwl ei mab doedd e ddim yn haeddu bod yn ddigalon. Onid oedd bod yn fab y mans yn ddigon o faen am ei wddwg heb iddo orfod gwylio priodas ei rieni'n dadfeilio ychydig bach yn fwy bob dydd? Doedd e ddim yn dwp. Roedd hi wedi gweld y dirmyg yn ei lygaid fwy nag unwaith a dewis gwneud dim yn ei gylch am ei bod hi'n ymdrybaeddu yn ei byd bach ei hun. Ond ei gwaith hi oedd ei warchod. Hi oedd ei fam a Gwilym oedd ei dad, a'u cawlach nhw oedd hyn. Buon nhw'n rhy barod i gladdu eu pennau, i ddibynnu ar Gwyn Philips a'i fath i wneud yr hyn y dylen nhw fod wedi'i wneud. Byddai cwmni Gwyn yn Iwerddon wedi glastwreiddio'r tyndra ar un olwg, eto ffugio fuasai hynny hefyd, plastro dros y craciau am y tro, ac onid oedd gormod o ffugio wedi bod eisoes? O'i rhan ei hunan, roedd hi'n falch o gael bod adref; roedd yn llai dwys yn un peth wrth i Gwilym ymgolli yn ei waith ac wrth iddi hithau gael llonydd i hel meddyliau o'r newydd. Bu wythnos bant yn ddigon am fod iddi ddechrau a diwedd ond, a'r gwyliau drosodd, golygai nad oedd dim i'w chadw mwyach rhag ildio i'r enbydrwydd o ystyried bod oes gyfan o ffugio o'i blaen. Am faint y gallai bara cyn i ymyrraeth dyn arall fynd yn drech na hi?

Ar ôl rhuthro i'r caban ffonio ar y cyfle cyntaf ddoe i adael iddo wybod ei bod hi wedi cyrraedd adref, bu'n ofalus i gadw'r ddysgl yn wastad trwy gadw'r sgwrs yn eang. Osgoi manylder rhag iddi ei frifo. Rhag iddi ei annog. Ond un taer oedd Courtney Llewellyn gan ei hatgoffa o'i dyletswydd iddo yntau hefyd. Dyna oedd natur y fargen a drawodd, meddai. Roedd mwy nag un dyn yn ei bywyd bellach. Cofiodd sut y pwysodd e arni i ddweud pa bryd y byddai ar gael i gwrdd ag e eto a'i brys hithau i'w dawelu. Gwridodd nawr wrth gofio'i pharablu gwirion a'r modd y gollyngodd y gath o'r cwd trwy ddatgelu y byddai ei gŵr a'i mab yn mynd i Aberystwyth yn y bore... hebddi. Cofiodd ei syndod am iddi fod mor barod i gynnig y fath wybodaeth a difaru iddi wneud yn syth pan awgrymodd yntau y gallai yrru i Gwm Gwina i'w nôl. Bydden nhw yn ei fflat yn Fforest-fach cyn i'r ddau arall gyrraedd Ceredigion. Ond gwrthod wnaeth hi gan y byddai hynny wedi bod yn rhy fuan tra bod anadl y ddau arall yn dal i gerdded y mans. Gwell fyddai aros. Gallai hi ddod i Abertawe ar y trên drennydd a chwrdd yn eu caffi anhyfryd. Ond roedd e mor daer. Dal ei thir wnaeth hi, er hynny, drwy ffugio salwch. A'r holl ffordd adref o'r caban ffonio, yn lle pwyso a mesur ei hanghenion ei hun, bu'n ymrafael â'i anghenion yntau a'r ffaith bod ffugio wedi dod mor hawdd iddi eto fyth.

Cerddodd hi'n araf draw at y fainc, cododd y cwpan a'r soser yn ei llaw ac aeth yn ôl i mewn i'r tŷ.

* * *

Ochneidiodd Courtney Llewellyn a dyrnu llyw ei gar yn ddiamynedd pan welodd e'r rhes ddiddiwedd o draffig stond yn ymestyn ar draws y bont o'i flaen. Gwasgodd ei droed ar y brêc ac arafodd y cerbyd cyn dod i stop y tu ôl i lorri gefn-agored ac arni lwyth o dywod. Pwysodd e'n ôl yn erbyn y sedd ac ildiodd o'i anfodd i realiti'r sefyllfa cyn diffodd yr injan yr un modd â phawb arall. Ildio a wnaeth e ddoe hefyd, fe gofiodd; roedd yn dod yn ail natur iddo. Lledwenodd wrth dreulio'i goegni tila. Ildiodd i'w pherswâd er na chredodd yr un gair. A phan roddodd e'r ffôn i lawr ar ddiwedd eu sgwrs roedd e'n grac ag e ei hun am fod mor hawdd ei drin. Esgus oedd y busnes salwch. Gwyddai hynny ar y pryd a gwyddai hynny nawr, ond bu'n barod i gyd-fynd ag e gan dderbyn bod ganddi ei rhesymau. Ond roedd ganddo yntau ei resymau dros fynd i'w nôl ac wrth i'r noson fynd yn ei blaen, cynyddu a wnaeth ei awydd nes iddo ildio eto. Erbyn y bore 'ma, roedd ei feddwl yn glir a'i fryd ar fynd i Gwm Gwina i ddod â hi'n ôl i'w fflat, i'w wely. Nawr, a'r ffordd o'i flaen wedi'i rhwystro, roedd e'n llai sicr ei fwriad unwaith eto. Onid oedd e wedi mynd y ffordd honno o'r blaen a theimlo'i llid yn ogystal â'i thafod? Doedd dim byd fel y cyfryw i awgrymu y câi fwy o groeso y tro hwn heblaw eu bod ill dau ymhellach ar hyd y ffordd erbyn hyn. Roedd eu cyd-fuddsoddiad yn fwy o beth bellach. Roedd mwy i'w golli ac roedd llai i'w golli. Eto, roedd y cydbwysedd yn un brau.

Agorodd e ffenest y car a chroesawu'r awel o'r môr yn cyffwrdd â'i foch gan ei ddadebru. Ar ôl cyrraedd pen draw'r bont fe droai'n ôl; dyna a wnâi, ac aros tan yfory yn unol â'i dymuniad. Byddai'n gallach na mentro ei thramgwyddo. Yn sydyn, clywodd e injan ambell gerbyd yn y rhes yn aildanio a gwelodd oleuadau brecio'r lorri dywod yn fflachio'n ôl ac ymlaen. Trodd yr allwedd yn ei gar ei hun a chripiodd yn ei flaen yn boenus o araf cyn dod i stop drachefn. Diffoddodd yr injan. A oedd hi'n werth peryglu'r cydbwysedd hwnnw er mwyn gwireddu mympwy? Achos dyna oedd e. Roedd e'n fwy na hynny hefyd. Roedd yn gyfle heb ei debyg: deuddydd o benrhyddid i fod yn bâr normal tra bod ei gŵr a'i mab oddi cartref. Gwthiodd y gwynt o'i fochau a phwysodd yn ôl yn erbyn y sedd. Pa blydi normal? Fydden nhw byth yn normal tra ei bod hi'n gaeth i ddyn nad oedd yn ei haeddu. Oedd, roedd e'n ddigon call i wybod nad oedd dim gobaith y torrai'n rhydd tra bod ganddi fab a oedd yn ddibynnol arni. Hyd yn oed os oedd ei dyletswydd fel gwraig i weinidog yn gwegian roedd ei dyletswydd i'w mab yn ddigwestiwn. A beth am ei ddyletswydd yntau iddo? Rhodri Bowen, ei ddisgybl anfoddog, anodd ar adegau, a mab y fenyw roedd e'n ei chnucho bob cyfle. Petai gan y crwt y syniad lleiaf... Ysgydwodd ei ben wrth glywed y fath ystyriaeth yn diasbedain rhwng ei glustiau. Roedd e'n chwarae â thân.

Efallai taw sythwelediad oedd e. Efallai mai dyna oedd yn gyfrifol am gasineb Rhodri tuag ato. Rhyw gynneddf gyntefig i synhwyro, heb wybod yn iawn, fod rhywbeth o'i le a'r rhywbeth annelwig hwnnw'n cael ei yrru gan angen i amddiffyn. Rhywbeth dirgel rhwng mam a mab. Ond roedd y casineb yno ymhell cyn i enw Carys Bowen ddod yn rhan o'i fyd. Gwridodd nawr wrth gofio sut roedd e wedi dychmygu fwy nag unwaith y tri ohonyn nhw'n byw gyda'i gilydd yn deulu bach cytûn: fe, Carys a Rhodri, a Gwilym Gas wedi hen fynd o'r golwg i fachu enaid menyw arall. Hanner chwarddodd gan ryfeddu at ei allu i ffantasïo. Roedd yn bryd iddo wynebu'r gwir.

Y gwir amdani oedd ei fod e'n gweld ei heisiau fwyfwy. Roedd Carys Bowen yn chwarae â'i ben. Roedd e'n siŵr ei bod hi wedi synhwyro'i anfodlonrwydd ddoe ar ddiwedd eu sgwrs ffôn er iddo wneud ei orau i'w guddio. Am ba hyd y gallai ddal i ffugio er mwyn cynnal y cydbwysedd brau? Roedd blys yn prysur ildio'i oruchafiaeth; roedd yr hyn a oedd ganddyn nhw bellach yn ddyfnach na llaw ar groen.

Yn sydyn, canodd corn y car y tu ôl iddo a chododd Courtney Llewellyn ei law ar y gyrrwr a lenwai'r drych bach ger ei dalcen er mwyn cydnabod ei arafwch. Roedd y traffig o'i flaen wedi dechrau symud eto heb iddo sylwi. Taniodd injan ei gar a dilyn y lleill ar draws y bont nes cyrraedd y pen. Wrth iddo ddynesu at y gyffordd brysur a oedd wedi achosi'r holl oedi, yn lle troi i'r chwith a mynd am adref, gyrrodd yn syth yn ei flaen. Gwyddai fod ei benderfyniad yn un tyngedfennol ond barnodd ei fod yn werth y risg. Gwelodd e'r arwydd am Gwm Gwina. Deg munud arall a byddai'n gwybod a ddewisodd e'r llwybr iawn.

✳   ✳   ✳

Gorweddai Gwyn ar y soffa gyferbyn â'i dad yn y rŵm ganol gan wingo'n biwis wrth wrando arno'n tuchan y tu ôl i'r *Daily Mirror*. Roedd e'n mynd ar ei nerfau. Roedd e'n mynd ar nerfau pawb, yn enwedig ei fam. Byth ers i'r streic ddechrau gafael, yr un fyddai'r patrwm bob tro yr âi hithau i'w gwaith: mynnai ei dad gwnnu gyda hi, er gwaethaf ei phrotestiadau, a'i hebrwng cyn belled â'r arhosfan. Ar ôl iddi ddiflannu ar y bws i lawr y cwm i'r ffatri sigârs lle gweithiai dridiau'r wythnos byddai yntau'n galw yn siop Eddie Bwp i brynu ffags a'r papur. Yn ôl i'r tŷ wedyn, plannu ei din yn yr un gadair lle'r eisteddai nawr a'i ddarllen o glawr i glawr gan duchan. Doedd dim pythefnos eto ers y bleidlais, ac er mor frwd y bu ei dad i atal ei lafur, roedd ei alltudiaeth eisoes yn llwyr. Pan awgrymodd ei fam y dylai fynd am gwpwl o beints yn y clwb, yn rhannol am ei bod hi wedi cyrraedd pen ei thennyn, arthio'i wrthodiad a wnaeth yntau ac atgoffa pawb o'r angen i fod yn ddarbodus. Pan glywodd Gwyn hynny roedd e eisiau ei atgoffa bod prynu ffags a thalu bob dydd am y fraint o gael conach yn ofer am gynnwys y *Daily Mirror* yn chwalu'r safbwynt hwnnw'n racs, ond penderfynodd mai callach fyddai tewi.

Edrychodd ar ei dad nawr yn cuddio y tu ôl i'w bapur newydd, ei ddillad gwaith amdano, yn barod am yr alwad iddo fynd yn ôl i'w drefn gyfarwydd, ac ochneidiodd ei ddirmyg. O leiaf roedd Gary wedi llwyddo i droi ei ryddid newydd i'w fantais ei hun gan ei fod yn treulio pob awr o'r dydd bellach yng nghwmni Janis Lloyd. I'w dad, fodd bynnag, roedd yn uffern. Cododd Gwyn ar ei draed a mynd drwodd i'r cyntedd cul. Dringodd y grisiau i'w ystafell wely, ddwy ris ar y tro, a newidiodd i'w ddillad rhedeg. Âi draw i'r cae rygbi i ymarfer rhwng y llinellau gwyn er mwyn mesur ei gynnydd. Disgyblaeth ac ymarfer. Onid oedd e wedi addo i Courtney Llewellyn y cadwai'r cyfan i fynd drwy gydol y gwyliau? Yn dawel fach, edrychai ymlaen at fynd yn ôl i'r ysgol, yn ôl i'w drefn gyfarwydd. Yn hynny o beth, doedd e ddim mor wahanol i'w dad wedi'r cyfan, meddyliodd. Taranodd i lawr y grisiau, hwpodd ei ben o dan y tap yn y gegin ac yfodd ddracht hael o ddŵr cyn cyhoeddi drwy'r pared ei fwriad i bicio allan. Camodd at ddrws y cefn heb drafferthu mynd yn ôl i'r ystafell ganol lle'r eisteddai ei dad o hyd y tu ôl i gocŵn y *Daily Mirror*.

Rhedodd i ben draw'r *cul-de-sac* ac ar draws y tir diffaith a oedd yn syndod o dawel heb y criw arferol o blant yn cadw sŵn. Rhaid bod Anti Magi, a oedd yn byw yn y tŷ ar y pen, wedi'u hala i chwarae yn un o'r strydoedd cyfagos rhag iddyn nhw ddihuno Wncwl Lefi am ei fod e'n dal yn y gwely ar ôl gweithio shifft nos. Yna siglodd ei ben yn ddiamynedd a dwrdio'i hun wrth gofio'n syth fod dynion Cwm Gwina ar streic. Cawsai trefn pawb ei throi ben i waered. Roedd hi fel byw ar blaned arall. Cyflymodd ei gamau'n fwriadol a chroesodd weddill y llain agored cyn dod i stop wrth yr hen reilffordd. Taflodd gip ar ei oriawr a gwenodd yn fodlon; roedd e'n gynt nag erioed. Cerddodd gan bwyll bach ar hyd un ochr i'r cledrau rhydlyd, ei freichiau ar led, gan wneud ei orau i'w atal ei hun rhag llithro oddi ar y trac dur cul nad oedd cyn lleted â sodlau ei esgidiau. Yna collodd ddiddordeb yn y difyrrwch plentynnaidd a dechreuodd redeg drachefn i gyfeiriad y brif stryd drwy'r pentref. Pasiodd swyddfa'r post a chaffi Lorenzo a hwnnw'n hollol wag er ei bod hi'n tynnu at amser cinio. Roedd y streic yn bwrw pawb. Rhedodd yn ei flaen nes cyrraedd y cae rygbi a safodd wrth y fynedfa er mwyn cael ei wynt ato. Gallai deimlo'i galon yn curo yn ei ben, yn erbyn ei arleisiau. Sychodd y chwys oddi ar ei dalcen, dringodd dros y glwyd sigledig, nad oedd yn rhwystr i neb, a glanio'r ochr draw. Crwydrodd at y pyst segur ac ymollyngodd i ryw awydd llethol i eistedd. O ble y daethai, ni wyddai, ond gadawodd i'w gefn lithro'n araf ar hyd y postyn pren nes i'w din gyffwrdd â'r gwair. Yn sydyn, llenwyd ei feddwl â'r ddelwedd a adawsai funudau ynghynt o'i dad yn cwato y tu ôl i'w bapur newydd, ond fe'i disodlwyd ar amrantiad gan lun arall, y tro hwn o Gary a Janis Lloyd yn gwthio pram heibio caffi Lorenzo. Yna ei fam-gu. Carys Bowen. Rhodri. Ceisiodd roi trefn ar y cyfan ond mynnai pawb lifo i'w gilydd mewn dryswch aflafar. Roedd popeth yn newid a megis gwylio o'r cyrion roedd e.

Rhodri fyddai'r unig gysondeb, yr unig achubiaeth pan fyddai pob dim o'i gwmpas yn dryllio'n deilchion mân, ond bellach roedd hwnnw'n fwy o drafferth na'i werth.

Gwgodd wrth ystyried llymder y fath sylw. Rhodri oedd ei ffrind gorau yn y byd. Eto i gyd, roedd e wedi tyfu'n fwrn. Erbyn hyn, roedd e'n ddiarth hefyd. Roedd e heb glywed dim ganddo ers iddo ddod adref o'i wyliau yn Iwerddon a phoenai ei fod yn pwdu o hyd. Fel arfer byddai'n cysylltu'n syth ar ôl bod i ffwrdd, ond ers deuddydd hir roedd e heb glywed yr un gair. Roedd e'n dal i'w gosbi am beidio â mynd gyda nhw ond dylai fod wedi aros i glywed ei resymau yn lle troi ei gefn.

Cododd Gwyn ar ei draed ac ymlwybro'n ôl at y glwyd. Âi i'w weld, âi i egluro'r hyn na chawsai gyfle i'w egluro o'r blaen. Âi i unioni'r cam.

Yn ystod y deg munud a gymerodd i gyrraedd y mans, bu'n ystyried troi'n ei ôl fwy nag unwaith, ond cadwodd i fynd er ei waethaf. Oni welsai'n barod gyda'i dad a'i fam-gu sut roedd dolur yn gallu crynhoi a throi'n llidiog mewn byr o dro? Roedd hi'n bryd iddyn nhw siarad. Roedd hi'n bryd atal y drwg. Cerddodd ar hyd y llwybr a groesai'r pwt o ardd o flaen y tŷ, canodd e'r gloch a disgwyl. Trodd i edrych yn freuddwydiol i lawr dros y pentref a fu'n gartref i genedlaethau o'i deulu. Hwn oedd ei fyd. O'r man lle safai roedd modd gweld Cwm Gwina yn ei gyfanrwydd, yn hepian mewn tawelwch afreal, fel petai e'n gwylio popeth trwy len denau. Cofiodd sut y byddai Rhodri bob amser yn achwyn am y tawelwch a'r ffaith ei fod yn byw mewn llecyn mor ddiarffordd ac ar wahân i'r tai eraill tra ei fod e, Gwyn, wedi'i wreiddio yng nghanol y berw ar lawr y cwm. Yn y pellter, gallai glywed sŵn cerbyd yn griddfan lan y tyla a chwalwyd y naws, ond buan y diflannodd yr ymyrraeth a dychwelodd y tawelwch fel cynt. Trodd yn ôl i wynebu'r drws a chanodd y gloch unwaith eto. Eiliadau'n ddiweddarach, gwelodd e siâp Carys Bowen yn dynesu at y drws gwydr mewnol ac yn sydyn teimlodd ei du mewn yn corddi.

'Gwyn! Sori, o'n i mas y cefen yn hongian dillad ar y lein. O'dd gwerth wthnos o ddillad brwnt 'da ni ar ôl y gwylie.'

'Shwt o'dd Iwerddon?'

'Gwlyb! Ceson ni lot o law. Sa i'n credu bod Rhodri byth wedi madde inni am fynd ag e i shwd le glawog. A sôn am Rhodri, dyw e ddim 'ma, mae'n flin 'da fi. Ma fe wedi mynd lan i weld ei fam-gu yn Aberystwyth a fydd e ddim nôl tan ddydd Iau. Ond dere mewn, dere i ga'l diod o leia. Bydd hi'n neis ca'l cwmni… sa i'n debyg o weld neb arall drw'r dydd.'

'Na, mae'n iawn, diolch. Dim ond paso o'n i. Wy'n trio neud gymint o ymarfar â phosib cyn i'r ysgol ddechra nôl. Wnes i addo i Mr Llewellyn.'

'Whare teg iti. Ma ise i Mr Llewellyn fod 'ma nawr, felly, iti ga'l dangos iddo fe fod ti heb fynd nôl ar dy air. Ti'n siŵr ddoi di ddim mewn i ga'l rhwbeth i yfed?'

'Otw, well i fi fwrw mla'n. Wnewch chi sôn wrth Rhodri bo fi 'di galw?'

'Wrth gwrs, bydd e neu ei dad yn siŵr o ffono wedyn i weud bod nhw 'di cyrraedd.'

Ar hynny, trodd Gwyn a dechrau mynd am y glwyd ond cyn iddo gymryd mwy na hanner dwsin o gamau galwodd Carys Bowen ar ei ôl a'i ddilyn ar hyd y llwybr.

'Gwêd wrtha i, shwd ma dy frawd?' gofynnodd hi.

'Gary?'

'Ie, wi'n clywed bod gyda fe newyddion da.'

'Sori?'

'Rhodri wedodd fod Gary a'i wejen yn disgwyl babi.'

Edrychodd Gwyn mewn syndod ar wyneb mam ei ffrind. Chwiliodd yn reddfol am arwydd o feirniadaeth a fradychai ei gwên a'i geiriau teg, am awgrym o falais hunangyfiawn hyd yn oed, ond doedd dim byd. Mrs Bowen a'i meddwl agored, hael. Onid dyna pam roedd e mor hoff ohoni? Roedd e'n grac, er hynny. Pa hawl oedd gan Rhodri i dorri cyfrinach? Er bod hanner Cwm Gwina'n sicr o wybod bellach am Janis Lloyd, rhyngddi hi a Gary roedd hynny. Pa fusnes oedd e i neb arall, gan gynnwys y fenyw hon?

'Otyn, diwadd mish Tachwedd,' atebodd e gan edrych i fyw ei llygaid.

'Rwyt ti'n mynd i fod yn ewyrth 'te,' meddai a gwenu.

'Otw, mae'n depyg,' atebodd Gwyn fel petai'n ystyried ei safle teuluol newydd am y tro cyntaf.

'Wel cofia fi atyn nhw... ac at dy fam. Ac fe weda i wrth Rhodri fod ti wedi galw.'

Cododd Gwyn ei law ac aeth drwy'r glwyd ym mhen draw'r ardd. Rhedodd ar hyd y lôn fach o flaen y mans heb edrych wysg ei gefn. Pan gyrhaeddodd e'r pen draw, yn lle troi'n ôl am ganol Cwm Gwina, aeth yn ei flaen i gyfeiriad y goedwig uwchlaw'r pentref. Roedd arno angen bod ar ei ben ei hun.

Caeodd Carys Bowen y drws o'i hôl ac aeth i eistedd ar ris waelod y grisiau yn ei chyntedd llydan gan bendroni ynghylch digwyddiadau'r ddwy funud ddiwethaf. Trodd gudyn o'i gwallt o gwmpas ei bys wrth iddi ail-fyw'r sgwrs ryfedd â Gwyn Philips. Achos dyna oedd hi, fe benderfynodd. Ceisiodd ddod o hyd i ddisgrifiad arall, i air a fyddai'n gadael iddi ollwng ei hamheuon, ond mynnai'r un gair godi i'r wyneb dro ar ôl tro gan gymylu ei threfn. Roedd e fel arfer mor serchus, meddyliodd, mor annwyl. Nid ei fod e'n surbwch gynnau, ond roedd e'n llai cynnes, rhywsut. Yn wahanol i'w mab ei hun, doedd ei ffrind ddim yn un i ddal dig.

Torrwyd ar draws ei myfyrio pan ganodd y gloch, ei sŵn rhy agos yn treisio tawelwch y cyntedd. Cododd Carys Bowen ei golygon a syllu i gyfeiriad y drws o'i blaen ond arhosodd lle roedd hi ar ris waelod y grisiau gan geisio prosesu'r ymyrraeth newydd. Dim ond pan ganodd y gloch eilwaith y cododd hi ar ei thraed a chroesi'r llawr teils i'w ateb. A hithau ar fin rhoi ei llaw ar y bwlyn, stopiodd yn ei hunfan ac ebychodd mewn syndod gwirioneddol pan welodd drwy'r gwydr pwy a safai'r ochr draw. Saethodd y panig drwy ei chorff a hwnnw'n gymysg â dicter. Rhythodd hi ar ei wên fachgennaidd yn ei herio a bu ond y dim i'w choesau roi oddi tani. Gwibiodd ei llygaid heibio iddo, yn grediniol y gwelai Gwyn Philips yn sefyll ar y llwybr y tu ôl iddo, ei gondemniad yn gyfan a'i ddirmyg yn llwyr, ond llenwai hwn y gwydr fel llun yn hongian mewn oriel gan ei denu tuag ato. Edrychodd hi arno'n camu dros y trothwy ac yn dod i sefyll yn y sgwaryn bach rhwng y ddau ddrws. Camodd hithau o'r neilltu, yn ôl i ddiogelwch y cyntedd. Edrychodd ar ei law yntau'n estyn am y bwlyn a gwyliodd y drws yn agor heb fedru gwneud dim i'w atal. Gadawodd iddo ddod i mewn i'w chartref, i dresbasu lle rhoesai addewid iddi ei hun na châi e fyth ddod. Yn sydyn, estynnodd ei braich o'i blaen.

'Dim pellach! Paid â mentro dod un cam yn nes.'

'Pam 'te, odw i'n mynd i ddala rhwbeth wrthot ti? Dylswn i fod wedi dod â blode, erbyn meddwl. Wedest ti ddoe ar y ffôn fod ti'n dost, ond jiawl, ti'n edrych i fi fel 'set ti 'di ca'l adferiad rhyfeddol o fuan.' Lledodd y wên a gariodd gydag e dros y trothwy ac edrychodd Courtney Llewellyn i fyw ei llygaid.

'Gad dy gellwair! Dyw hyn ddim yn ddoniol. Fory wedes i. Fory! Ond na, o'dd raid iti ga'l dy ffordd fel… fel plentyn maldodus.'

'Hei, dere nawr…'

'Na, paid â dod yn nes. Wi'n ei feddwl e. Ti wedi strwa popeth.'

'Be ti'n feddwl? Sa i 'di strwa dim byd, Carys. Wy yma i dy weld ti achos bo fi jest â mynd yn ddwl.'

'A ti'n gwbod pwy arall o'dd 'ma ddwy funud yn ôl? Sdim dwy funud er pan o'dd Gwyn Philips yn sefyll yn y drws 'na yn holi am ei ffrind. Ti siŵr o fod wedi'i baso fe yn dy gar crand.'

'Bases i neb. Wir iti, neb.'

'Shwd wyt ti'n gwbod na welodd e ti?'

'Wna'th neb 'y ngweld i, iawn? Wy'n berffeth sicr.'

'A taset ti 'di cyrraedd ddwy funud yn gynt bydde'r ddou ohonoch chi'n sefyll wrth ochr eich gilydd y tu fas i 'nrws. Bydden i 'di talu arian mawr i glywed dy esboniad i dy *protégé*, i'r crwt sy'n meddwl bod yr houl yn shino trw dwll dy din. "Gwyn! Dyna beth od bo ni'n cwrdd fel hyn y tu fas i gartre dy ffrind gore. Shwd ma'r rhedeg yn dod yn ei fla'n, 'y machgen i? Trueni nag yw Rhodri'n rhannu dy ddiléit. Dyna pam wi wedi dod lan yn ystod y gwylie fel hyn i siarad â Mr a Mrs Bowen... i weld allwn ni berswado Rhodri i dynnu ar dy ôl di. Mae'n ofid mawr i fi ac yn 'y nghadw i ar ddi-hun ddydd a nos." Rhwbeth fel 'na, ife? Weden i fod dy allu i lithro mas o sefyllfaoedd cyfyng yn chwedlonol.'

'Ti yw'r unig un sy'n 'y nghadw i ar ddi-hun ddydd a nos.'

'A ma nhw'n gweud bod rhamant wedi hen adel y tir. Ble ma'r bwced? Ti'n gwastraffu dy dalent wrth drio rhoi dysg i ryw gryts anystywallt, diddiolch. Dy le di yw Hollywood! Courtney Llewellyn, seren y sgrin fawr.'

'Ffraeth iawn... a huawdl.'

'Na, nage ffraeth... wi'n gandryll ond, dyna ni, ma dy ben di siŵr o fod rhy bell lan twll dy din i sylwi.'

'Dyna'r eildro iti sôn am dwll tin.'

'Cer o 'ma, wnei di. Gad lonydd i fi a 'nheulu.' Ar hynny, trodd Carys Bowen a mynd i eistedd ar y grisiau fel cynt.

'Rhy hwyr, Carys fach, rhy hwyr.' Gostyngodd Courtney

Llewellyn ei ben a rhythu'n hir ar y teils hardd wrth ei draed gan ystyried y ddau air syml. Dri mis yn ôl bydden nhw wedi bod yn amherthnasol, yn annirnadwy hyd yn oed, ond bellach plannai'r ddau eu crafangau ynddo a'i angori wrth ryw ffawd na fu tan nawr yn ddim byd mwy na thestun ei watwar. Ni fu'n fawr o gredwr mewn rhagluniaeth erioed. Croesodd yr awgrym lleiaf o wên ei wyneb wrth iddo gofio lle roedd e; roedd gan ryfyg y gallu i godi'i ben yn y llefydd rhyfeddaf. Ers cwrdd â'r fenyw hon, roedd e'n barotach i dderbyn y posibilrwydd bod 'na rywbeth yn perthyn i'r busnes ffawd wedi'r cwbl. 'Ry'n ni ynddo fe dros ein penne a'n clustie.'

Cododd ei olygon ac edrych arni o'r newydd. Gwelodd y dagrau'n araf lifo ar hyd ei bochau ac aeth i eistedd wrth ei hochr ar y grisiau pren tywyll. Rhoddodd ei fraich amdani a thynnu ei phen i orffwys ar ei ysgwydd. Drwy un o'r drysau a arweiniai o'r cyntedd roedd cloc yn tician yn uchel gan amlygu'r distawrwydd. Hi oedd y cyntaf i dorri'r mudandod, ei llais yn diffygio.

'Beth y'n ni'n neud, gwêd? Does dim da yn mynd i ddod o hyn.'

Tynnodd e ei law drwy ei gwallt a gwthio cudyn strae yn ôl oddi ar ei thalcen, ond ni ddywedodd yr un gair. Cusanodd ei thalcen a gwenu'n wan, ond doedd dim pleser yn y wên.

'Dyw e ddim yn hawdd caru Courtney Llewellyns y byd 'ma, ti'n gwbod,' meddai hi a rhoi ei llaw i orffwys ar ei frest.

'Pam 'te, wyt ti wedi bod 'da mwy nag un?'

'Ma un yn fwy na digon, cred ti fi.'

'Ma'r un yma wedi creu digon o anhrefn. Ife dyna ti'n feddwl?'

'Ti wedodd 'na.'

'Ond dyna o't ti'n feddwl.'

'O'dd *raid* i fi gwrdd â ti yn y blydi Brangwyn y noson honno, gwêd?'

'Byddi di'n gweu'tho i yn y funud fod dy fyd yn gyflawn ac yn syml cyn i fi ddod yn rhan ohono.'

'Mae'n wir!'

'Os credi di 'na, Carys Bowen...'

Trodd e i'w hwynebu a chododd hithau ei phen oddi ar ei ysgwydd. Plygodd e yn ei flaen nes bod eu gwefusau'n cwrdd. Rhoddodd ei law ar ei gwar a'i dal yno wrth i'w dafod ymwthio i'w cheg. Tafod yn cwrso tafod. Chwant yn gymysg â chwant. Cyflymodd eu hanadlu ac ildiodd hi i'w bwysau nes bod ei chefn a'i hysgwyddau'n cyffwrdd â'r grisiau caled odani. Teimlodd hi ei law'n cwpanu ei bron a'i fysedd yn ymbalfalu i ddatod botymau ei blows ond brwydrodd hi i'w atal a llithrodd o'i afael.

'Ddim fan hyn, ddim yn ei gartre fe.'

Rholiodd e oddi arni, ei anadlu'n gwrthod gostegu. Archwiliodd ei hwyneb am unrhyw arwydd o wrthodiad, am unrhyw beth a fyddai'n gwadu ei blys, ond doedd dim byd. Yna cododd ar ei draed a'i hannog hithau i'w ddilyn.

'Dere'n ôl i'r fflat. Gad inni fynd odd 'ma nawr.'

Hanner chwarddodd hi gan ysgwyd ei phen.

'Jest clo ddrws y blydi lle 'ma a der. Meddyla... dou ddiwrnod llawn heb gysgod neb na dim... dim ond ti a fi.'

'Ti'n neud iddi swno mor hawdd, Mr Llewellyn. Fory... wna i ddod fory, ond alla i ddim dod gyda ti nawr, a ti'n gwbod 'ny. Mae'n rhaid i fi fod 'ma i esgus whare rôl y wraig ffyddlon pan ffonith e, achos ffono wneith e. Wyt ti'n cofio beth wedest ti ddoe? Ma mwy nag un dyn yn 'y mywyd bellach, ond dagre pethe yw mod i ddim fel 'sen i'n gwbod shwd i fyw'n iawn gyda'r un ohonoch chi.'

* * *

196

Gadawodd Gwyn i'w draed lithro i lawr y bancyn a glanio'n glatsh ar y ffordd bridd a redai ar hyd godre'r goedwig. Roedd e'n falch o gael gweld yn glir o'r diwedd heb i'r ddrysfa o goed pin rwystro'r olygfa. Croesodd y ffordd rychiog, dringodd ar ben y ffens a oedd i fod i wahanu'r ardal waharddedig hon rhag gweddill y pentref a gwenodd wrth ystyried statws tila'r ffin. Dim ond y mwyaf ufudd o drigolion Cwm Gwina – neu'r mwyaf difater – fyddai'n cydnabod bodolaeth y ffens a'r awdurdod a ddeuai yn ei sgil. Bwriodd yn ei flaen ar draws y tir agored ac anelu am Dyla'r Fedwen yn y pen draw. O'r fan honno gallai droi'n ôl am y tai cyntaf a chyrraedd llawr y cwm cyn pen hanner awr.

Doedd e ddim wedi bod mor uchel â hyn ers iddo fe a Rhodri ddod i gasglu llusi yng nghesail y bryn gyferbyn ddau haf yn ôl. Ei dad awgrymodd y llecyn cudd am ei fod mor bell o bobman a'r ffrwythau bach felly yn debyg o fod yn drwch o hyd. Siaradodd o brofiad, fel dyn a adwaenai ei fro, ond prin oedd y rhai a wyddai bellach am y wobr a ddisgwyliai'r sawl a oedd yn barod i fentro mor uchel. Treuliodd Rhodri ac e drwy'r dydd yno, ar goll yn eu byd bach eu hunain, cyn cychwyn am adref, eu bysedd a'u tafodau yr un lliw â'r inc a ddefnyddiai i ysgrifennu traethodau. Lledwenodd yn hunanfodlon wrth gofio syndod ei fam-gu pan gyflwynodd e'r tun bisgedi mawr iddi, a hwnnw'n llawn i'r ymyl o lusi yn sgleinio fel gemau. Ar ôl iddi gymryd digon i wneud dau blataid o deisen, y naill iddi hi a'r llall i'w fam, mesurodd e werth peint o'r hyn a oedd yn weddill i mewn i jwg *pyrex* ei fam-gu a mynd â'r trysor i'w werthu yn nhai'r cymdogion. Daeth ei fenter i ben yn ddisymwth wrth y trydydd tŷ pan ddaeth y fenyw, a oedd yn adnabyddus am ei chybydd-dod, i'r drws a thalu ei deuswllt yn ddirwgnach. Cymerodd hi'r jwg oddi arno a chau'r drws gan ei adael i ddisgwyl mas tu fas ar y pafin. Pan ddaeth hi'n amlwg ymhen hir a hwyr nad oedd y gybyddes am ddychwelyd y jwg wag aeth e'n ôl at ei fam-gu a gadael i honno setlo'r mater yn ddiplomyddol ac, fel bob tro, fe wnaeth. Un felly oedd hi.

Yn sydyn, gwelodd y ffordd asffalt gul o'i flaen a'r berth doreithiog yn ymestyn ar ei hyd. Roedd e wedi cyrraedd Tyla'r Fedwen heb iddo sylwi. Camodd ar y ffordd, yn falch o gael teimlo'r caledwch dan ei draed unwaith eto, a dechreuodd redeg wrth ei bwysau. Dilynodd y lôn wag wrth iddi ddisgyn a throi i gyfeiriad y pentref.

Dim ond pan welodd e drwyn y car yn ymwthio fymryn o'r cilfan lle cawsai ei barcio, ryw ddecllath oddi wrtho, yr arafodd ei gamau. Crychodd ei dalcen a synnu at ei bresenoldeb; anaml iawn y byddai neb yn dod y ffordd hon, mewn car nac ar droed. Wrth iddo ddynesu ato daeth yn ymwybodol o lais aneglur yn mynd a dod. Llais dyn, yn isel ac yn gyntefig. Rhewodd Gwyn yn y fan a'r lle ac ystyried ei gam nesaf. Roedd e'n ddigon bydol i ddeall ei hyd a'i lled hi. Onid oedd e wedi clywed synau tebyg gan ei rieni drwy wal ei ystafell wely er gwaethaf ymdrechion ei fam i fogi eu blys? Roedd greddf yn dweud wrtho y dylai droi'n ôl. Mynd y ffordd arall. Ond doedd dim ffordd arall heblaw'r un dros y caeau a thrwy'r goedwig: ffordd hir a droediwyd yn barod. Dechreuodd gerdded eto, yn benderfynol o gadw ei olygon yn syth o'i flaen, ond wrth iddo basio'r cerbyd ildiodd i'r demtasiwn, serch ei addewid. Rhewodd e'r eildro pan welodd y car yn iawn. Roedd yn amhosib peidio â'i adnabod ac yntau wedi eistedd yn ei sedd flaen sawl gwaith dros y misoedd diwethaf gan boeni am wynt ei chwys ar y defnydd dilychwin. Bellach chwys menyw oedd arno. Rhwygodd y sioc drwy ei gorff. Rhuthrodd y gwaed i'w wyneb. Roedd e am ffoi: rhedeg oddi yno er mwyn dileu'r delweddau nad oedd e'n barod ar eu cyfer. Roedd e am erthylu'r dystiolaeth a'i chladdu yn nyfnder ei gof, ond gwrthododd ei draed symud o'r fan. Gwibiodd ei lygaid i gyfeiriad y dyrnu rhythmig. Syllodd ar yr ysgwyddau noeth yn cau amdani gan guddio'i hwyneb, croen ar groen, a chefn ei athro ymarfer corff yn crymu wrth i'w din godi a gostwng. Codi a gostwng. Tin noeth ei athro'n codi a gostwng a dwylo'r fenyw oddi tano'n ei dynnu tuag ati. Teimlodd ei gorff yn cyffroi. Gwyddai y dylai fynd oddi yno. Dod â'r hunllef i ben. Syllodd ar ben-glin y fenyw'n gwasgu'n erbyn y ffenest. Ffrydiai'r cwestiynau drwyddo, un ar ôl y llall, gan foddi unrhyw synnwyr, gan sgubo ymaith unrhyw obaith am atebion. Yn sydyn, gwelodd freichiau'r fenyw'n straffaglu i dorri'n rhydd. Yr eiliad nesaf, daeth y dyrnu i ben wrth iddi ei wthio oddi arni. Trodd hi ei hwyneb tuag at y ffenest mewn braw a rhythodd Gwyn ar lygaid Carys Bowen yn ei serio drwy'r gwydr.

Camodd e'n ôl a dechrau rhedeg. Rhedodd er bod ei goesau'n cael gwaith ei gludo ar hyd y lôn droellog. Ymlaen yr aeth heb feiddio edrych wysg ei gefn, y lleithder am ei lygaid yn pylu ei lwybr. Gallai deimlo'i ysgyfaint yn sgrechain a'i galon yn bygwth ffrwydro drwy ei asennau ond ymlaen yr aeth nes cyrraedd y rhes gyntaf o dai. Gwelodd fod criw o blant yn chwarae pêl-droed yn y stryd, felly llithrodd i lawr y bancyn wrth ochr y sied rydlyd o'i flaen gan grafu ei law ar y shindrins a oedd yn gymysg â'r gwair. Pan gyrhaeddodd y gwaelod taflodd ei hun ar ei gefn a brwydro i gael ei wynt ato. Anadlai'n ddwfn ac yn gyson fel y dysgwyd iddo'i wneud ar ôl ras. Roedd e'n chwys diferu a'i ddillad yn glynu wrth ei groen. Y ffycin ast. Cododd ar ei eistedd a llifodd y dagrau o berfeddion ei fod. Crynai ei ysgwyddau'n ddireolaeth a gadawodd i'r dagrau ddod. Ildiodd i'w goruchafiaeth iachaol. Roedd e am gael ei olchi'n lân. Sychodd y llysnafedd o'i drwyn â blaen ei lawes a daliodd gledrau ei ddwylo at ei lygaid chwyddedig gan groesawu'r meddalwch ar ei amrannau. O dipyn i beth, clywodd ei anadlu'n araf ostegu.

Roedd ei ben ar hollti. Roedd e'n chwil. Syllodd ar y gwair rhwng ei draed ond y cyfan a welai oedd ei hwyneb yn rhythu'n ôl arno a'i llygaid yn ymbil am ei faddeuant. Ond roedd eraill yn fwy teilwng o'i hedifeirwch nag yntau. Gwthiodd ei ddwrn i'w geg a gadawodd iddo'i hun dreulio'r fath sylweddoliad. Fyddai Rhodri byth yn maddau iddi. Byth. Pam dylai fe? Hi oedd ei fam a chawsai ei dala'n ffwco dyn arall, dyn a oedd yn atgas ganddo. Byddai'r cyfan y tu hwnt i'w amgyffred. Roedd rhai pethau'n rhy fawr i'w maddau. Pwysodd Gwyn yn ei flaen a daliodd ei ben yn ei ddwylo. Dychwelodd yr olygfa yn y car gan lenwi ei feddwl. Gwelodd e o'r newydd ei llygaid yn ei gondemnio, yn ei herio, a thin ei athro'n codi ac yn gostwng. Tynnodd ei fysedd o flaen ei wyneb er mwyn diffodd yr anfadwaith. Siglodd ei gorff yn ôl ac ymlaen fel rhywun o'i gof. Ond pam dylai Rhodri wybod? Pa dda a ddeuai o rannu ei gyfrinach â'i ffrind? Yn sydyn, ffrydiodd y panig drwyddo wrth iddo ystyried enbydrwydd ei gyfrifoldeb. Doedd e ddim yn ei haeddu ac, yn sicr, doedd e ddim yn ei ddymuno. Digwydd bod yno roedd e a chael ei dynnu i ganol eu mochyndra ar gam.

Ers pryd? Ai dyna oedd yr unig dro? Ond pa wahaniaeth os oedd e wedi digwydd unwaith neu gant o weithiau? Y twyll. Dyna oedd yn brifo fwyaf. Teimlodd e'r dagrau'n cronni drachefn. Y ffycin twyll. A gyda Courtney Llewellyn o bawb, y boi roedd e'n fodlon rhedeg i ben draw'r byd i'w blesio. Roedd Courtney Llewellyn yn rhydd i ffwco pwy bynnag roedd e'n moyn ond nid mam ei ffrind gorau. Pa ryfedd iddo fod mor barod i roi lifft adref iddo ar ôl pob ras? Llifodd ei feddwl yn ôl i'r troeon hynny nawr a'r sgwrs rhyngddyn nhw wedi tyfu'n ddi-boen erbyn y diwedd am ei fod e'n cyfrif yn fwy na'r bechgyn eraill; Gwyn Philips, ei ddisgybl arbennig. Dyna a feddyliai ta beth. Ond wrth yrru ei gar trwy Gwm Gwina roedd coc ei athro siŵr o fod yn galed o'r eiliad y gadawodd e ei ddisgybl arbennig ar ochr stryd am fod ei fryd eisoes ar rywbeth arall. Sychodd Gwyn ei lygaid â blaen ei lawes. Sut na welodd e'r hyn a oedd mor amlwg iddo nawr? Roedd ei naïfrwydd yn troi arno. A hithau a'i gwên deg gynnau pan alwodd e yn y mans. Ei gwahoddiad iddo fynd i mewn i gael diod gyda hi am nad oedd hi'n debyg o weld neb arall drwy'r dydd. Caeodd ei lygaid a hanner chwarddodd ei watwar. Roedden nhw wedi newid popeth. Roedden nhw wedi troi ei fyd ar ei ben, ond yr hyn a'i poenai fwyaf oedd sut i ffugio i'w ffrind fod popeth yr un fath â chynt.

Pan agorodd ei lygaid eto gwelodd fod Nina Price yn sefyll yn ei ymyl. Roedd hi wedi ymddangos megis trwy hud a lledrith. Plygodd ei ben yn reddfol mewn ymgais i guddio'i letchwithdod yn gymaint â'i wyneb chwyddedig.

''Wra,' meddai honno a thaflu sigarét ato.

Syllodd Gwyn ar y sigarét, a oedd wedi glanio ar y gwair wrth ei draed, cyn codi ei olygon. Ysgydwodd ei ben a'i orfodi ei hun i gynnig gwên o fath er mwyn cydnabod ei gweithred ddi-lol. Gwthiodd Nina Price y paced yn ôl i boced ei siwt frown heb dynnu ei llygaid oddi arno.

'Wy 'di bod yn watsio ti ers pum munad a mwy. Ta beth sy'n bod, 'y machgan i, paso wnaiff e.'

Yna estynnodd ei llaw iddo a'i annog i godi ar ei draed. Cyn i Gwyn fedru treulio'i phroffwydoliaeth syml, camodd hi tuag ato a thynnodd ei ben i orffwys yn erbyn ei brest.

Pennod 15

Ni ddaeth Rhodri'n ôl i'r ysgol ar ddechrau'r tymor newydd. Ni ddaeth i'r tŷ i holi amdano ar ôl dychwelyd o Aberystwyth chwaith. Ar un olwg, roedd Gwyn yn falch. Yn y dyddiau cynnar hynny doedd e ddim yn barod i'w wynebu am na wyddai sut i'w wynebu ei hun. Ond wrth i wythnos droi'n ddwy ac yna'n dair, gafaelodd y sylweddoliad ei fod e wedi mynd ac na fyddai'n dod byth eto i gnoco ar ei ddrws. Wrth i'w euogrwydd gilio ychydig bach yn fwy bob dydd fe'i gadawyd â galar, galar dilyffethair fel hwnnw a deimlodd y teulu pan fu farw ei dad-cu, ond bod hwn yn waeth am ei fod yn galaru am ei ffrind gorau a'i hadwaenai'n well na neb. Pe bai Rhodri a'i dad wedi'u lladd mewn damwain erchyll ar y ffordd adref i Gwm Gwina byddai'r gymuned gyfan wedi bod mewn sioc. Byddai pawb wedi arllwys eu tristwch dros dro yn y modd mwyaf cyhoeddus cyn i fywyd bob dydd eu cymell i'w roi o'r neilltu eto nes i'r pennawd mawr nesaf ddod i gymryd ei le. Byddai ei fam a'i dad, Gary a'i fam-gu wedi maddau iddo, bob un, am ei hwyliau lan-a-lawr a byddai'r athrawon wedi'i gynnal â sensitifrwydd am mai dyna a wneid gyda disgybl a oedd wedi colli cyfaill. Ond ni chafodd Rhodri ei ladd ac felly ni rannodd neb eu cydymdeimlad â'r ffrind a adawyd ar ei ben ei hun. Diflannodd e heb ddweud dim byd. Dim ond wrth ddala'r bws i'r ysgol ar ddiwrnod cyntaf y tymor a gweld nad oedd e yno i gadw sêt iddo y plygodd yn derfynol i'w amheuon. Cofiodd y rhyddhad yn saethu drwyddo ar unwaith, o'i gorun i'w sodlau, a'i frwydr chwil i aros ar ei draed wrth sefyll yn yr eil, ond cyn i'r bws adael Cwm Gwina roedd y rhyddhad eisoes wedi troi'n siom. Ar ôl poeni am ddyddiau ynglŷn â beth i'w ddweud wrtho doedd dim angen dweud dim byd yn y diwedd. Dyna bellach oedd achos ei boeni. Edrychodd Gwyn ar y gadair wag a wthiwyd yn dynn yn erbyn y ddesg wrth ei ochr a gorfododd ei hun i ddod yn rhan o'r wers Hanes drachefn.

Gwrandawodd ar lais ei athro fel petai hwnnw'n siarad trwy wydr ond o'r braidd y clywodd yr un gair, ac o dipyn i beth ildiodd o'r newydd i'r hyn a fu'n ei ddifa bob dydd ers mis. Y diflaniad llwyr gyda'i awgrym o gyhuddiad, yr awgrym taw arno fe roedd y bai rywsut: dyna a'i brifai. Y diffyg cyfle i'w amddiffyn ei hun er y gwyddai na fyddai neb call yn disgwyl iddo wneud hynny. Nid ei gawlach e oedd hyn. Pa fersiwn o'r gwir a bedlerwyd i Rhodri? A drafodwyd y peth o gwbl, o ran hynny, ynteu mater o gau'r rhengoedd oedd e? Codi eu pac a mynd cyn i neb agor ei geg. Ond roedd Gwyn wedi hen benderfynu nad ganddo fe y clywai Rhodri'r gwir. Roedd rhai pethau'n rhy fawr i'w rhannu. Roedd e'n sicr, er hynny, y byddai Carys Bowen wedi cyfaddef wrth ei gŵr ar y cyfle cyntaf: un ai hynny neu ymadael ag e.

Pan ddechreuodd pobl Cwm Gwina siarad ymhen hir a hwyr, mynegi eu syndod a wnaethon nhw a'u diffyg dealltwriaeth naturiol bod gwraig Mr Bowen y Mans wedi gadael mor ddisymwth gan fynd â'i mab gyda hi. Cofiodd darfu ar ei fam a'i fam-gu yn y gegin un prynhawn ar ôl ysgol a'r ddwy wrthi'n trafod yr holl fusnes yn dew. Daeth eu seiat i ben yn drawiadol o sydyn pan hwyliodd i mewn trwy ddrws y cefn, ond pan aeth e lan llofft i newid o'i ddillad ysgol gallai glywed eu damcaniaethu brwd yn ailgychwyn o ben y grisiau. Roedd y straeon yn rhemp. Yn ôl y fersiwn swyddogol, yr un a lyncwyd gan y praidd, roedd teulu'r Mans yn gorfod symud i Aberystwyth am fod angen gofal brys a hir dymor ar fam Mr Bowen a byddai yntau'n ymuno â nhw cyn gynted ag y gallai. Llifodd y cydymdeimlad am gyfnod. Eto i gyd, cofiodd Gwyn sut y trodd gofal am y gweinidog yn glecs digywilydd ymhen fawr o dro, waeth pa mor simsan eu seiliau. Roedd parodrwydd ei gyd-bentrefwyr i ymhyfrydu yn nhrallod pobl eraill yn ddihysbydd, ond heblaw am brif gymeriadau'r ddrama y gwir amdani oedd taw fe oedd yr unig un a wyddai pam y bu iddyn nhw fynd gan taw fe fu'r unig dyst. Ond aelod siawns o'r gynulleidfa fu e: yn y man rong ar yr adeg rong. Rhythodd ar wallt hir y ferch a eisteddai yn y rhes o'i flaen gan ystyried difrifoldeb ei statws anfoddog. Roedd yn ormod o beth. Roedd y cyfan yn ormod o beth. Yr unig un arall a allai hawlio unrhyw wybodaeth am wallgofrwydd y diwrnod hwnnw oedd Nina Price ond rhyw wybodaeth ail law, anghyflawn oedd gan honno. Fel yntau, aelod siawns fu hi. Bu'n dyst i ddrama ond drama arall ar gyrion y ddrama fawr. Go brin y byddai clecs eilradd am fachgen pymtheg oed a gawsai ei ddala'n torri'i galon yn yr awyr agored yng ngolau dydd yn ddigon i ddiwallu archwaeth pobl Cwm Gwina am sgandal go iawn. A ta beth, go brin y bydden nhw'n fodlon rhoi unrhyw goel ar dystiolaeth a gynigiwyd gan un a fu'n destun eu gwawd er y diwrnod y tynnodd hi siwt i ddynion amdani am y tro cyntaf a herio'u trefn. Ond gwyddai Gwyn heb ronyn o amheuaeth nad oedd Nina Price yn fwy tebygol o agor ei cheg nag oedd yntau. Bu'n cario cyfrinachau Cwm Gwina gyda hi ar hyd ei hoes.

Peth arall, er hynny, oedd cario'r bai. Fe ddylsai un ohonyn nhw – y fe neu hi – fod wedi dod i chwilio amdano, waeth pa mor uffernol fyddai hynny, ond am na ddaeth neb ar ei gyfyl gadawyd iddo gario'r bai yn llwyr. Ar ei ben ei hun. Ar gam. Doedd dim gwadu hynny bellach. Ac wrth i ddechrau'r tymor ruo tuag ato fel car crand heb yrrwr, tyfu a wnaeth yr arswyd am y cyfarfod cyntaf, anochel hwnnw pan ddeuai wyneb yn wyneb â'i athro ymarfer corff. Ond doedd dim golwg ohono. Ni welwyd Courtney Llewellyn yn eistedd gyda'i gyd-athrawon ar lwyfan y neuadd orlawn yn ystod yr un o'r gwasanaethau boreol drwy gydol yr wythnos honno. Ac am wythnos, gadawyd i Gwyn ei dwyllo'i hun fod elfen go fawr o'i boenydio ar ben am fod y tri ohonyn nhw – Rhodri a'i fam a'i ddarpar dad newydd – wedi ffoi i ryw fan gwyn fan draw fel mewn stori dylwyth teg. Yna ar y bore Llun canlynol, ac yntau ar ei ffordd i'w wers Ffiseg, chwalwyd ei ffantasïo'n rhacs. Rhewodd e'n stond pan gyfarfu eu llygaid yn y coridor prysur. Am eiliad, gwelodd ryw lun ar ymddiheuriad yn fflachio ar draws wyneb ei athro a'i chwilio taer i geisio asesu hyd a lled y glec er mwyn iddo fedru paratoi ei amddiffyniad. Ond cyn i Gwyn fedru dewis rhwng maddeuant, gwawd a difaterwch gogoneddus fe'i hyrddiwyd trwy ddrws yr ystafell ddosbarth gan y don o ddisgyblion a ddeuai ar ei ôl. Cofiodd blannu ei din wrth ochr rhyw ferch na fyddai byth yn meddwl eistedd yn ei hymyl dan amgylchiadau eraill a mynnu i'r wers ddechrau. Cofiodd y trymder yn gafael ynddo gan wasgu ei frest – gwasgu a gwasgu – ac ar ddiwedd y deugain munud sleifiodd e i'r deugain munud nesaf ac i'r nesaf.

Ar ôl cyrraedd adref ar ddiwedd y prynhawn hwnnw, dringodd y grisiau i'w ystafell wely a gwthiodd ei esgidiau rhedeg yn ddwfn i grombil ei gwpwrdd dillad, o'r golwg. Pan ofynnodd ei fam iddo, beth amser wedyn, pam nad oedd e'n mynd i redeg yn ôl ei arfer mwyach, atebodd e fod blwyddyn fawr o'i flaen, a phan welodd yr olwg hen ffasiwn ar ei hwyneb prysurodd i sôn am yr angen iddo roi ei holl sylw ar ei arholiadau Lefel O. Derbyn ei esboniad heb holi rhagor a wnaeth hi ac roedd Gwyn yn falch bod celwyddau wedi dod iddo mor hawdd. Nid bod ei fam yn hawdd ei thwyllo ond gwyddai pryd i gau ei cheg. Roedd yn haws twyllo'i dad a Gary achos, ar ôl i'r ddau fynd yn ôl i'w gwaith pan ddaeth y streic i ben, dychwelodd anhrefn gwaith shifft i'w bywydau ac âi dyddiau heb iddo eu gweld. Fel y rhan fwyaf o ddynion

Cwm Gwina, cadwodd y ddau eu swyddi ac, yn ôl ei dad, derbyniodd y lleill y ffordd newydd o fyw a orfodwyd arnyn nhw yn weddol ddirwgnach pan glywson nhw am y lefel uwch na'r disgwyl o iawndal a gynigid yn gyfnewid am eu parch. Bellach roedd cynlluniau ei frawd at y dyfodol yn ôl ar y trywydd iawn a'i obaith am fywyd mwy normal, ynghyd â'i ddogn rheolaidd o gyfathrach rywiol gyda Janis Lloyd ar ôl i'r babi gyrraedd, yn addawol iawn. Treuliai ei fam-gu oriau'n paratoi'r ystafell wely sbâr yn ei thŷ teras ar gyfer dyfodiad y teulu bach a threuliai ei fam bob awr o bob dydd yn poeni yn ôl ei harfer. O dipyn i beth, roedd ymadawiad Carys Bowen a'i mab, waeth pa mor annisgwyl, wedi mynd yn llai o beth yng ngolwg pawb ond fe.

Gwthiodd e'r gwynt o'i fochau ac ysgwyd ei ben yn ddiarwybod. Daethai o fewn dim i gnoco ar ddrws y mans ar fwy nag un achlysur ers i Rhodri fynd ond bod ofn wedi'i atal rhag gwneud. Ofnai edrych i fyw llygad Mr Bowen ac ofnai rwto'i drwyn yn y baw. Doedd tad ei ffrind ddim yn haeddu'r hyn a ddigwyddodd, dim mwy nag yntau. Dyn neis oedd e. Ond yr hyn a'i rhwystrodd rhag mynd yno yn fwy na dim oedd ofn gwrthodiad. Trwy gadw draw o'r mans roedd e hefyd yn cadw rhywbeth yn ôl iddo fe'i hun.

Dihunwyd Gwyn o'i synfyfyrio pan rwygodd sŵn y gloch drwy'r ysgol i ddynodi diwedd y wers a diwedd y prynhawn. Casglodd ei lyfrau ynghyd a'u stwffio i'w fag. Safodd ar ei draed a mynd am y drws gyda'r lleill. Roedd yn bryd iddo dynnu llinell o dan y cyfan, meddyliodd, ac alltudio Carys Bowen a Rhodri i gysgodion ei gof. Pennod yn ei fywyd fuon nhw a chadwen nhw'r safle honno tra byddai, ond un bennod oedden nhw wedi'r cyfan. Fe ddaethon nhw i Gwm Gwina'n ddirybudd ac fe aethon nhw bant yn yr un modd, ond nawr roedd yn bryd iddo fwrw yn ei flaen a llunio'i bennod ei hun, ar ei delerau ei hun. Cerddodd ar hyd y coridor prysur ac anelu am y drysau dwbl yn y pen draw. Roedd haul diwedd Medi yn dal yn gynnes ar ei wyneb wrth iddo groesi'r iard a mynd am y rhes o fysiau a arhosai ar y stryd, bob un â'i injan yn troi, bob un yn chwydu nwyon glasddu i'r awyr. Gadawodd i'r plant iau ruthro heibio iddo gan wybod y golygai hynny na châi sedd yr holl ffordd adref, ond doedd dim ots ganddo. Ac yntau ar fin camu trwy glwydi'r ysgol, clywodd ei enw'n cael ei alw, llais mawr yr oedolyn yn eglur uwchlaw cynnwrf ei gyd-ddisgyblion. Bu ond y dim i Gwyn stopio yn ei unfan ac edrych wysg ei gefn i'w gydnabod ond, yn lle hynny, daliodd i fynd drwy'r clwydi. Doedd ganddo ddim rhagor i'w ddweud wrth ei athro ymarfer corff.

RHAN 3
Y PRESENNOL

Eisteddai Gwyn Philips wrth fwrdd i ddau ym mhen draw caffi'r ysbyty gan rythu ar yr anwedd yn codi oddi ar ei goffi. Lapiai ei fysedd am y cwpan polystyren wrth iddo bwyso'i benelinoedd ar y fformeica gludiog a oedd heb gael ei sychu ers y cwsmeriaid blaenorol. Whisgi fyddai wedi bod yn well, meddyliodd, er nad oedd hi eto'n ganol prynhawn: whisgi i'w helpu i ddod dros y sioc. Gwgodd ar ei barodrwydd i ildio i hunandosturi ac ymsythodd yn ei gadair. Roedd yn llawer rhy gynnar i feddwl am blydi whisgi. Doedd e ddim yn siŵr, er hynny, i ba raddau y byddai Carys Bowen yn cytuno â'r asesiad hwnnw. Wnaeth hi erioed adael i briodoldeb ffuantus ei rhwystro rhag cael G a T bach ganol prynhawn os taw dyna a ddymunai, fe gofiodd. Gwenodd yn ddiarwybod ond diflannodd y wên mor sydyn ag y cyraeddasai ei wefusau. Go brin y byddai'r hen wraig a orweddai yn ei byd bach ei hunan mewn ward ar y pedwerydd llawr yr eiliad honno o gwmpas ei phethau ddigon i gofio hynny bellach. Carys Bowen. Mrs Bowen y Mans. Cododd e'r cwpan at ei geg ac yfed llymaid o'i goffi. Roedd blynyddau mawr ers iddo roi caniatâd i'w henw garlamu ar draws ei feddwl. Perthynai i oes arall, i fyd arall. Ond hi ddewisodd sarnu'r byd hwnnw a'i adael ar ôl. Byddai ganddo fe'r hawl i fynnu hynny tra byddai. Gwgodd Gwyn Philips drachefn. Wedi bwlch o hanner canrif, doedd e ddim yn mynd i ailagor y graith ac yntau'n ddyn yn ei oed a'i amser. Roedd e'n briod ac yn dad i ddau oedolyn bendigedig, yn dad-cu i dri o rai bach. Onid oedd yntau hefyd wedi hen ymadael â byd Carys Bowen a'i theulu?

Gadawodd i'w lygaid grwydro dros brysurdeb anhysbys y caffi. O'r man lle'r eisteddai gallai weld i bob cyfeiriad, ond doedd e ddim yno. Doedd dim golwg ohono er gwaethaf sicrhad y nyrs. Wrth iddo frasgamu ar hyd y coridor rhy olau gynnau, a phob emosiwn yn ei gorff wedi'i ddryllio'n racs, roedd ei awydd llethol i'w weld e eto wedi'i yrru ar ei ben i'r fan hyn. Ni wyddai beth oedd gwir natur ei berwyl, chwaith. Chwilfrydedd? Maddeuant? Cyfle o'r diwedd i arllwys ei lid? Wedi hanner can mlynedd, doedd ganddo fawr i'w ddweud wrth y boi a arferai ddibynnu arno am ei gyflenwad cyson o ffags heb unwaith boeni go iawn o ble roedden nhw wedi dod. Tybed a oedd e'n dal i smygu ynteu a oedd e wedi troi'n archelyn i'r cyffur canser fel cynifer o rai eraill a oedd wedi gweld eu camgymeriad ac edifarhau wrth fynd yn hŷn? Neu efallai ei fod e'n sugno mwg i'w ysgyfaint yr eiliad honno yng nghwmni'r smygwyr eraill a fyddai'n ymgasglu y tu fas i brif ddrysau'r ysbyty bob awr o bob dydd gan wfftio'r rheolau. Go brin bod Rhodri Bowen yn un o'r rheiny. Un dof oedd e. Dyna a ddywedodd y nyrs. Yn sydyn, teimlodd don o arswyd yn sgubo drwyddo. Beth bynnag oedd Rhodri, ni allai neb ei alw'n ddof.

Ai hi oedd wedi'i ddofi? Neu'r trawma: y gwirionedd nad oedd modd ei gladdu yng nghysgodion ei gof. Gwyddai e, Dr Gwyn Philips, o bawb, fod y meddwl yn gweithio mewn dirgel ffyrdd. Bu'n trin y drylliedig bob dydd drwy gydol ei yrfa faith. Os taw hi oedd wedi'i ddofi, roedd yn anfaddeuol. Gwibiodd ei feddwl yn ôl i'r cocŵn gynnau a'r chwerwedd a lifodd o'i cheg. Crychodd ei dalcen yn ddiamynedd a chywilyddio'n syth. Ffantasïau hen fenyw ddryslyd oedd ar waith gynnau, dim mwy a dim llai.

Yfodd lymaid arall o'i goffi a chwiliodd, er ei waethaf, ymhlith y cleifion a'r ymwelwyr a'r staff a lenwai'r caffi. Roedd y mynd a'r dod yn barhaus. Glaniodd ei lygaid ar ddyn canol oed am fod golwg ddof arno, golwg hen ffasiwn, ond cyn iddo ei orfodi i ffitio'r ddelwedd newydd a luniwyd ar gyfer ei hen ffrind daeth menyw ddof o'r un oedran i sefyll wrth ochr y gŵr a chlymu ei braich am ei fraich. Ar un olwg, roedd Gwyn yn falch nad fe oedd e. Nid mewn caffi anhysbys yr oedd ceisio dod o hyd i atebion am rywbeth a ddigwyddodd hanner can mlynedd ynghynt. Taflodd gip sydyn ar ei oriawr. Byddai'n rhaid iddo fynd yn ôl yn y funud, meddyliodd. Âi yn ôl lan i'r ward ond go brin y câi atebion yn y fan honno chwaith. Roedd y cyfan wedi dod yn rhy hwyr.

Cododd ar ei draed a mynd â'i gwpan gwag draw at y bin. Teimlodd ei gamau'n llai sicr wrth iddo gerdded rhwng y byrddau ac ymlaen i'r coridor llydan gan ochrgamu'r llifeiriant dynol a ddeuai tuag ato o bob cyfeiriad. Teimlai fel bachgen pymtheg oed eto ac yntau ar ei ffordd i gnoco ar ddrws y mans i holi am ei ffrind, i holi ble roedd e pan drodd dau ddiwrnod yn dri ac yna'n bedwar a'r absenoldeb llethol yn ei rwygo ychydig yn fwy bob dydd. Ond aeth e ddim i gnoco ar ddrws y mans bryd hynny. Nid ei le fe oedd gwneud. Onid dyna'r mantra roedd e wedi'i ailadrodd ar hyd y blynyddau nes iddo gredu pob gair am fod rhaid credu yn rhywbeth er mwyn symud yn ei flaen? Llunio fersiwn derbyniol er mwyn tynnu llinell dan y cyfan a gadael i amser wneud ei waith. Ond gellid dweud yr un peth am bawb, o ran hynny. A oedd gan Rhodri yntau ei fersiwn derbyniol ei hun?

Yn sydyn, trodd oddi ar y prif goridor a mynd i chwilio am loches yn un o'r coridorau llai lle câi fwy o lonydd i glirio'i ben. Doedd e ddim yn barod eto i fynd yn ôl i'r ward. Cerddodd hanner ffordd ar hyd-ddo a phwyso'i ddyrnau yn erbyn y silff ffenest ar ei law dde. Edrychodd allan ar lwydni'r adeiladau uchel a'r ddrysfa o lwybrau concrid a groesai'r campws meddygol anferth. Ni allai gofio i sicrwydd a oedd e erioed wedi ystyried yn llawn y gallai Rhodri fod wedi llunio'i fersiwn derbyniol ei hun ar ôl clywed fersiwn derbyniol arall, un a bedlerwyd iddo gan ei fam a'i dad.

Roedd e wedi mynd trwy'r amryw bosibiliadau hyd at syrffed ond nawr roedd e'n barotach i gredu eto taw Rhodri oedd wedi gwrthod dod i gnoco ar ei ddrws, a hynny o'i ben a'i bastwn ei hun. Am ei fod wedi taflu'r bai yn grwn arno am fod yno yn dyst i gamwedd ei fam. Am iddo ddinoethi'r pydredd nad oedd neb y tu allan i'r mans, heblaw fe, yn gwybod dim amdano. Efallai fod dicter Rhodri'n drech na'i gywilydd yn y pen draw.

Gwthiodd Gwyn Philips ei hun yn ôl oddi wrth y ffenest a throdd i ailymuno â'r prif goridor fel cynt. Wedi cymaint o amser, doedd e ddim yn siŵr a oedd arno awydd clywed fersiynau eraill bellach. Doedd ganddo mo'r stumog.

Wrth iddo nesáu at y ward, gallai deimlo'i wegil yn tynhau. Byddai'n rhyfedd cwrdd ag e eto. Cododd ei aeliau'n ddiamynedd a dwrdio'i hun am adael i'r fath wireb gael lle yn ei feddwl. Byddai'n uffernol o ryfedd! Dyna a fyddai. Annioddefol hyd yn oed. Yn wahanol i'r troeon hynny pan oedd e wedi cyfarfod â hen ffrind o'i ddyddiau coleg ar ôl absenoldeb o ugain mlynedd, go brin y gallai ddisgwyl i'r sgwrs nesaf lifo fel pe na bai bwlch wedi bod. Yn wahanol i'r cyfeillion hynny, cawsai'r cyfeillgarwch hwn ei erthylu cyn pryd. Doedd e ddim yn siŵr a fyddai'n ei adnabod hyd yn oed. Cofiodd eiriau'r nyrs. Doedd e ddim yn barod i dderbyn bod Rhodri'n ddof. Yn dew efallai. Hen ffasiwn hyd yn oed, ys dywedodd hi, ond ddim yn ddof.

Gwthiodd e'r drysau dwbl ar agor ac aeth i mewn i'r coridor a arweiniai at y ward drom ei naws. Gwelodd fod Nyrs Richards yn eistedd wrth ei desg gyferbyn â'r fynedfa, ei phen wedi'i blygu am ei bod hi'n llenwi rhyw ffurflen. Brasgamodd yn dalog tuag ati er bod ei du mewn yn corddi.

'Ody e 'di cyrraedd?' sibrydodd e.

Nodiodd y nyrs ei chadarnhad a phwyntio â'i phen i gyfeiriad y ward fach.

'Mae e miwn gyda hi ar hyn o bryd. Cerwch chi lan i'r Stafell Gyfweld. Gewch chi fwy o lonydd man'na. Dwa i lan ag e nawr. Ody'r nodiade gyda chi?'

Cododd Gwyn Philips ei fawd arni a thapiodd y ffolder a ddaliai yn erbyn ei frest. Cerddodd i ben draw'r coridor golau, agorodd y drws i'r ystafell fach ac arhosodd i wynebu ei hen ffrind.

Hanner munud yn ddiweddarach, daeth cnoc ysgafn ar y drws a chamodd y nyrs i mewn i'r ystafell gyfyng a sefyll â'i chefn yn erbyn y pared.

'Mr Bowen i chi, Dr Philips.' Yna trodd i gymell y dyn yn ei hymyl i ddod i mewn ar ei hôl. Eiliad arall ac roedd hi wedi mynd.

Cododd Gwyn Philips ar ei draed yn reddfol ac estyn ei law ar draws y ford fach, ei lygaid wedi'u hoelio ar y dyn o'i flaen. O leiaf roedd e wedi cadw ei wallt, meddyliodd yn chwareus, yn wahanol iddo yntau. Ar yr un pryd, chwiliodd yn brysur am y bachgen a adnabu unwaith ond buan y ciliodd yr hanner gwên a oedd wedi dechrau ymffurfio ar ei wefusau. Doedd e ddim yn adnabod hwn. Gadawodd i'w law ddisgyn yn llipa rhyngddyn nhw eu dau wrth annog y dieithryn i eistedd. Gallai deimlo'r dychryn yn ymchwyddo ynddo a hwnnw'n cystadlu â rhyddhad, ond y dychryn a orfu. Crychodd ei dalcen yn ddiarwybod gan ddal i chwilio'n daer ond doedd dim byd. Gwibiodd ei lygaid at y ffolder a orweddai ar y bwrdd o'i flaen fel petai ateb i'r argyfwng ymhlyg yn ei thudalennau. Edrychodd o'r newydd ar y dyn gyferbyn ag e, yn ymwybodol o'r angen i ddweud rhywbeth ar fyrder, ond roedd y geiriau'n pallu dod. Gwyliai'r ddau ei gilydd wrth i'r mudandod lenwi'r ystafell. Yn y diwedd, cynigiodd ymddiheuriad a hynny am na allai feddwl am ddim byd gwell.

'Mae'n flin 'da fi am hyn,' meddai ac esgus byseddu trwy'r ffolder.

Nodio'i ben a wnaeth y llall er mwyn ei sicrhau nad oedd e'n gweld chwith ond ni welodd Gwyn Philips yr arwydd bychan hwnnw o empathi.

'Y peth yw, o'n i'n erfyn rhywun arall. Wy jest yn moyn neud yn siŵr mod i'n siarad â'r person iawn. Nage Mr Rhodri Bowen y'ch chi, felly?'

'Nage. Rhodri yw 'mrawd.'

Nodiodd Gwyn Philips yn anogol mewn ymgais i guddio'i syndod wrth glywed geiriau'r dyn o'i flaen yn diasbedain yn ei ben. Roedd e'n suddo. Roedd ei feddwl yn chwyrlïo. Gallai deimlo'i gorff cyfan yn cael ei sugno i ryw fyd na wyddai ddim oll amdano.

'Rhodri yw'ch brawd? Reit... wy'n dyall nawr. A chi... pwy y'ch chi, felly?'

'Meilyr... Meilyr Bowen.'

'Meilyr,' ailadroddodd Gwyn Philips a mynd ati i ysgrifennu'r enw yn y ffolder, yn falch o gael rhywbeth i'w wneud. ''Na fe, wy wedi'i gywiro fe yn y nodiada bellach. Unwath eto, mae'n flin 'da fi am y cymysgwch ond o leia ma'r mab iawn gyda ni nawr.'

Gwenodd Gwyn Philips yn hwyliog ond ni chynigiodd Meilyr Bowen wên yn ôl. Nododd y seicolegydd y diffyg ymateb a phrysurodd i guddio'i annifyrrwch trwy lywio'r sgwrs at y claf a orweddai yn ei chocŵn hyd coridor i ffwrdd. Roedd e eisiau gadael. Doedd e ddim am roi mwy o amser nag oedd raid i'r ymweliad hwyrfrydig hwn â byd Carys Bowen. Eto, ni allai lai na chyfaddef bod y byd hwnnw'n ei ddenu i ddarganfod mwy, fel roedd e wedi'i ddenu hanner can mlynedd yn ôl pan oedd angen mwy na Chwm Gwina arno.

'Wel diolch am ddod i gael sgwrs. Nawrte, eich mam...'

'Pam o'ch chi'n dishgwl siarad â Rhodri?' gofynnodd Meilyr Bowen ar ei draws ac anwybyddu ei ragymadrodd.

Teimlodd Gwyn Philips y gwaed yn codi yn ei wyneb. Roedd yn gwestiwn digon teg, ond doedd ganddo ddim clem sut roedd dechrau ei ateb. Yn sydyn, diawliodd ei dwpdra cychwynnol a oedd wedi'i ollwng yn y fath stecs.

'Rhyw dybio wnes i taw...'

'Wi'n ffaelu deall o ble chi 'di ca'l enw 'mrawd. Sa i wedi sôn am Rhodri wrth neb yn yr ysbyty.'

Teimlodd Gwyn Philips y cerydd yn ei glatsio ar ei wyneb a phenderfynodd nad oedd dim byd dof o gwbl ynghylch y dyn hwn.

''Y nghamsyniad i yw e, Mr Bowen. Arna i ma'r bai. Y peth yw, pan etho i miwn at eich mam gynna sylweddoles i ar ôl sbel mod i'n ei nabod er bod ni heb gwrdd â'n gilydd ers blynydda mawr. Chi'n gweld, o'n i'n arfar neud eitha tipyn â'ch teulu chi ar un adeg... eich brawd... a'ch rhieni, o ran hynny. Rhodri o'dd 'yn ffrind gora ond collon ni gysylltiad pan symudodd y teulu bant. Felly pan wedodd y nyrs fod mab Mrs Bowen wedi bod yn dod nôl a mla'n i gweld hi bob dydd fe wnes i dybio taw Rhodri fydde hwnnw, ond o'n i'n anghywir. Wy'n dyall hynny nawr.'

Gwrando'n ddifynegiant a wnaeth y mab arall drwy gydol esboniad y seicolegydd ac arhosodd e'r un mor ddifynegiant pan ddaeth yr esboniad i ben. Ni allai Gwyn Philips benderfynu'n iawn ai ymgais i'w anesmwytho oedd y tu ôl i syrthni ymddangosiadol y dyn o'i flaen ynteu ymgais oedd hi i brosesu'r darn bach annisgwyl hwn o newyddion am ei deulu gan ddieithryn pur. Y naill ffordd neu'r llall, roedd e'n grediniol nad oedd Meilyr Bowen yn llwyr sylweddoli faint o ofid roedd ei fam wedi'i achosi ers hanner awr a mwy, heb sôn am hanner canrif.

'Ers faint ma'ch mam wedi bod fel hyn, Mr Bowen? Ife chi yw'r unig un sy'n gofalu amdani?'

'Wi'n gwbod pwy y'ch chi nawr.'

Pwysodd Gwyn Philips ymlaen yn ei gadair a rhoi ei benelinoedd i orffwys ar y bwrdd rhyngddyn nhw eu dau wrth ddirnad yr elfen leiaf o gyhuddiad yn ei lais. Roedd yn ymylu ar fod yn fygythiol, meddyliodd. Edrychodd i fyw ei lygaid ac arhosodd iddo ddweud mwy.

'Chi yw Gwyn Cwm Gwina, ondefe?'

'O'n i'n arfar byw yng Nghwm Gwina, oeddwn. Ond shwt glywsoch *chi* amdana *i*? Drwy Rhodri, ife?'

'Nage... Mam fydde'n sôn. Mae 'di crybwyll eich enw fwy nag unwaith dros y blynydde.'

'Gobitho taw petha neis o'dd gyda hi i weud amdana i,' meddai Gwyn Philips a gwenu eto. Eiliad yn ddiweddarach, gwywodd y wên. Hen wên ddiog oedd hi wedi'i lapio am eiriau diog. Y gwir amdani oedd nad oedd ganddo'r un gronyn o ots beth oedd gan Carys Bowen i'w ddweud amdano. Brwydrodd i frathu ei dafod gan ystyried ei feddyliau byrbwyll. Doedd hynny ddim yn gwbl wir, chwaith.

'Rhowch hi fel hyn, wi 'di colli cownt faint o weithie gafodd Gwyn Cwm Gwina ei enwi ganddi... fel arfer ar yr un gwynt â Nelson Mandela neu Gwynfor.'

Nododd Gwyn Philips y cynnig hwn ar ffraethineb a phenderfynodd ei wobrwyo â gwên wedi'r cyfan: un ddiffuant, go iawn.

'Ma mwy nag un ffordd o ddehongli hwnna, cofiwch. Y diafol yn erbyn y saint – dyna un.'

'Sa i'n credu bod ise i chi boeni am hynny. Ces i'r argraff eich bod chi wastad ar ochr y saint yn ei golwg.'

'A Rhodri?'

'Sa i'n siŵr a yw hi'n ystyried Rhodri'n sant, ond mae e'n fab iddi a wneith hynny byth newid.'

'Nage dyna o'n i'n feddwl. Isha gwbod o'n i beth o'dd gyda'ch brawd i weud amdana i?'

'Os byth wedodd e rwbeth, o'n i'n rhy ifanc i gofio. Gadawodd Rhodri i fynd i'r brifysgol pan o'n i'n ddwy flwydd oed… neu falle'n dair… o'n i'n fach iawn ta beth. Ma dros bymtheg mlynedd rhynton ni. Prin bod ni'n nabod ein gilydd.'

Crwydrodd llygaid Gwyn Philips dros olwg y dyn iau ac, er nad oedd ganddo unrhyw dystiolaeth i ategu ei dybiaeth, roedd e'n barod i fentro'i bensiwn na fyddai pymtheg mlynedd o wahaniaeth i'w weld ar wynebau'r ddau frawd. Doedd dim angen bod yn seicolegydd i farnu bod bywyd wedi gadael ei ôl ar y brawd hwn.

'Fe gesoch chi'ch geni'n fuan ar ôl i'r teulu adel Cwm Gwina 'te, mae'n rhaid.'

'Do, fe golles i Gwm Gwina o drwch blewyn.'

'Chi'n gweud hynny fel 'sech chi'n falch.'

Craffodd y seicolegydd arno a difaru ei ateb parod. Roedd yn ymylu ar fod yn ymosodiad. Eto, barnodd ei fod yn ei haeddu.

'Sa i'n gwbod dim byd am y lle ond mae'n bosib bod y lle'n gwbod rhwbeth amdana *i*.'

Rhythodd Gwyn Philips ar ei wyneb gan adael i'w eiriau hongian rhyngddyn nhw eu dau. Roedd ei feddwl ar ras. Trodd ei olygon yn ôl at y ffolder agored ar y bwrdd ond gwrthododd y demtasiwn i drafod ei chynnwys tenau. Fe ddeuai hynny yn y man, ond yr eiliad honno cwestiynau eraill oedd ganddo am Carys Bowen a'i theulu a gwyddai nad rhwng y tudalennau o'i flaen y ceid yr atebion i'r rheiny. Ceisiodd asesu i ba raddau y gallai bwyso ar y dyn gyferbyn ag e i ddweud mwy heb fentro tynnu nyth cacwn yn ei ben. Roedd e eisoes wedi dod i'r casgliad taw un taer am gadw y tu mewn i ffiniau oedd Meilyr Bowen er gwaethaf ei bryfocio bwriadus. O groesi un arall, a fyddai'n mynd yn rhy bell?

'A beth yw hanes Rhod 'te?' gofynnodd er ei waethaf. 'Ble ma fe'n byw erbyn hyn?'

'Awstralia.'

Ymsythodd Gwyn Philips yn ei gadair. O bob ateb y gallai Meilyr Bowen fod wedi'i roi, doedd e ddim wedi disgwyl hynny. Yn sydyn, fe'i pigwyd â'r twtsh lleiaf o genfigen ond buan y ciliodd; doedd e erioed wedi cael ei swyno i godi ei wreiddiau a'u hailblannu yn un o faestrefi diddiwedd Melbourne neu rywle tebyg. Doedd fawr o apêl i farbeciw gyda'r cymdogion bob penwythnos tra bod anhrefn ogoneddus Ewrop yma ar stepen ei ddrws. I Carys Bowen, yn rhannol, roedd y diolch am hynny, meddyliodd. Waeth iddo heb â'i wadu: hi agorodd ei lygaid.

'Bachan, ma mwy o fynd yn yr hen Rhodri na'r un ohonon ni! Ble yn Awstralia?'

'Melbourne.' Bu bron i Gwyn Philips bwffan chwerthin wrth i'w amheuon gael eu gwireddu ond llwyddodd i gadw wyneb syth. Roedd e'n dal i feddwl bod y fargen a oedd gan Ewrop i'w chynnig yn well na'r llall. 'A beth yn gwmws ma fe'n neud mas ym Melbourne?'

'Joio'r haul, am wn i. Ma fe wedi ymddeol bellach ar ôl ennill ei ffortiwn, siŵr o fod.'

'Beth o'dd ei waith?'

'Peiriannydd sifil o'dd e.'

'Wel, wel, whara teg i'r hen Rhod. Ac o's teulu 'da fe?'

'Ma fe'n briod ond sdim plant 'da nhw.'

Nodiodd Gwyn Philips ei ben wrth dreulio'r holl wybodaeth. Teimlai fel dyn a oedd newydd ei ryddhau o'r carchar wedi cyfnod maith dan glo a hwnnw'n darganfod, er mawr syndod iddo, fod bywyd mas tu fas wedi symud yn ei flaen hebddo. Yn sydyn, gwibiodd ei feddwl at yr hen fenyw fregus ar goll yn ei byd bach ei hunan yn y ward drom ei naws. Beth bynnag oedd ei dyheadau dros ei mab ar un adeg a'i gobeithion y gwnâi gyfraniad i'r genedl, roedd hi wedi gorfod ildio ers tro byd i'r ffaith taw ym mhridd Awstralia bell roedd y rheiny wedi'u plannu bellach.

'Da chi, y tro nesa byddwch chi'n siarad ag e gwedwch wrtho fod Gwyn yn hala'i gofion.'

'Fyddwn ni ddim yn siarad yn aml, Dr Philips. Dy'n ni ddim yn un o'r teuluoedd yna sy'n byw a bod ar Skype. O'r braidd y gallen ni alw'n hunain yn deulu o gwbwl, a gweud y gwir.'

'Dewch, dewch, ma teuluoedd yn –'

'Fe stopon ni fod yn deulu yn fuan iawn ar ôl i Rhodri fynd. Pan adawodd e'n derfynol, hynny yw. Er, sa i'n gwbod faint o deulu fuon ni cyn hynny, chwaith, os dw i'n onest. O'n i'n rhy fach i ddeall popeth ar y pryd ond, o edrych nôl, sa i'n credu galla i weud â llaw ar 'y nghalon mod i'n cofio gweld Mam yn hapus yn ystod y cyfnod hwnnw... os erio'd.'

Crychodd Gwyn Philips ei dalcen cystal â'i rybuddio na ddylai ddweud mwy. Roedd e am ei gynghori a'i warchod rhagddo'i hun ond gallai weld nad oedd y dieithryn yr ochr arall i'r bwrdd yn difaru ei eiriau llym. Fel ei frawd o'i flaen, roedd Meilyr Bowen yn ei ddefnyddio i arllwys ei gwd. Ond roedd amser a lle i bopeth ac nid mewn ystafell gyfweld amhersonol mewn ysbyty amhersonol roedd gwneud hynny. Wedi'r cwbl, doedd e ddim yn adnabod y dyn hwn a doedd hwnnw ddim yn ei adnabod yntau.

'A beth amdanoch chi, Mr Bowen? Odych *chi'n* hapus?'

Yn sydyn, hanner chwarddodd hwnnw a chodi'i law fel petai e'n sgubo cleren o flaen ei drwyn, ond ni ddywedodd ddim byd.

'Ma 'na betha gallen ni neud i'ch helpu, chi'n gwbod. Os

nad o's neb arall ga'tra gyda chi i rannu'r gofal sdim rhaid ichi ysgwyddo popath ar eich pen eich hun.'

Cyfarfu llygaid y ddau am eiliadau hirion cyn i Meilyr Bowen ildio a gostwng ei drem.

'Wedodd hi wrtha i unweth taw ei chyfnod yng Nghwm Gwina o'dd y tro diwetha iddi deimlo'n gwbwl hapus,' meddai a thynnu ei fys mewn cylch drosodd a throsodd ar y bwrdd.

'Ife dyna pam ma hi'n moyn mynd nôl 'na?'

'Pam y'ch chi'n gweud 'na?' gofynnodd e heb roi'r gorau i droi ei fys mewn cylch.

'Achos dyna wedodd hi wrtha i gynna pan o'n i gyda hi ar y ward. Dyna shwt ffindas i mas pwy o'dd hi.'

'Ond geirie hen fenyw ddryslyd o'dd rheina, Dr Philips.'

Nodiodd y seicolegydd ei ben i arwyddo'i gytundeb. Roedd ei asesiad yn ddi-lol, eto roedd e yn llygad ei le, meddyliodd.

'Digon gwir. Serch hynny, weithia ma'r dymuniada a'r nwyda sy wedi'u claddu ddyfna ynon ni'n mynnu dod i'r wynab pan fydd yr amddiffynfeydd ar chwâl.'

'Sa i'n ame dim. O'dd hi ddim ise gadel Cwm Gwina yn y lle cynta; wi'n gwbod cyment â 'ny achos mae wedi gweud wrtha i sawl tro.'

'Pam gadawodd hi, felly?' Craffodd Gwyn Philips arno a difaru ei dôn sarrug yn syth. Gwyddai e, o bawb, yn union pam ond roedd cwestiwn pwysicach eisoes yn byrlymu y tu ôl i'w wefusau. 'A wedodd hi wrthoch chi pam iddi hi a Rhodri ddiflannu mor sydyn heb ddod i weud bod nhw'n mynd? Chi ddim yn neud 'na i'ch ffrind gora.'

'Aethon nhw achos fe.'

'Pwy? Rhodri?'

Siglodd Meilyr Bowen ei ben a hanner chwerthin.

Pwysodd Gwyn Philips yn ôl yn ei gadair ac archwilio'i

wyneb yn ofalus. Hyd yn oed yn ystod ei amheuon dyfnaf doedd e erioed wedi meiddio trafod yr ymadawiad â'r un enaid byw. A oedd Meilyr Bowen yn ei ddiniweidrwydd, felly, ar fin cynnig yr esboniad y bu'n ei chwennych cyhyd a'i ryddhau oddi wrth yr euogrwydd y bu'n ei gario er pan oedd yn grwt pymtheg oed?

'Dy'ch chi ddim o ddifri'n meddwl y bydde Rhodri wedi codi'i bac a mynd o'i wirfodd i fyw gyda'i fam-gu yn Aberystwyth, odych chi? Na, na, na... ei dad fynnodd eu bod nhw'n mynd... ac ar ei delere fe. Fe... ie, dyna chi, fe lywiodd y cwbwl.'

Clywodd Gwyn Philips y geiriau'n chwarae drosodd a throsodd fel nodwydd a oedd wedi mynd yn sownd ar finyl. Yn sydyn, ildiodd i'r tswnami a oedd yn ymchwyddo ynddo gan lenwi ei ysgyfaint a'i ben. Roedd e'n boddi ac yn nofio am yn ail a'r ffrydlif yn golchi ymaith hanner canrif o fai. Teimlai'n chwil. Brwydrodd i wasgu'r dagrau'n ôl. Gostyngodd ei lygaid rhag ofn i'r lleithder, a oedd yn bygwth gorlifo dros yr ymylon, ei fradychu a gwneud iddo edrych yn ffŵl. Roedd e'n ddyn yn ei oed a'i amser ond teimlai fel crwt. Caeodd y ffolder ar y bwrdd o'i flaen a dechrau byseddu'r ochrau'n ddiarwybod. Pan edrychodd e ar Meilyr Bowen drachefn gwelodd fod hwnnw'n rhythu arno ac yn nodio er mwyn ategu ei gadarnhad.

'Felly, chi'n gweld, Dr Philips, ceson nhw eu halltudio i Aberystwyth a bwrw arni nes iddo fe ymuno â nhw. Cwta saith mis yn ddiweddarach, fe gyrhaeddes inne. I weddill y byd o'n ni siŵr o fod yn deulu digon dedwydd. Y teulu niwcliar perffeth wedi dod adre ar ôl crwydro oddi wrth y praidd go iawn, ond ry'n ni i gyd yn gwbod pa mor ddinistriol ma grymoedd niwcliar yn gallu bod!' Cododd Meilyr Bowen ei aeliau a disgwyl am ymateb i'w ddifyrrwch pryfoclyd, ac am na ddaeth, fe fwriodd yn ei flaen. 'Rhodri o'dd y cynta i adel ac, fel chi'n gwbod nawr, fe a'th ar y cyfle cynta i ben draw'r byd, mor bell â phosib o olwg y nyth. Fe dorrodd Mam ei chalon ond driodd hi gadw pethe i fynd. Driodd y ddou ohonyn nhw, o ran hynny, fe a hi. Crwtyn o'n i ac o'n i ddim yn ymwybodol o'r hanner. Ta beth, un diwrnod pan o'dd e bant yn un o'i gyfarfodydd mynych, fe gerddodd hi a fi drwy'r dre at y safle bysus o fla'n yr orsaf a, deg munud yn ddiweddarach, o'dd y ddou ohonon ni'n hercio drwy gefen gwlad Ceredigion ar un o fysus Crosville ar ein ffordd i fyw 'da 'nhad-cu a'n fam-gu arall yng ngodre'r sir. Pan ofynnes iddi, beth amser wedyn, pam bod hi wedi neud yr hyn wna'th hi wedodd hi fod byw gyda dyn neis ddim yn ddigon. Ond chi'n gwbod beth, Dr Philips, sa i'n siŵr pa mor neis o'dd e. Wnes i erio'd deimlo'n agos ato.' Yn sydyn, pwysodd e'n ôl yn ei gadair fel areithiwr yn dod i ddiwedd ei berorasiwn. 'A nawr chi'n gwbod,' ychwanegodd e a dechrau codi ar ei draed.

'Pam y'ch chi wedi gweud hyn i gyd wrtha i, Mr Bowen?' gofynnodd Gwyn Philips gan aros lle roedd e ar ei gadair. Gallai ddirnad yr arwydd lleiaf o ryddhad ar wyneb y dyn iau fel petai e'n gollwng carreg drom, a cheisiodd gofio ymhle y gwelsai rywbeth tebyg o'r blaen. Gwibiodd ei feddwl yn ôl trwy ei gof i ryw adeg yn ôl ym more oes, ond roedd y llun yn gwrthod ymffurfio er bod y teimlad yr un fath â nawr.

'Achos bod cario'r bai ar gam ar hyd 'y mywyd wedi hogi'r synhwyre. Bydda i'n nabod gofid tebyg yn rhywun arall hyd yn o'd os na fydda i'n gwbod beth yn gwmws sy wedi'i achosi fe.'

Cododd Gwyn Philips ar ei draed heb dynnu ei lygaid oddi arno. Wrth iddyn nhw wynebu ei gilydd yn yr ystafell gyfyng gadawodd i'w eiriau hongian rhyngddyn nhw eu dau drachefn. Beth bynnag oedd ei gymhelliad, roedd gan hwn ryw allu rhyfeddol i beri syndod, meddyliodd. I anesmwytho. Am eiliad, rhoddodd e ganiatâd i'r geiriau eu cysylltu mewn rhyw fath o gyd-orthrymder gogoneddus ond, eiliad yn ddiweddarach, torrodd e'r ddolen er mwyn i realiti ddychwelyd a gwneud ei gwaith.

'A beth yn gwmws y'ch chi'n ei weld yno' i? Smo chi'n gwbod dim byd amdana i.'

'Elen i ddim mor bell â gweud 'ny. Ond hyd yn o'd i ddieithryn, o'dd eich gwyneb yn adrodd cyfrole gynne, mwy o lawer nag y bydde unrhyw eirie wedi'i ddatgelu.'

'Chi fel 'sech chi wedi paratoi eich geirie eich hun yn hynod ofalus.'

'Os y'ch chi'n awgrymu mod i'n gwbod beth o'n i'n mynd i weud wrthoch chi pan ofynnodd y nyrs i fi ddod i'ch gweld, yna chi'n gwbwl anghywir. O'dd 'da fi ddim syniad pwy o'n i'n dod i weld, ond unweth sylweddoles i pwy o'ch chi fe benderfynes bod hi ond yn iawn eich bod chi'n ca'l esboniad er mwyn ichi fedru cau pen y mwdwl o'r diwedd. Mae'n rhwbeth y bydde Mam ise ichi wbod.'

Yna trodd er mwyn agor y drws, ond cyn iddo fynd trwyddo brysiodd Gwyn Philips ar ei ôl a rhoi ei law ar ei fraich. Eiliad arall a chamodd yr ymwelydd yn ôl i'r coridor rhy olau ac anelu am y drysau dwbl yn y pen draw.

Aeth Gwyn Philips i eistedd yn yr un man â chynt a brawddeg olaf Meilyr Bowen yn chwyrlïo yn ei ben. Pwysodd yn erbyn cefn y gadair a phlethu ei fysedd ynghyd y tu ôl i'w war. Chwythodd anadl ddofn o'i fochau. Petai rhywun wedi dweud wrtho, pan gododd e'r bore hwnnw, y byddai dieithryn llwyr yn camu i'w fyd a'i droi ar ei ben, byddai wedi chwerthin a'i alw'n ffŵl. Ond dyna'n union a wnaethai Meilyr Bowen. Tan ychydig funudau'n ôl ni wyddai ddim oll am ei fodolaeth, a nawr roedd e wedi mynd gan adael ei eiriau pryfoclyd i lenwi ei ben fel cerddorfa aflafar. Eto, roedden nhw'n bygwth ffado'n barod am fod cynifer ohonyn nhw: geiriau nad oedd e wedi dychmygu y clywai eu sŵn byth tra byddai. Caeodd ei lygaid mewn ymgais i'w hatal rhag dianc. Gwnaeth ei orau i'w gosod mewn rhyw fath o drefn ond roedden nhw eisoes yn rhedeg i'w gilydd fel lliwiau mewn llun a dynnwyd gan blentyn wrth i'r pot dŵr ymhoelyd a throi'r olygfa'n bŵl. Llamodd ei lygaid ar agor drachefn ac, ar amrantiad, dychwelodd llwydni'r ystafell gyfyng. Ond roedd angen y lliwiau arno, waeth pa mor bŵl, ac roedd angen geiriau newydd Meilyr Bowen er mwyn maethu'r rhai a gladdwyd mor hir yng nghysgodion ei gof. Fe'u gwthiodd yno amser maith yn ôl a'u gadael i farw er mwyn iddo yntau gael bwrw ymlaen â byw. Ond roedd gan bawb eu geiriau eu hunain: Carys Bowen, Rhodri a'i dad. Bellach, roedd un arall yn rhan o'r llun. Er iddo glywed esboniad y mab arall gynnau, dyna i gyd oedd e: esboniad un dyn, a'r cwestiynau mor niferus â'r atebion a gynigiodd. Pwy bynnag fu Gwilym Bowen yng ngolwg hwnnw, ni fu ganddo fawr o feddwl ohono, ond pwy allai ei feio os oedd y fersiwn a roddodd yn wir? Ac os taw Gwilym Bowen a lywiodd y cyfan, byddai ganddo yntau ei resymau hefyd. Byddai ganddo ei esboniad ei hun.

Yn sydyn, ymsythodd Gwyn Philips yn ei gadair ac agor ei lygaid led y pen. Fel Meilyr Bowen, ni fu'n ymwybodol o'r hanner ond byddai'n rhaid iddo dderbyn hyd yn oed nawr, ar ôl popeth a glywsai, na ddeuai byth i glywed yr esboniad yn llawn. Cododd ar ei draed a chydiodd yn y ffolder a orweddai ar y ford o'i flaen. Cerddodd at y drws a chamodd i mewn i'r coridor. Doedd y nyrs ddim yn eistedd wrth ei desg fel cynt, felly aeth e'n syth tuag at y drysau dwbl a'i fryd ar fynd adref, yn ôl at ei deulu ei hun. Ac yntau ar fin mynd trwyddyn nhw, trodd yn ei ôl, er ei waethaf, a gadawodd i Carys Bowen ei ddenu unwaith eto, yn union fel y cawsai ei ddenu ganddi hanner canrif ynghynt.

Aeth i sefyll wrth erchwyn ei gwely a'i gwylio am funudau lawer. Roedd ei llygaid ynghau ac anadlai'n drwm a hithau ar grwydr yn ei byd bach ei hun. Bu yntau'n gymeriad yn ei byd ar un adeg, yn llai hanfodol na Rhodri a'i gŵr a'r athro ymarfer corff, ond yn hanfodol er hynny. Yr athro ymarfer corff. Tybed a welodd hi hwnnw eto? Ceisiodd dynnu ei enw o grombil ei gof; gwyddai ei fod yn enw rhyfedd ond ni allai yn ei fyw ei gofio. Fel cynifer o rai eraill, perthynai i oes a oedd wedi hen beidio â bod. Craffodd ar wyneb yr hen fenyw a orweddai yn ei gwely, prin hyd braich oddi wrtho. Roedd arno chwant ei dihuno er mwyn gofyn iddi. Efallai y câi Carys Bowen well hwyl arni nag yntau ond roedd e'n amau'n fawr. Cododd Gwyn Philips ei aeliau a gwenu wrtho'i hun. O leiaf cofiodd hi gynnau taw fe oedd y bachgen a oedd yn arfer lico pwdin reis.

～

·····································
• • • HEFYD GAN YR AWDUR • • •
·····································

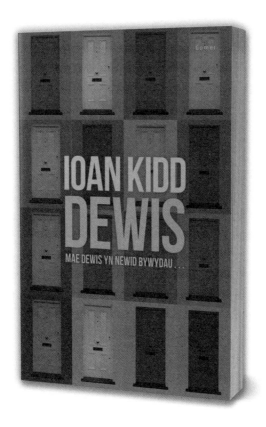

IOAN KIDD
DEWIS
MAE DEWIS YN NEWID BYWYDAU . . .